宅猪 著

牧神记

③

时代出版传媒股份有限公司
安徽文艺出版社

图书在版编目（CIP）数据

牧神记. 3 / 宅猪著. — 合肥：安徽文艺出版社，2022.6

ISBN 978-7-5396-7390-5

Ⅰ. ①牧… Ⅱ. ①宅… Ⅲ. ①长篇小说－中国－当代 Ⅳ. ①I247.5

中国版本图书馆CIP数据核字(2021)第281397号

MU SHEN JI 3

牧神记 3

宅猪 著

出 版 人：姚　巍
责任编辑：宋潇婧　秦知逸
装帧设计：曹希予

出版发行：安徽文艺出版社 www.awpub.com
地　　址：合肥市翡翠路1118号 邮政编码：230071
营 销 部：(0551)63533889
印　　制：湖南天闻新华印务有限公司　　电话：(0731)88387856

开本：710 mm×1000 mm 1/16　印张：20　字数：300千字
版次：2022年6月第1版
印次：2022年6月第1次印刷
定价：39.80元

雾海孤舟潜暗界

横空出世掀风云

定价：39.80元/册

MU SHEN JI

《牧神记2》内容回顾：

天魔教的镇教魔典现世，在不夜龙城掀起巨大风波。为了揭开身世之谜，秦牧在村长的陪同下潜入死者生界，无忧乡、酆都、月亮船……神秘莫测的异象背后竟隐藏着一个巨大的骗局。经过一番考验后，秦牧带着狐灵儿走出大墟，前往京城寻找天魔教祖师，途中遭遇门派叛乱，惊险重重。顺利参加京城大考的秦牧剑惊四座，却因神弃之民的身份受到质疑。

少年踏上跌宕起伏的牧神之路

谱写一曲荡气回肠的英雄长歌

目录
CONTENTS

第135章 绕剑式

延康国国师出现在太学殿前，笑道："大祭酒，那么我便僭越了。"

辅元清跟在他身后，四下打量，微微皱眉："哪个才是我的小师弟？"

秦牧解了太后娘娘身上的千机毒，辅元清借着虫眼看到了秦牧的相貌。这里人太多，他一时间也找不出秦牧的位置。

少年祖师笑道："你原本时不时来做个监丞，给士子授课，只是最近几年不来，算不得僭越。请。"

国师走到台阶前，环视一周，道："大祭酒的盛情难却，今日我开坛讲课，只讲两日，只谈剑，不谈其他。"

霸山祭酒小声嘀咕道："不是三日吗？"

少年祖师瞥了他一眼："道门堵我太学院的门，只堵三日，现在已经过了半日，国师若是讲三日，黄花菜都凉了。"

霸山祭酒叹道："国师好不容易来讲课，竟不能多讲两日，真是憾事……国师亲自开讲，相当于大雷音寺的住持讲经，道门的道主传法，天魔教的教主授业，何其难得！"

国师徐徐踱步，从台阶上走下来，悠然讲道："何谓剑？剑是否被定型、被定性？我深不以为然。有人说剑有万千招式；也有人说剑只有十四招：刺、挑、云、斩、劈、点、崩、挂、撩、抹、扫、架、截、缠。谬论也！"

他走下来，下方的诸多士子顿感压力袭来，仿佛有一把锋利无比的剑高悬在他们的头顶，将落未落。那种强大无双的气势似乎要撕裂他们的身体、他们的灵胎、他们的意识、他们的魂魄！

“剑若是被定义，那就不再是道。大道无边，岂能只有十四招？”他一步一步迈下，给人的压迫感越来越强，声音却平平淡淡的。

突然间，他的声音仿佛一把利剑刺入众人的耳膜：“剑，为何不能是声音？为何不能是光？为何不能是色？为何不能是元气？为何不能是一个眼神？”

他的目光从下方的诸多士子面上扫过，不知多少士子忍不住拔剑便挡，却什么也没有挡住，不由得惊出一身冷汗。

国师微笑道：“如此看来，剑还是只有十四招吗？”

秦牧额头冒出冷汗，这才知道这延康国国师的厉害。

村长教了秦牧十四种最基础的招式，秦牧将这些基础招式化作数字，任何剑招，他只要看过一遍，便可以施展出来。当时他以为这便是剑法的极致。

而现在，延康国国师显然在传统剑法的基础上进行了创新，发展了传统剑法。他的思维更开阔，因此创造出了十四种基础剑式之外的剑式！

非凡的成就。难怪是神下第一人。秦牧心中赞叹不已。延康国国师的思想太超前了，或者不能说是超前，而是在推动神通道法前进，推动这个时代的人前进，推动时代前进！

“所以我在十四种基础剑式的基础上，又独创出几招。这两日，我便教你们这几种我独创的剑式，其他一概不讲。”延康国国师停下脚步，脸上的笑容消失了，神色肃然，“不过在此之前，我要你们忘记剑的形态。剑可以是光，可以是声，可以是色，可以是眼神，所以剑不需要固定的形态。它可以长可以短，可以硬也可以柔软，可以从任何一个角度出击。你们若能够忘记剑的形态，便可以学习我的剑式了。第一招——绕。”

他指尖一动，顿时无数细密如同剑光的元气涌出，化作一根剑柱向前刺去。

“这便是绕！”

这是大六合剑法中的招式，看起来是普通的刺，其实剑柱是由无数道剑光缠绕而成的，这些剑光在不断流动，不断变换位置！

秦牧见过屈平施展类似的剑招，不过屈平施展的是劈剑式。

绕剑式与十四种基础剑式中的缠剑式还是有所不同的。缠剑式是剑柄发力，缠住对方的兵器，而绕剑式需要聚集力量，迸发出惊天动地的一击。

延康国国师所施展的绕剑式，与屈平所施展的劈剑式的最大不同便是，国师的剑柱中每一道剑光的变化不同，而屈平控剑，每一道剑光的变化相同，所以被林轩道子以拂尘击败。

倘若换作延康国国师，便足以抵挡林轩道子的拂尘。

不仅如此，延康国国师这一剑在秦牧看来是一个整体。他的剑柱是由无数道剑光组成的，每一道剑光都是独立的个体，但是他一剑刺来时，却是一个整体。要想破解他的这一剑，便必须要有能压过剑柱气势的威力。

林轩道子对付屈平的手段，用来对付国师压根没用!

“延康国国师的基础和我一样扎实，比林轩道子还要扎实一些！”

秦牧惊叹，怎么会有这样的存在?

延康国国师简直是一个天神!

延康国国师在台阶上细细讲解绕剑式的发力诀窍，讲得极为细致，秦牧感觉仿佛是村长在教他剑术一般。

绕剑式是对基础剑式的延伸。秦牧已将十四种基础剑式掌握得很扎实，而且受过村长的教导，所以学习这绕剑式并不困难，一点就透，一说就明，听得如痴如醉。

但只有他是这样。其他人听到延康国国师的讲解后都在苦苦思索，有的干脆不思索，而是用心铭记，还有的以元气控笔，飞速记录下延康国国师的话，打算今后慢慢参悟。

延康国国师讲完绕剑式，道：“士子们，你们可以施展一遍了。”

诸多监丞、秘书监和祭酒纷纷打起精神，目光落在下方的千余名士子身上。

国师让他们试剑，其实是想看看这些人中是否有值得关注的悟性强的人，然后挑选出来，两日后与林轩道子对决。

太学殿前，一个个士子开始尝试将自己的元气化作剑气，施展绕剑式。有人控制不住一道道剑气，元气崩散，剑气四下射去，险些伤到身边的士子，引起一片骚乱。也有人聚气为剑柱，但是操控剑气同心旋转时剑气死活转不动，直来直去。也有不少神通者已经学过太学院所教的大六合剑法，而大六合剑法本身便是延康国国师所创，此时他们自然将饶剑式使得有模有样。还有几人得到延康国国师的点拨后，虽然没能领悟到绕剑式的三昧，但剑术更上一层楼，剑招的威力比从前提升了不少。也有人极为聪慧，虽未学过绕剑式，但得到点拨之后，竟也参悟出其中的几分奥妙，将剑柱施展出来了——尽管在剑光的变化上尚有些欠缺，但一次比一次灵活。

秦牧也在尝试施展绕剑式。不过，他很快便皱紧眉头，呆呆地看着自己的“元气丝”。

别人的元气细如发丝，剑柱是由无比纤细的剑气组成的，而他的元气有手臂一般粗。用这么粗的“元气丝”如何施展绕剑式？形成的剑柱会有多粗？

这已经不是剑柱，而是剑峰了！他要将一座由剑气组成的山峰刺过去？

“我的元气虽然浑厚，但也没有浑厚到这种程度。这样的剑峰我施展不来。”秦牧摇了摇脑袋。

秦牧身边，即便是狐灵儿也在有模有样地学着绕剑式，卫墉、云缺等人已经开始尝试让剑气旋转，灵毓秀和沈万云的进步最快，唯独他在发呆。

过了片刻，秦牧尝试着放出一道手臂一般粗的“元气丝”，心道：既然如此，那么我是否可以用绕剑式将我的“元气丝”分解？

他想到就做，立刻兴致勃勃地尝试用延康国国师传授的方法分解自己的“元气丝”。

他的元气雄浑，而且极为精纯，难以成丝，尤其是在他修炼了丹心诀之后，元气越发精纯。

村里没有人教过他如何束气成丝。村里剑术造诣最高的是村长，而村长只教了他剑履山河中的一招和十四种基础剑式，其他的一概不问，任由他的“元气丝”茁壮成长。

秦牧这次是灵光一闪，觉得用绕剑式来束气成丝，一定会有所成。

延康国国师传的绕剑式的确非常精妙，秦牧很快便抓到诀窍，露出喜色。

太学殿前，少年祖师的目光落在秦牧身上，他不由得微微皱眉：“这个浑小子不去学剑术，在那里捣鼓一根棒子做什么？”

不远处的沈万云看到秦牧的元气棒子，露出笑容：“他虽然很强，但是悟性一般，远不如我！”

就在此时，秦牧突然狂喜，哈哈大笑，声音如雷，响彻全场：“成了，终于成了！苍天有眼，我终于练成元气丝了！”

第136章 梦游

太学殿前，千余名士子和监丞、秘书监、祭酒统统呆滞，看向发出笑声的秦牧。

一名士子茫然问道："他练成了什么？"

旁边的一名士子也有些茫然："他说的好像是元气丝……我可能听错了！"

那些监丞、秘书监和祭酒个个一脸尴尬，哭笑不得。

霸山祭酒失笑道："有趣的小家伙。元气丝是一切剑法的基础，他连元气丝都没有练成，是怎么成为我太学院的士子的？贿赂哪个考官进来的？"

"霸山祭酒，你前段时间不在太学院，不知道他。"一个监丞笑道，"那个浑小子名叫秦牧，是大墟来的弃民，打赢了凌云道人，被皇帝钦点为太学士子。皇帝钦点，谁敢不让他进来？"

"大墟的弃民打赢了凌云？还是皇帝钦点的？"霸山祭酒看向凌云道人，冷笑道，"凌云，你放水了？皇帝也受贿了？"

凌云道人又羞又怒。自己当时被秦牧打出了纯阳殿，在皇帝和文武大臣、士子们面前大大出丑，这还叫放水？有这样受贿放水的吗？代价未免也太大了吧！

不过霸山毕竟是祭酒，是地位仅次于大祭酒的人物，轻易不能得罪，凌云道人只得绷着脸不说话，免得惹来麻烦。这个霸山祭酒是太学院出了名的大嗓门，而且说话不留情面。太学院的谣言和各种乱七八糟的消息基本上都是他散播的，因此被人背地里称作"霸大嘴"。

若是有人跟他争吵，第二天连鸡圈里的鸡都会知道这人丢人的事情。

而不远处的辅元清则心中一阵惊喜：那就是我的那个小师弟！看起来傻乎乎的。师尊也忒无能了，竟然寻了个呆头鹅，一看便很好欺负！

“苦修七八年，我终于有元气丝了！”

秦牧看着面前的元气丝，喜不自胜，难掩心头的激动。他现在终于可以摆脱粗壮无比的“元气丝”了。

他的指掌之间，元气丝在轻轻游动，细如发丝，很完美。

倘若细看，便可以看出秦牧的元气丝与众不同。他的元气丝其实是由一缕缕纤细无比的剑气相连而成的，每一缕剑气都在不断变化、绕动，但是偏偏运转起来灵活无比，丝毫看不出元气丝竟然也有结构。

“不知道我的元气丝可以延伸多远。”

秦牧东张西望，想要试试看。他的目光扫过延康国国师，不由得微微一怔。

延康国国师正看着秦牧的手，目光落在他指掌间游动的元气丝上。感应到他的目光后，延康国国师微微抬起眼，两人目光相遇。

延康国国师露出笑容，低声道：“有点意思……”

秦牧收回目光，放弃自己的想法。这里人太多，容不得他试验。

延康国国师又等了一段时间，开口道：“好了。现在教你们第二种剑式——游剑式。剑在空中飞行不受限制，剑的形态也不受限制，因此剑可以游，如龙游，如蛇游，如鱼游，如凤凰翱翔，如神仙蹈空，不必拘泥于前人的基础剑式。”

秦牧精神一振。延康国国师开创的第二种剑式，依旧令人耳目一新，大开眼界，仿佛推开了一扇窗户，让人看到更为广阔的世界。

“太学院我算是来对了，祖师有先见之明。”他心中暗道。

山门前，丹阳子抬头仰望，只见玉峰上宫阙重重，很深沉，山上草木郁郁，被九龙之气浸染成玉色。山上偶尔随风传来延康国国师的声音，他听到之后，只觉豁然开朗。

“丹阳子师叔，”林轩道子也隐约听到了山上传来的声音，迟疑了一下，道，“山上开讲的那人是延康国国师吗？我只能听到他的一两句话，却大为受益。我倒觉得他……”

丹阳子笑道：“但说无妨。”

林轩道子鼓起勇气，道：“我虽然未将他指点士子的话听完，但是可以推测出，他的剑法的确已经达到了不可思议的境地。尽管我道门传下来的功法底蕴深厚，包罗万象，但是他的见解早已超出我道门的功法。弟子以为，延康国国师或许是真的想推动道法神通的发展。既然如此，我们又何必堵门？”

丹阳子笑道：“道子，除了听其言，还要观其行，这才是处世之道。延康国国师的才华无人否认，早年他见道主，道主也赞许他是五百年一遇的天才，将来是要成为圣人的。只是，倘若他没有成为圣人，反倒作恶呢？”

林轩道子不解。

丹阳子冷笑道：“凭他之力，他完全可以推动道法神通的发展，但是他狼子野心，要降伏各大教派，不给各大教派一条生路，这是其一。其二，他竟然用天魔教的教义！天魔教乃伪道，假圣人之名，行魔道之实。延康国国师与天魔教为伍，是我正道之敌！”

林轩道子心中一凛，道：“正邪势不两立！他与魔道为伍，越有才华，威胁越大！”

丹阳子点头，道：“他开设小学、大学和太学，确有其益处，但是也有弊端。你自幼便得到道主的教导，延康国国师的小学、大学和太学的那些老师和监丞，能有道主的本事和见识吗？延康国国师开小学、大学和太学，看似让许多人有机会成为高手，实则断绝了天才的道路。这才是我道门反对他的根本原因。”

他神色凝重，道：“道法神通是靠天才推动的。如延康国国师一般的天才，大部分人毕生都庸庸碌碌，无所作为，只知道学和用而已，不知开拓进取。延康国国师断了天才之路，为祸深远！他推广这小学、大学和太学，一时间只见人人都是高手，都很了得，但是人人都平平无奇，就像月饼一样，是一个模子里出来的。谁能教出你这样的人物？门派有门派存在的道理，他若是意识不到这一点，我道门便誓死与他为敌。”

林轩道子称是，心中燃起熊熊斗志。

丹阳子笑道：“你敌视延康国国师可以，但不要敌视延康国国师的道法神通，免得窄了自己的眼界。”

延康国国师这次开讲，讲了足足两日，不眠不休。有许多人坚持不下去，昏昏欲睡，有的甚至在太学殿前睡着了，也有人下去休息了。

秦牧与几个修为高深的士子倒还神采奕奕，专心听讲。只是他是五曜境界的修炼者，而人家是六合、七星境界的神通者。

延康国国师讲的第三种剑式叫作钻，极为古怪。

单剑使的时候，剑尖飞速旋转，善于破一切金刚身等防御法门；多剑使的时候则更是恐怖，许多把剑施展出威力巨大的钻剑式，无坚不摧！

两天时间，延康国国师只讲了这三种剑式，之后便没有再传授新的，而是让太学院士子提问，他来解惑。待到解惑完毕，延康国国师便起身，向少年祖师笑道：“我给这些士子留下半日休息的时间，之后的事情，便有劳大祭酒来处理了。”

少年祖师笑道：“国师才华无双，这次可曾发现什么人才？”

延康国国师点头，道：“得我剑术者，一两人而已，大祭酒应该能够看得出来。对了，你真的要辞官？”

少年祖师点头：“命不久矣，不必再贪恋权势了。”

延康国国师感慨道：“你何时贪恋过权势？你想要做官的话，这国师的位子我都可以让给你！只是你不乐意罢了。你是我的半个师父，你若是走了，我会很伤心。我的道友，又少一人。”

少年祖师笑道：“天下没有不散的筵席，出生入席，死则散席。你我也该分别了。”

延康国国师仰面观天，喃喃道：“天上真有神仙吗？倘若你成为天上的神仙，看着你我缔造的这个时代，那该多好……”

他摇了摇头，登上楼船，楼船徐徐驶离太学院。

膳房的伙夫推着车来到太学殿前，让士子们席地而坐，在殿前就餐。餐毕，少年祖师一声令下，命众士子各自回到住所休息半日，钟响则醒。

秦牧等人返回士子居，经过沈万云的住宅时，只见沈万云还未睡，正在勤修苦练。

“沈师兄值得学习……”

秦牧大受鼓舞，回到住所，将已经睡着的狐灵儿放下，然后徐徐踱步，催动霸体三丹功，速度渐渐加快，陷入半睡半醒的修炼之中。

没过多久，沈万云看到秦牧呼啸着从他门前奔过，连忙追过去，只见秦牧半睁半闭着眼睛，漫山遍野地狂奔。

沈万云不由得愕然：梦游？

第137章 少教主与道子

秦牧目前的状态看起来的确像是梦游——他在睡梦中疾走狂奔，但偏偏还能看到四周的景致，能够躲避障碍。让沈万云纳闷的是，秦牧在奔走的过程中，竟不断施展出拳法、腿法，还时不时拿出一口杀猪刀，劈来砍去。

“秦师弟实力如此之强，还比其他人用功，在睡梦中也不忘练功。虽然他的悟性差了点，但这种勤奋值得我学习！”

沈万云大受鼓舞，回到住所，勤修苦练。

不过，秦牧并非完全睡着了，他的状态与梦游不同。这是他独到的修炼之法。霸体三丹功在修行上有着异于其他功法之处：练功时疾走奔行，修炼效果更好。他这样修炼时，大脑处在休息之中，施展拳脚都是靠肌肉记忆。

秦牧这些年在大墟中都是靠这种修炼方法使自己的功力突飞猛进的，只是到了延康国后，要适应延康国的风俗，所以才没有继续按照这种方法修炼。

秦牧奔行了两个时辰，醒来后，神采奕奕。

这时，只听一个熟悉的声音笑道：“休息够了吗？”

秦牧连忙转身，道：“祖师。”

此时山上没有其他人，那些祭酒、监丞和秘书监都去休息了——国师讲法，他们也听了两日，不眠不休，需要调整一下。

少年祖师笑道：“国师讲法，你有何感想？”

秦牧赞叹道：“国师，天神般的存在，想人之不敢想，做人之不敢做，的确天下无双。”

少年祖师迈步向山下走去，道：“国师所教的剑法，你学得怎样？”

“不敢说学会了，只能说有了点心得。”秦牧道，“我随村长学剑，自以为已经尽得剑法奥妙，没想到还有我不曾学到的地方。”

少年祖师道：“‘学无止境’这句话是错的，应该是‘创无止境’。只靠学，就算学一辈子，也成不了自己的东西，创造才是没有边界的。你现在还小，需要汲取他人所创的东西。等到有了一定的积累，你便要试着创造。一直学，你始终是学生，但是只要创造出一招，你便是宗师。”

他们走到山崖前，只见太学院的山门前坐着一老一少两个道人。

少年祖师似笑非笑地说道：“我请国师前来，为的就是给你传道讲法。他已经讲了两日，你得到了这么大一个好处，还不下去？”

秦牧慨然道：“只要祖师一声令下，弟子敢不从命？”

少年祖师冷笑一声，飞起一脚将他踢下山崖：“臭小子，嘴上说得好听！人家堵住山门这么久，也不见你动弹。不给你好处，你能这么爽快？还不去！”

秦牧落地，揉了揉屁股，向山门外走去。

此刻，山门前后都没有太学士子，那些士子还在休息，只剩下山门外的两个道人。不远处还有一头守着山门的异兽，长着龙首麒麟身，被链子拴着，正在假寐。

林轩道子见秦牧走来，心头微震，看向丹阳子：“师叔……”

丹阳子抬起眼皮，看了秦牧一眼，道：“你去吧。国师为士子讲课，为的就是栽培此人，你不用患得患失。”

林轩道子称是，站起身向秦牧走去。两人感受到了彼此的气势，各自停下脚步，躬身施礼。

秦牧道：“太学士子秦牧，见过林轩道子。我五曜境界。”

林轩道子神色严肃地说道：“道门林轩，见过秦牧士子。我六合境界，自封六合神藏。”

林轩道子将自己的六合神藏封印后，秦牧道：“道子使用兵器吗？”

秦牧随即从背后摘下一根竹杖，又取下一口杀猪刀，再摘下铁锤，然后取下少保剑。林轩道子正要说话，丹阳子突然道：“不用兵刃，只用道法神通和近战功夫。”

林轩道子不解，将自己的拂尘放下，道：“既然如此，我便不用兵器。”

丹阳子暗自松了口气，目光从少保剑上移开。用兵器的话，林轩道子吃亏太大。这把剑的形状让他有些心惊肉跳：剑鞘以鱼龙为口，有些像是一品大员的佩剑。

倘若是真的，林轩道子的拂尘一碰到剑就会断，那就没必要较量了。

秦牧露出笑容，眼中突然多出两层眼瞳，神霄天眼、青霄天眼悉数开启，脚下的地面猛然沉降，一块块青石板炸裂，地面上的碎石也被震得悬浮起来。

“哈！”

秦牧吐气开声，一拳轰出。那些刚刚悬浮起来的碎石在他这一拳的震荡之下变得细碎，最大的石子也不过豆粒大小，更小的则细如芝麻！

无数碎石随着他这一拳一起向林轩道子扑去！

嗷——龙吟震荡。他这一拳的拳劲使碎石化作一条沙龙直奔林轩道子而去，宛如一条真实的神龙！

与此同时，秦牧的脚步如鬼魅般移动，速度极快，整个人紧随拳劲之后来到林轩道子身边。

林轩道子心中一惊，突然眼瞳一个变成白色，一个变成黑色，抬手向前击去。他的手掌仿佛一块玉印，印面上是古怪的虫书鸟篆图案，奇特无比，带着古朴的气息。

翻天印！

一个沉闷的响声传来，如同雷声被浓密无比的云层遮掩，传不出去一般。

山门前的那头异兽听到这闷响，疑惑地抬起头，四下张望了一圈。

秦牧只觉自己的九龙驭风雷仿佛遇到了一堵横在天地间的墙，龙劲竟然无法穿透这堵墙，心中一喜：这个道子的确不凡！比我从前所见的那些太学士子要强悍许多！

九龙驭风雷外表霸道刚猛，内藏四十五种龙劲。这种劲力藏在掌心之中，对方硬接这一掌的话，便会被四十五种龙劲透体而过，内脏受到严重的破坏。

林轩道子施展出的翻天印，竟然像是铜墙铁壁，将秦牧掌心内藏的四十五种龙劲悉数挡在两人双掌之间！

而在此时，那无数碎石从林轩道子身旁飞过。

林轩道子毛骨悚然。他的阴阳道眼看到，这些细碎的石子之间，竟然有着根根纤细无比的元气丝。他用阴阳道眼细细看去，发现这一根根元气丝实则是一把把旋转的细剑。这些细剑是秦牧的元气所化的剑气，原本藏在石子之中，此刻正从这些石子中脱离出来。

“斫轮印！”

林轩道子双手十指翻飞，一掌向上，一掌向下。只听嗡的一声，他的头顶和脚下各出现了一个车轮。这车轮是元气所化的，有着奇特的构造，似乎是一个阵法，只是上下两个车轮旋转方向相反。

这个阵法刚刚将他罩在其中，他周围那些细碎的石子突然化作齑粉，烟尘弥漫。秦牧藏在无数石子之间的剑气顿时合拢，化作一条元气青龙，奋力搅动！

绕剑式！

两个旋转方向相反的车轮之间顿时浮现出无数把细剑，形成剑幕，与搅动的青龙碰撞，剑气横飞。此番较量，不仅是剑招的碰撞，还是法力的碰撞。

倘若太学院的士子在此，一定会无比惊讶：秦牧现在施展的便是延康国国师所传的绕剑式，不过秦牧并没有依照延康国国师教的那样，将剑光化作剑柱，而是让无数缠绕的剑气化作一条青龙！

林轩道子顿时感觉到了压力——秦牧的元气在压制他的元气。他的修为无比高深，但是秦牧的修为竟然还在他之上，这几乎是不可能的事情。

道门的先天太玄功以法力雄浑著称，单纯论同境界的法力，当今世上一切门派的镇教功法，都不如先天太玄功，即便是同样以法力著称的如来大乘经也不能与之相比！

然而现在，他却感觉到秦牧的法力还在他之上！

林轩道子感觉到自己的斫轮印随时可能被破，立刻变招。他手中虽无拂尘，但手掌一张，便有无数尘丝飞出。那是元气丝，在他的操控下有如一把把元气剑，从轮内斩向轮外，试图将青龙斩断。

就在他动手的一刹那，轮外的秦牧已经到了他跟前，探手伸向无数烟尘。秦牧的元气迸发，那些烟尘在他手中汇聚，形成一杆长枪，哧的一声刺入转动的车轮之中。

林轩道子另一只手以翻天印抵挡，将这杆长枪挡住，随即砰砰砰的声响不绝于耳。秦牧以手为刀，施展出夜战连城风雨，砍在车轮上。

斫轮印顿时崩塌。林轩道子心知不妙，下一刻胸口便连中数刀，胸前见血，身体倒飞出去。

他借力飞出，依旧从容不迫，一根根拂尘丝钻入青龙之中。拂尘丝四下飞出，终于将这条青龙灭掉了。

青龙解体，立刻化作数以百计的元气剑，眨眼间又自行聚拢，轰然一声扎入大地之中。

“糟糕！”

林轩道子手掌向下按去。随着他掌心一按，但见无数拂尘丝扎入地底，将他托起。他以拂尘丝为足，在空中奔走如飞。而在他身下，一条青龙从地底钻出，又轰然钻入地下，接着再次钻出，再次扎入地底。青龙每次冲出地面，秦牧都恰恰落脚在龙首之上，向空中的林轩道子飞速追去。

秦牧屈指连弹，弹指惊雷，雷声轰鸣间却有音律大作。林轩道子脸色大变：“糟了，被他占了先手！唯有动用道门的镇教剑法了！”

第138章 神可伐与

丹阳子站起身来，观看秦牧与林轩道子之间的战斗。至于旁边山门下的那头异兽，对这边已经失去了兴趣，又自酣睡起来。

“道子坚持不住，要动用全力了。”丹阳子心中一凛。

秦牧的攻击实在太快太霸道了，只要占了先手，他便不给人喘息的机会，一直打到对方认输或者死为止！

林轩道子在元气上没有任何优势，招法上也被秦牧压住。他自封了六合神藏，有许多招式施展不出来，现在唯一的机会就是动用道门的镇教剑法。

只有镇教剑法才能助他改变眼下的局面，反败为胜！只是，现在丹阳子也不知道，林轩道子在五曜境界是否能够施展出镇教剑法。

道门的镇教剑法对元气的要求极高，消耗也大。丹阳子只怕，林轩道子只动用一招镇教剑法，元气便会被消耗一空。

他刚刚想到这里，林轩道子手中的拂尘丝突然开始变化。这是奇妙的变化——拂尘丝一部分化作黑色，一部分化作白色，铺散在空中，黑与白徐徐流动，如同一卷太极图飘浮在空中。

道门的镇教剑法，《道剑十四篇》的第一式：一点穿联浩动，两仪内反复阴阳！①

林轩道子手臂震动，黑白太极图向下压去！

---

①作者注：出自道家王处一的修炼歌诀《满庭芳》。

丹阳子舒了口气，颇为欣慰。林轩道子毕竟是道子，凭借自身高深的修为，还是在五曜境界施展出了镇教剑法。

要知道，修习道门的镇教剑法的人也有不少，但是练成的不多，而练成的几乎无一能够在五曜境界施展出来。这门剑法对元气的消耗太大，别说是在五曜境界，就算是在神桥境界也很难施展出来。

而且，修炼这门剑法对资质和悟性有着极高的要求，其中最难的一个要求便是术数。

单单是《算经十书》，便已经让人头疼不已，而除了《算经十书》之外，还有《四元玉鉴》等与术数相关的高深典籍需要参悟透彻。

而林轩道子是术数方面出类拔萃的人才，很小的时候便已有极高的成就。有了术数的根底，他学习《道剑十四篇》便比其他人都要容易。

《道剑十四篇》，一篇比一篇难，第十四篇道剑几乎无人能够练成。即便是当代的道主也没有练成第十四篇。

不过道主对林轩道子有着很大的期许，认为他将来可能会练成第十四篇。

道门的《道剑十四篇》，道主曾经借给延康国国师参阅，延康国国师的《剑论》中提到道剑和天子三剑，完全可以说是受到了《道剑十四篇》的影响。

因此可想而知，林轩道子的这一招是何其厉害！

黑白太极图之下，秦牧心中一惊。从上方压下来的剑阵不是凡间的剑阵，阴阳两仪相互纠缠，爆发出的能量还未来到他的身边便让他惊悸。

他指尖弹动，弹指惊雷这一招让他每弹一指都能爆发出雷霆巨响。但是即便是雷音八式这等顶级的战技，遇上那黑白太极图也毫无用处，仿佛泥牛入海，掀不起半点波澜。

哗啦！

他的脚下，青龙腾空。突然，青龙解体，无数剑光纷至沓来，落入他的手中，化作一把长剑。

秦牧神色严肃，持剑迎上压来的黑白太极图。

剑在手中，仿佛是画家最细腻的笔、旅者最沉重的步、歌者最骄傲的喉、舞者最优美的姿。

他施展出了村长所传授的那一式剑法——剑履山河。

“神可伐与？”

“可！”

剑光闪动，光与暗、轻与重、急与缓完美结合，十四种基础剑式在他手中刹那间变幻，空中出现一片壮阔的江山！

道门的《道剑十四篇》不是凡间的剑法，村长传授给他的剑图也不是！

这是伐神的剑法！

用此剑的人，须得心中无神、无魔、无佛，敢对所谓的神、魔、佛有大不敬之心，有伐神之心！

丹阳子眼角跳动，霍然起身。与此同时，山门下的那头异兽也从睡梦中醒来，猛地抬头张望！

空中，两种剑阵碰撞，一片雪亮，那黑白太极图在徐徐展开的江山之中崩裂，林轩道子一瞬之间身中数十剑，身上血迹斑斑！

他突然眼睛一亮：“有破绽！”

秦牧注意到了他的目光，心中一惊——他的目光落在自己的左胸廓锁骨上，这个地方恰恰是他致命的弱点所在！

“奇可多！”

秦牧抬手捏印——魔神伟力印！

这一印挡在秦牧的左胸廓锁骨处。

他另一只手上剑光激射，刺向林轩道子！

哧！

与此同时，林轩道子一剑刺穿他的掌心，剑尖刺中他的左胸廓锁骨处。虽然秦牧身上有锦衣，挡住了这一剑，剑没有刺入血肉之中，但是剑芒却刺了进来，让秦牧的锁骨一疼。

与此同时，林轩道子身躯大震，摇晃不休，身体上顷刻间便多出数十个血洞，跌倒在地！

秦牧散去元气所化的利剑，躬身施礼："道子，承让。"

林轩道子挣扎起身，身上还在不断流血。丹阳子呼啸上前，正欲给他上药，他抬手制止，整了整衣衫，向秦牧还礼道："多谢赐教。"

说罢，他才服下丹药。

丹阳子连忙给他敷上伤药，免得继续流血。待处理好之后，这一老一少起身向秦牧施礼。秦牧躬身还礼。

接着，两个道人戴上竹子编织的斗笠，转身离去。

秦牧目送他们离去后，脸色陡变，捂住自己的锁骨，连连吸气："疼！疼死我了！那个丹阳子老道好不小气，伤药都不给我一份。"

他被林轩道子那一剑伤到了骨头，左手和胸廓处的伤痛彻心扉。秦牧疼得龇牙咧嘴，正要上山，一个踉跄，连忙抬手扶住旁边被铁链拴着的那头异兽。

他动用的剑履山河极为消耗元气，让他现在有些虚弱。

秦牧从山门前走过数次，并没有注意到这头异兽，一直以为这是个龙麒麟石雕之类的东西。摸到那异兽时，触感有些柔软，他不由得吓了一跳。

那异兽抬眼，扫了他一眼，然后伸出舌头在他的锁骨处舔了舔。

秦牧只觉胸口渐渐发凉，然后疼痛感慢慢消失。他连忙低头掀开衣襟看去，只见左胸廓锁骨上被剑芒刺出的细小剑伤在慢慢缩小。这剑伤有十多处，此刻都在愈合。

秦牧心中惊讶：这是龙涎？还是麒麟涎？不管是哪一种，都是好药材！

他连忙抬起手掌，那异兽又在他的掌心舔了一口。

秦牧看到自己掌心的血肉在慢慢生长，骨头上的伤似乎也好了。

"师兄，你喜欢吃酸杏吗？"秦牧蹲下来，从怀里掏出一个玉瓶，放在异兽的嘴巴下，笑道，"就是酸酸的那种，酸得掉牙的那种。不喜欢吗？那么黄梅呢？也特别特别酸，你想一想就会被酸得流口水……也不喜欢？我请你吃柠檬吧……"

那异兽白了他两眼，一声不吭，不理睬他，趴在那里一动不动，也没有口水流下来。

“那你喜欢吃什么？”秦牧问道。

“山上有一头大青牛，我看上它很久了。”那异兽龙麒麟突然开口，依旧目视前方，一动不动，道，“你能把它弄来吗？”

秦牧拍了拍胸口，笑道：“你这么仗义的兄弟，我交定了。你放心，我很快便会把它弄来！”

那龙麒麟大喜，嘴角的口水似乎要落下来，然后又被它吱溜一声吸了回去。

秦牧只得回山，心道：看来只有给它弄来那头大青牛才能骗来龙涎。那头大青牛我好像在哪儿见过，似乎在一个院子前吃草来着……嗯，去问灵儿，它经常在这里转来转去，比我要熟悉。

他走上山去。这时，士子居、神通居和皇子苑中已经陆陆续续有人醒了过来，三五成群地向山下走。一个皇子道：“经过国师指点，我只觉我修为大进，应该可以与那个道子大战三百回合！”

二皇子灵玉书摇头道：“六弟，不要轻敌。我与林轩道子交过手，能够感觉得出他还有本事没有使出来。不过，国师的确非凡，他教的那三招倒可以与我从前所学的其他剑法结合，让我从前所学的剑法更加完美，好歹也算有一战之力。只是，要胜过林轩道子，恐怕有些困难。”

灵玉书停步，看着走过去的秦牧，微微皱眉，然后收回目光。

“二哥，怎么了？”那个六皇子问道。

“七妹与他走得很近。”灵玉书摇了摇头道，“其实秦牧此人什么都好，本事不错，而且有神医之名，救了太后。只是，他毕竟是个大墟弃民，七妹实在不宜与他接触。不说此事了，咱们再去会会林轩道子！”

他们来到山下，只听前面传来哗然声，连忙赶上前去。有人叫道：“那两个道人不见了！”

灵玉书不由得愕然，挤入人群中，向前看去，发现丹阳子和林轩道子果然都不见了。

“难道他们知难而退了吗？”有人喃喃道。

灵玉书皱眉，冷笑一声。丹阳子和林轩道子是来堵门的，是来“打脸”的，哪里会知难而退、主动认输呢？这分明是有人击败了林轩道子，他们认输之后离开了！

“击败林轩道子的人就在我们之中，比我们早一步下山！”灵玉书目光闪动，向人群中看去，“到底是谁呢？神通居中，实力强的有三五个人，剑痴萧隐、疯魔田丰、担山力士岳秋本事都很强，而且资质过人。皇子苑中也有几人，除了我之外，七妹贪玩不用功，虽然悟性好，但不求上进……还有就是闵月世子……至于士子居，听闻沈万云的本事还不错，一直坐在大师兄的位子上，他也有可能。”

第139章
菜园子里的青牛

丹阳子与林轩道子一前一后、不紧不慢地走出京城，来到京郊外百十里地，但见涂江滔滔，一老一少两个僧人正踏波而下。

丹阳子和林轩道子停步，站在江岸边向那老少僧人颔首。

那两个僧人连忙在江面上停住，双手合十还礼。

老僧白眉低垂，道："道友从太学院归来？可满三日？"

丹阳子摇头："未满三日。"

老僧眉头动了动，显然内心颇不平静，道："太学院竟有如此能耐，可敌道子？我要与佛子去走一遭，不知境遇会如何。"

丹阳子躬身告辞。那老僧也躬身，各自离开。

丹阳子与林轩道子离去了，太学院上自祭酒下至士子都长长地舒了一口气，但到底是谁击败了林轩道子，则没有人能够说清。

说来奇怪，击败林轩道子本来是件大好事，但是那个高手竟然没有跳出来邀功。

众人纷纷猜测，有的说是皇子苑中的皇子暗中出手，使林轩道子知难而退，但是因为皇子之间明争暗斗不断，这个皇子担心自己锋芒毕露，所以隐瞒了这件事，免得遭到其他皇子暗算。

也有的说是神通居的剑痴萧隐出手了。因为他是剑痴，醉心于剑道，心无旁骛，所以对名利并不看重。更有的说是从前从太学院结业的那些师兄听到此事之后匆忙赶回来，将林轩道子击败，然后又匆匆返回前线了。从太学院结业的士子很多都已经做了前线的将军，领兵打仗了。

还有人猜测，是国师的弟子奉命进入太学院，成为太学院的太学士之后，击败了林轩道子，然后又退学了。

种种说法都有。

士子居中，诸多士子聚在沈万云的院子里，七嘴八舌地询问沈万云，道：“大师兄，现在山上都在猜测到底是谁打败了道门道子，不会是你吧？”

沈万云打了个哈欠，强忍着睡意道：“不是我。我虽然有心为太学院出力，但是因为练功太猛，不知不觉就在院子里睡着了。若非你们惹出动静，我也不会醒来。林轩道子是被谁击败的，我也不知道。”

众人将信将疑。瞿婷笑道：“莫非大师兄打算深藏身与名？”

沈万云哭笑不得，道：“我两天不眠不休，为了参悟国师传授的三招，用脑过度，精神受损，一身实力施展不出八成，怎么可能是我？倘若是我击败了林轩道子，我还会瞒住你们？”

突然，云缺和尚神情微动，道：“不会是那个弃民吧？”

越青虹也心中一动。尽管秦牧将她撞进铜柱子中，让她大丢脸面，但她对秦牧的本事还是极为佩服的。越青虹道：“那个弃民身怀绝技，无论是战技还是法术、剑法，都很强。莫非是他？”

沈万云迟疑了一下，摇头道：“实不相瞒，我便是看到他不睡觉，勤修苦练，所以才备受鼓舞，苦苦修炼，以求击败林轩道子的。他练的时间不比我短，估计现在还在呼呼大睡，肯定也错过了与林轩道子的争斗。”

一个士子气道：“这厮，将大师兄也带偏了！国师传法时他便在大呼小叫，说他练出了元气丝。刚刚练出元气丝的人，怎么可能击败道门的道子？”

众士子纷纷点头，笑道：“他在太学殿前，当着全院士子的面出了大丑，我们心中也很爽快，只觉被他打的地方都舒服了！”

就在此时，山下突然传来一片喧哗声，只听有人叫道：“山下来了一个老和尚，身边还带着一个小和尚，在山门前坐下了！”

众士子面面相觑。沈万云目光闪动，沉声道：“道门的高手刚走，大雷音寺的和尚又到了！这两个和尚，只怕小的便是大雷音寺的佛子！我未能与林轩道子交手，那么一定要会一会大雷音寺的佛子！诸位师弟、师妹，我需要休息半日，养精蓄锐。”

众士子纷纷告辞离去。

沈万云和衣躺下，不过多时便沉沉睡去。

待到第二天，沈万云醒来，神采奕奕。他梳洗了一番，填饱肚子后立刻下山，到了山下才得知大雷音寺的佛子打败了太学院的许多高手。

这个佛子金刚护体，精修佛门斗战胜法，催动法术时，身体膨胀数倍，力大无穷，又有佛光绕体，佛光时而化作大钟，时而化作佛塔。他抬手便是一口金钵，将人往钵里收，反手就是一座须弥山压下来。

沈万云上前对阵，战到十多个回合，以钻剑式破了佛子的护体金刚，让佛子受伤了。不过，佛子毕竟还是实力强悍，将他打得败下阵来。

神通居和皇子苑的许多士子不禁对沈万云刮目相看——士子居的士子多是五曜境界，修为较低，沈万云竟然能与大雷音寺的佛子交锋十多次才落败。这个战绩放在神通居和皇子苑中都十分亮眼，可以说，他算得上一等一的高手了，能够在神通居和皇子苑中列入前十。

有的皇子苑中的皇子和公主当即上前，露出拉拢之意。沈万云既不答应，也不推辞，免得得罪太多人，心道：看来我的战绩还算不错，否则也不会有人来拉拢我。不知道秦师弟与这个和尚交手的结果如何，他在佛子手底下支撑了几招……

“公子说的那头青牛，我见过几次。”太学院中，狐灵儿带着秦牧前往后山，道，“后山有一个菜园子，我前几日在山中溜达，想寻些灵芝仙葩之类的宝物，从那边经过，看到园子里有几株灵草，遇到了这头牛，它冲我叫了好几次。我看它护着那几株灵草，心里很不爽。我老早就想把那几株灵草弄来吃了。”

秦牧有些惊讶：“菜园子里的？多半是头野牛，不然谁会把它放在菜园子里吃菜？”

“这倒也是。公子，山门前的那个龙麒麟怎么会想着吃这头牛？”

“不知道，我估摸着可能是这头牛得罪过龙麒麟。龙麒麟大概是看它整天偷吃菜园子里的菜，有些不爽。”秦牧猜测道。

狐灵儿带着他来到后山。后山很少有士子来。

在这后山有几间院子，听说有几个喜欢阴凉的监丞住在这里。除了监丞的院子外，便是守山老人的住所。

后山开辟有几片菜地。秦牧与狐灵儿沿着崎岖的小路向山下走，走了半晌，看到一个瓦红色的院子，院子的左前方有一片平地，有五六亩，围上了栏杆，种了许多菜。

此时正有一头青牛在菜地里，吃着地里的菜，悠闲地甩着尾巴，驱赶蚊虫。

秦牧看了一眼，打了个哆嗦。

这头牛的确是青牛，但是秦牧觉得，自己未必能打得过这头青牛！

这头青牛一身腱子肉，雄壮无比，像人一样用两条后腿站起来，正靠在一根柱子上。它的前蹄已经变成了硬角质的手掌，正抓着一把绿油油的菜往嘴里送。

秦牧目测了一下，这头青牛有两三个自己那么高，身上几乎没有肥肉，全是肌肉，而且它的皮呈现出玉色，油光锃亮的，像是在手中被盘了十几年的美玉一般。

最可怕的是，这头青牛呼吸之时，鼻息如同两道白光，一进一出，脖子上还长着龙鳞。秦牧敢肯定，这头青牛已经在山上修炼了不少年头，呼吸九龙之气，发生了龙化。

“何人偷窥洒家？”突然，那头青牛发出人声，而后将一朵牡丹塞入口中，目光如电，看向秦牧。

秦牧吐出一口气，向狐灵儿道：“不就是一头牛吗？我自小放牛，还奈何不得它？灵儿，你先向后退，待会儿我若是让你跑，你就赶快跑，明白吗？”

狐灵儿点了点头，向后退去。

秦牧长长地吸了口气，迎着那头青牛走去，笑道：“这位牛兄……”

那青牛脾气火暴，冲上前来便打，冷笑道：“臭小子，一脸坏笑，肯定不是好人！谁跟你是牛兄牛弟？”

狐灵儿向山上退去，突然只听菜园子那里传来一声惊雷般的巨响，接着轰轰轰震动不绝。过了片刻，秦牧一溜烟地狂奔过来，叫道：“灵儿快跑！”

狐灵儿连忙撒腿便跑，眼睛偷偷向后瞥去，只见秦牧眼窝肿了，鼻子青了。显然，短短片刻，这个残老村的放牛娃便被那头青牛暴打了一顿。

狐灵儿暗暗咋舌，心道：公子一向神武，到了太学院打这个打那个，怎么而今被一头牛打了？

他们背后传来轰隆轰隆的蹄声，显然是那头青牛正气势汹汹地向这边追杀过来，不依不饶。

秦牧将狐灵儿抓起，放在肩头，向山上死命地狂奔。

过了片刻，那头青牛追不上这一人一狐了，便骂骂咧咧地回去了。

青牛刚回到菜园子里，只听旁边的瓦红色院子里传来霸山祭酒的声音。霸山祭酒迷迷糊糊地问道：“外面为何这么吵？”

“老爷，有人欺负你家牛牛呢！”那头青牛连忙哈腰，向院子里赔笑道，“他还要偷老爷家的菜，被牛牛打跑了。”

“竟有此事？”

第140章 刷锅洗碗

霸山祭酒披着灰色貂皮大氅走了出来，手中抓着一个半人高的酒葫芦，仰头灌了几口酒，打了个酒嗝，然后将酒葫芦丢给青牛，道：“谁敢偷我的菜？胆子倒是不小。”

那头青牛对着酒葫芦痛饮了几口，打了个酒嗝，喷出一股混着草料味的酒气，道：“不知道。是个愣头愣脑的傻小子，带着一只狐狸。”

霸山祭酒若有所思，道：“原来是那个从大墟里走出来的小子，连我的小牛牛都敢招惹，还想偷我的菜，很狂很嚣张啊。我知道了，你在这里看着菜园子，免得被人偷了菜去。”

秦牧回到山前，摸了摸脸上的淤青，脸色阴晴不定：“这头牛，打是打不过它，不过倒可以下药弄翻它。药师爷爷说了，打不过就下毒。只要捆上它的蹄子，就由不得它反抗……祖师，你怎么在这里？”

秦牧前方是一片草庐，只有两三间房子，很简单。这片草庐依山傍水，很雅静。只见少年祖师正在院子里洗碗，应该是刚刚吃过饭，旁边跟着一个白发苍苍的老人，正在用丝瓜瓤刷锅。

这个老人秦牧见过，是天魔教的执法长老。

少年祖师虽然是太学院的国子大祭酒，地位崇高，但是没有仆人、丫鬟伺候，身边只有执法长老。

少年祖师和执法长老也看到了他和狐灵儿，但都没有起身，而是继续忙活自己的。执法长老笑道：“祖师本来便住在这里，少教主没有来过这里？”

秦牧摇头，站在外面躬身见礼，然后走了进去。

执法长老向秦牧见礼，秦牧连忙还礼。接着，秦牧走上前去，坐在盆边帮少年祖师洗碗。秦牧笑道：“祖师身为大祭酒，为何这么清贫？”

少年祖师取来毛巾擦了擦手，道：“我闲散惯了，住不得高大辉煌的宫殿。执法长老并不住在这里，只是这几日我才让他过来，累他和我一起受苦。”

秦牧看了看执法长老，执法长老露出笑容，道：“我也想多清净几日，这里正好。”

少年祖师笑道：“少教主，等你登基之后，我还要借执法长老几年，让他随着我四处走一走。等到我死了，他也好帮我收尸。我圣教不留尸身，人死如灯灭，只留一把灰。到那时执法长老会把我的骨灰带回来。”

秦牧沉默了，心里一酸。

英雄迟暮。

即便是强大如村长、强大如少年祖师这样的人，也免不了生老病死的命运，终将会被时光消磨掉满腔的热血和壮怀，变成黄土包里的尸骨。

少年祖师看了看他，道：“山下来了一个老和尚和一个小和尚。”

秦牧点头，洗好碗之后用朱雀元气烘干了手上的水。执法长老挂好了炒锅，搬来一张茶几，打算泡茶，狐灵儿跑过去帮忙。

“知道。听说山下的和尚是大雷音寺来的。我去看了一眼，老和尚我认识，以前在大墟里见过，听马爷说是他师兄，叫作镜明还是什么。”秦牧想了想，不敢确定是不是这个名字，“小和尚便没有见过了，好像是大雷音寺的佛子。”

狐灵儿个头矮小，还没有茶几高，吃力地给他们斟茶。执法长老连忙接过茶壶，放在茶几上，然后把狐灵儿抱起来放在一旁的藤椅上，笑着道：“我来便是。”

少年祖师依旧盯着秦牧，道：“人家在堵我们太学院的山门。”

秦牧道：“堵了大半天了。我跑过去看热闹，这个佛子的本事的确不小，如来大乘经、斗战胜法、金刚不坏身、如来舍利塔、大乘灭度印、十八罗汉印……

祖师，我对咱们太学院是不是有什么误会？”

少年祖师纳闷：“什么误会？”

“咱们是不是很弱？”秦牧不解地问道，“怎么天天被人堵着门殴打？我才刚刚入学，太学院便被人砸了两次场子，放在我们大墟，早就抄家伙干翻他们了。”

少年祖师气道：“我说的不是这个。我说的是佛心佛子到了，你不去应战，为何反而去后山？”

秦牧笑道：“我怎么没有去？我去过了，然后从山门那边回来了，接着才去的后山。山门那边好不热闹。”

少年祖师动怒了，执法长老连忙上前献茶。少年祖师将杯子里的茶一饮而尽，放下杯子便要发火，执法长老连忙又斟了一杯。

少年祖师强忍怒火，道：“太学院的其他士子都上前迎战佛子，你为什么不去？”

“祖师，我打过道子了，就在不久前，而且我还受伤了。”秦牧叫屈道，“我的手还被刺了个窟窿，你看……咦，伤疤呢？反正我受伤了，很严重的内伤。我打过一场了，佛子谁爱打自己打去，我要养伤。你看我脸上还肿着。你家少教主被一头牛打了，你都不帮我出头，我为何要帮太学院出头？”

执法长老咳嗽了一声，提醒道：“祖师，茶凉了。”

“没这么快凉！”少年祖师拍案，冷笑道，“你想怎样？让我再将国师请来传经授道吗？我已经请过一次了，再去请，老脸往哪儿搁？你还能让我请谁？请皇帝吗？”

秦牧心中微动，试探道：“皇帝能否来我太学院开讲？”

少年祖师仰头饮茶，连茶叶也给吃下去消火了，冷笑道：“你死了这条心，皇帝是不可能来太学院开讲的！临时抱一次佛脚倒也罢了，怎么还想抱两次？我没这么大的脸！”

秦牧悻悻地说道：“祖师，我在想，三大教派已经到了两个，道门的道子、大雷音寺的佛子都已经来堵门了。咱们天圣教是否也应该露露脸，堵一堵太学院的门？我身为少教主，理应前去堵太学院的山门，壮我教威……”

少年祖师再次拍案，霍然起身，茶几被拍得晃来晃去。执法长老连忙拦住他，叫道：“祖师息怒，息怒！少教主还是个孩子，犯不着与他怄气！息怒！”

少年祖师气极反笑：“臭小子，你以为除了你，太学院便没有人能够击败道子吗？”

秦牧笑道：“应该有，不过那是从前。现在那些人已经从太学院结业，不再是太学院的弟子了。祖师想要道法昌隆，须得将从太学院中走出去做了大官的人请回来，让他们授课，再请来朝廷中的一品大员，请他们讲授道法神通。”

少年祖师叹了口气，摇头道：“现在的一品大员多是教主、门主了，再不然便是世家之主，岂肯将自己所学传授给天下人？你的意思我都明白，只是我即将辞官，也无心于振兴太学院了。这件事只能留给下一代大祭酒来做了。只是，不知道皇帝和国师会安排谁来做这个大祭酒。你果真不去与佛子对阵？你是不是自觉不是他的对手？”

秦牧摇头，颇为自信：“我乃霸体，打佛子与打道子对我来说并无区别。”

“霸体？”少年祖师纳闷，有些茫然，“这世间还有霸体一说？”

执法长老摇了摇头：“没有听说过。”

秦牧信心十足地说道：“村长亲口说的。我乃举世无双、独一无二的霸体，只有我才能修炼霸体三丹功。”

“原来是那个老家伙。果然还是他见多识广。”少年祖师瞥了他一眼，道，“你果真不去？就算不用你，我也有人可以逼退佛子！”

秦牧眨眨眼睛，试探道：“祖师打算亲自上阵？”

少年祖师端起茶，喝道：“赶紧喝完茶滚蛋！”

秦牧饮完茶，带着狐灵儿转身离去，想了想，又退了回来，道：“祖师，总是被别人堵门也不是办法，咱们为何不去堵别人的门？”

“你出力吗？”

“皇帝来开讲吗？”

“滚！”

“是。”

……

“这个浑小子，没有好处连一分力都不肯出。”少年祖师摇了摇头。

执法长老笑道：“少教主对太学院并没有感情，自然不会轻易出力。而且，祖师不是很开心吗？”

少年祖师哈哈大笑，道：“这小子喜欢逗我开心。不愧是那几个老家伙教出来的。残老村的那个老头子的确不凡啊，我都不知道这世间还有霸体，他竟能认出来。待我辞去这大祭酒的官儿，便去找他唠一唠。不过少教主说得也对，总是被别人堵门也不是办法，索性我们也去堵别人的门。他们不是想造反吗？先打他们的脸，让他们没脸造反！”

执法长老提醒道：“祖师，还有两个月你便要退了。”

少年祖师叹了口气，道：“这件事只能让别人去做了。这些日子皇帝已经在物色下一任国子大祭酒了，你说谁会来接任？”

执法长老摇头，道：“我怎么会知道？不过，我觉得皇帝会从一品大员中挑选一人。虽说国子大祭酒只是三品官，但是这个官职太重要，必须要由皇帝的亲信来担任。”

皇宫中。

延丰帝正在批阅奏折，一个太监突然前来禀告，细声细气地说道：“陛下，顾大人到了。”

“让他进来。”延丰帝头也不抬地应道。

“臣顾离暖，拜见陛下！”

延丰帝抬起头来，看向堂下躬身而立的顾离暖，放下朱笔，道：“顾大人，你失踪了两百年，如今被小秦将军救回。按理说，朕本应给你安排官职。但是你失踪这么多年，又丢了朝廷佩剑，罪责不小，朕即便想要提拔你，也倍感压力。不过，朕还是决定力排众议，重用你。”

顾离暖又惊又喜。

“太学院国子大祭酒这个官职至关重要，现任大祭酒主动辞官，朕让他两个月之后卸任，方便物色人才。朕选中了你，希望你不要让朕失望！”

“臣必定肝脑涂地，死而后已！”

延丰帝提笔，继续批阅奏折，道：“你不用肝脑涂地。但你若是让朕失望了，朕就砍你的头。下去吧。”

第141章 失迷香（上）

“蛇莓两钱，天竹子一两六钱，夹竹桃四钱……”

秦牧带着狐灵儿来到太学院库府，递上药方，买来自己所需的药材，向狐灵儿道：“我这次要炼的药叫作失迷香，是一种麻药。药师爷爷曾经用它放倒了一条蛟龙。虽然那头青牛很强壮，但我绝对可以将它放倒！不过，这种药须得用特殊的丹炉来炼，容不得半点马虎。”

狐灵儿好奇地问道：“为什么？”

“这种药挥发出的香气连蛟龙都可以放倒，更何况炼丹的药师？”秦牧笑道，“倘若丹炉没有密封好，药炼成之后，香味散发出来，香味过处，恐怕天人境界的大神通者都会栽下来。我没有这种密封丹炉，须得去太医殿借一个来使使……”

突然，只听一个熟悉的声音道：“小神医，要到哪里去？”

秦牧循声看去，笑道：“原来是曲太医。哦，是了，你是监丞，我要称你为曲老师。”

曲太医连忙道：“快别这么说，羞杀我也！小神医，今儿下午我有个讲座，要给士子们讲医理，你是神医，你来代我讲便是。”

秦牧失声笑道：“我只是学生，哪里能够授课？而且下午我还有事，只怕不能去了。我打算炼一炉药，下午要用。”

曲太医原本有些失望，闻此眼睛一亮，道：“你要炼丹？”

秦牧笑道：“不算是炼丹，只是炼药。”

曲太医目光闪烁：“小神医，许我观摩吗？”

秦牧迟疑了一下，点了点头：“我打算借用一下太医殿中的丹炉，你若是想看，一起去便是。”

曲太医大喜，笑道：“小神医先去太医殿，我去去就回！”说罢，他风一般地去了。

秦牧走向太医殿，还未来到殿前，便见曲太医已经在殿前等候了。除了他之外，还有太医署的游太医、余太医等人，都是一脸激动的神色。

秦牧纳闷，自己只是想炼一味普通的麻药罢了，他们至于这么兴师动众吗？

“小神医，快快！”

几个太医连连催促，七嘴八舌地说了起来：

“需要开动地火洪炉吗？”

“我们可以打下手！”

“用哪些药材？药材的顺序如何排列？”

“何时用文火？何时用武火？施展时，元气如何运行？”

……

秦牧与他们一起走入太医殿，迎面便见一个巨大的洪炉。用这个丹炉炼丹，只怕一炉丹吃两三年才能吃完。这丹炉应该是军用之物，或者是用来炼制什么药效惊人的灵丹的。

除了这个大洪炉之外，还有其他大大小小的丹炉。这些丹炉下方有符文阵法，连接地底三千丈的地火。

“有密封炉吗？”秦牧询问道。

“小神医，这边请。”游太医快步领着他来到太医殿的一个石炉前，笑道，“此炉便是密封炉。小神医看能使吗？”

秦牧眼睛一亮，只见这个石炉是用玉石直接切开制成的，上下掏空，内设八卦五行，不留风口，只需合在一起，旋一旋，便密不透风。就算丹药在炉中爆炸，只怕也炸不开这个丹炉。

“合用！”

秦牧掀开炉子，细细打量，然后将一味味药材按照顺序放在炉中的八卦方格和五行方格中。这个石炉的八卦方格和五行方格各有顺序，待到一定时间，方格会打开，方格里的药材便会落入炉中，这样便不需要掀开炉盖投药了。

他放好药材后，立刻手掌一拍，从地面上的符文阵法中牵引出地火，烘烤石炉。

狐灵儿对炼药并不上心，东张西望。几个白发苍苍的老太医却兴致勃勃地在一旁围观，目不转睛。

余太医看到秦牧的手法，眼睛一亮，赞叹不绝："这手法，真是出神入化，令人匪夷所思！真的是好！小神医，你为何要连点十三记？"

秦牧道："紫丹石乃玉石，药性藏在玉石之中，比其他药材更难激发出药性，所以要连点十三记。我的修为比较低，倘若有诸位老师那么高深的修为，倒无须点十三记，只需要炼出药性即可。"

几个老太医连连点头，连忙记下。

秦牧一边炼药，一边与他们交流。几个老太医问得多，他就为这几个老太医讲解药理和炼药技巧。

"这是龙虎相济手吧？"突然，曲太医神色大变，失声道，"一种失传已久的手法！"

其他三个老太医也很诧异，目不转睛地盯着秦牧翻飞的手掌，想要记下秦牧的手法。

白发苍苍的余太医喃喃道："龙虎相济手已经失传两百年了，没想到竟能在小神医这里再见！我这是在做梦吗？"

"你们若是想学，有空我可以教你们，不过我最近没有时间。"

现在已经到了炼药的关键时期，秦牧分不得心。龙虎相济手只是药师传授给他的几百种炼药手法中的一种，算不上有多么特殊，他觉得传出去也没有什么大不了的。炼药最为关键的还是药理，手法什么的都是补充。

话虽如此，手法在几个太医的眼中却是至关重要的。除了手法，单方也是无数学医之人非常看重的东西。倘若有人得到了一个孤品单方，必然会将其视若珍宝，轻易不肯外传。

这与药师教给秦牧的理念完全不同。药师根本不迷信单方和手法，对秦牧教导最多的便是药理。秦牧从未想过药师教给自己的东西有多厉害，只觉都是寻常的东西，因而这几个太医的震惊让他觉得莫名其妙。

此时，秦牧已经准备收药，手越来越快，让人眼花缭乱。片刻间几个太医便看到了十多种已经失传的手法，有的甚至比龙虎相济手还要复杂。

诸多手法一晃而过，每一种手法都带来了地火的不同形态的变化。几个太医还未来得及记下，秦牧便已经收手，然后静静地等在石炉旁边。

等到石炉冷却了，秦牧催动玄武元气，手掌越来越凉，越来越冰。他将手贴在石炉上，炉壁上很快便结出了一层寒霜。

又过了片刻，秦牧让几个太医和狐灵儿一起退后，然后屏住呼吸，小心翼翼地打开石炉。那炉底有一层薄薄的粉色雾气。

秦牧一只手运转玄武元气，让这雾气冷却下来，另一只手取来一个小玉瓶，元气在瓶中运转，将炉底的雾气牵引到了玉瓶之中。

他急忙旋紧瓶盖，还不放心，又将玄武元气化作一团玄冰封在瓶口，这才松了一口气。

“我需要的药已经炼好了。”秦牧向几个太医称谢，笑道，“诸位老师，我还有事，便不打搅了，下午的课……”

曲太医笑道：“你只管忙你的便是，今后有事便没有必要来听讲了，若是有时间可以过来给我们几个老骨头讲讲课，炼炼丹，便足够了。”

秦牧告辞离去。

他前脚刚走，几个老太医便连忙凑到一起。游太医眉飞色舞，道：“诸君，各种药材都记下了吗？”

余太医颤巍巍地说道：“还能瞒得过我们？这些药材我嗅一嗅便知道是哪几种，几两几钱都瞒不过我的鼻子！”

“君臣佐使、八卦五行的顺序呢？”

曲太医笑道：“放心，我都记下了！”

“那么手法呢？”

几个老头齐声笑道：“我们各记了一部分，凑到一起，便可以基本复原！”

曲太医迟疑了一下，道：“不过，刚才他收药时让我们走远，收药的手法我没有记下来。而且，咱们不知道他炼的是什么药，贸然炼制的话……”

“收药只是小事而已，不会太麻烦。至于炼的是什么药，炼出来后一闻便知！小神医炼的药，肯定非比寻常！”

几个老太医兴致勃勃。余太医立刻去库府取药材，剩下的几个老头则负责清洗石炉，等到余太医回来，便立刻将药材按照一定的顺序放入八卦方格和五行方格之中。

几个老太医相互配合，牵引地火，一人施展一种或者多种手法，围绕石炉开始炼药。

过了不久，太医殿中来了许多士子，只是正值炼药的关键时期，几个老太医无暇理会他们。这几日太学院先是被道门道子堵门，接着又被大雷音寺的佛子堵门，不少人被打伤了。太学院的士子们因此意识到太医殿的重要性，太医殿开课，他们自然要过来听讲。

诸位士子只见这几个太医手法变幻莫测，出神入化，不由得赞叹连连，心中佩服不已。余太医等人围绕石炉不断移动脚步，如同几只蝴蝶围绕炉火飘来飘去，的确是仙风道骨，一看便是得道的高人。

突然，几个老者停下脚步，各自收手，调整气息，等待石炉冷却。

到了这一步，几个老太医都有些迟疑。曲太医把手放在石炉上，道：“好像是这种手法，他的手就这样贴着……”

余太医笑道：“炼不成也没关系，大不了再炼一炉。开炉吧！”

游太医上前，掀开炉盖，顿时一股香气扑鼻而来。他不由得笑道：“好——香——啊——”

咚！

游太医倒地，面上还挂着诡异的笑容，那笑容像是绽放了一半的花朵。

咚，咚，咚！

余太医、曲太医等人也脸上挂着笑容，仰面倒地。

不远处围观的诸多士子见状惊叫，有的要救人，有的要逃走。突然，所有士子只觉自己的四肢仿佛消失了，一个个扑通扑通地倒了下来。

他们不仅感觉自己的四肢不翼而飞了，还感觉自己的眼睛、鼻子、耳朵，甚至脑袋都“不见了踪影”！

他们的灵胎此刻也突然麻痹了，动弹不得，元气也僵化了！

第142章 失迷香（下）

“太医殿有人中毒了！”殿外经过的几个士子立刻发现了太医殿中的异常，一人连忙向外冲去，高声叫道，“我去叫监丞，你们赶紧进去救人！”

其他两个士子连忙冲入殿中，只嗅到一股香气，便直挺挺地倒下。

没过多久，青阳殿的法庆禅师带着几个僧人冲来，呼啸着闯入殿中，喝道：“赶快救——”

扑通！扑通！那几个僧人纷纷倒地不起。法庆禅师毕竟修为高深，转身便向殿外走去，刚刚来到殿门处，终于也支撑不住，跌倒在殿门外。

“法庆禅师也被毒倒了！”

外面的几个士子慌忙上前来救法庆禅师，突然嗅到一股香气，也相继倒地。四周的士子见状，一边叫人，一边向这里奔来，还未来到跟前便毫无预兆地扑通扑通倒在地上。

士子居、神通居和皇子苑的士子们也得到消息，慌忙赶来，其他各殿的监丞也纷纷出动，打算救人。山门前，还有一些士子听到这个变故，顾不上与佛子对抗，便连忙上山，营救同门。

霸山祭酒也得到消息，急忙飞奔来到太医殿前，只见太医殿的前方已经躺倒了几百个士子和监丞——那失迷香的香味已经从太医殿中逸出，扩散到殿外。

凌云道人等监丞站在不远处，脸色大变。突然，阵元殿的朔风道人上前，双袖兜风，沉声道：“这毒极为厉害，还是吹散这毒气才好救人！”

呼！他的双袖喷出两股狂风，向太医殿中吹去。霸山祭酒脸色大变，厉声道："不要吹！"

朔风道人还未回过神来，那殿中浓郁的香气便被吹出了大殿，弥漫开来。霸山祭酒喝道："屏住呼吸！"

不过已经晚了，失迷香的香味四下散开，一个个士子扑通扑通倒地，身躯僵硬，而监丞修为高深，只觉四肢发麻，双腿发软，动弹不得，元气也变得懒洋洋的。

霸山祭酒见机得早，而且修为极高，只吸入了一丝香气，当即以浑厚的真元将香气逼出体外。他四下看去，只见士子一个一个地倒下。

"糟糕，这是要被灭门了吗？"他心中一片悲凉。这股香气只怕很快便要弥漫整个太学院，能够不被迷昏的，恐怕只有一二十人而已。这些人有着天人境界以上的修为，能够将那股异香逼出体外。

太学院乃当今世上的第一圣地，而今门人竟然要被这股异香统统放倒，不是灭门也与灭门相差无几了。

"太医殿的几个老浑球儿，到底炼的是什么毒？"

他并不知道，失迷香并非毒，只是一种麻药而已。过一两个时辰，麻药的药力便会散去，伤不到人分毫。

就在此时，太医殿前突然有一个葫芦冉冉升起，葫芦嘴向下，产生了一股可怕的吸力，将渐渐蔓延的香气连同周遭的空气一起吸入了葫芦之中。

山上山下掀起一股狂风，没过多久，异香消失了。霸山祭酒舒了口气："幸好有大祭酒在，没有危及全山。不过这些人只怕是……"

他双目含泪，看着太医殿前的无数"尸体"。突然，他耳边传来一个声音："霸山，他们又没有死，你哭什么？"

霸山祭酒微微一怔，连忙上前探了探一具"尸体"的鼻息，果然气息稳定。

少年祖师来到他身边，四下看去，皱了皱眉头，道："好像是毒王的手笔。是了，我知道是谁动的手脚了。这个小坏蛋，无法无天了！"

霸山祭酒迟疑地说道："大祭酒，听闻是几个太医炼药，出了岔子……"

少年祖师冷笑道："太医殿的那几个太医还炼不出如此强的麻药，一定是那个小鬼头在殿中炼药，结果炼岔了，把自己迷昏了不说，还迷昏了全院的士子……”他说到这里，突然眼睛直了，直勾勾地看着不远处。

霸山祭酒不解，顺着他的目光看去，眼睛也直了。

只见一个少年士子从后山走来，双手托着一头雄壮无比的大青牛。那头大青牛也被迷昏了，四个蹄子被捆在一起，四蹄朝天。

而牛蹄子上还坐着一只纯白的小狐狸。

那少年士子看到满地的“尸体”，微微一怔，接着看到了霸山祭酒和少年祖师，不由得脸色大变，连忙将青牛扔了，抓起狐狸，撒腿就跑。

“我的小牛牛！”霸山祭酒狂奔过去，将那头被迷昏的青牛接住，一脸心疼之色，怒道，“臭小子，你放倒我的坐骑，我誓不罢休！”

秦牧还未跑出多远，突然领子一紧，被少年祖师拎起，然后眼前景色飞速变换，下一刻便出现在太医殿前，站在满地“尸体”中间。

秦牧老老实实的，低头看着身边的白狐。白狐也老老实实的，低头看着自己毛茸茸的前腿。

少年祖师气极反笑，指着满地“尸体”，半晌说不出话来。

“墙边站着！”少年祖师憋了半天，喝道。

秦牧和狐灵儿走到太医殿墙边，低头站着。

少年祖师黑着脸，背着手在他们面前走来走去，突然喝道：“谁下的毒？”

秦牧连忙道：“那头青牛是我迷昏的，至于这些士子和祭酒，我便不知道是怎么回事了。”

少年祖师沉着脸道：“如何解？”

秦牧老老实实地答道：“不消解，只需等待一时半刻，他们便会清醒。”

少年祖师冷哼一声，竖起指头数落道：“你才来太学院几天，便将这里折腾了个天翻地覆！士子居的士子，快全被你打一遍了！士子居的房子，也快被你拆干净了！在墙上种脑袋，在地里种人，你当我不知道吗？当着皇帝的面打翻凌云监丞，现在又迷昏了霸山祭酒的坐骑！迷昏了太医殿的人不说，我这太学院绝大多数人都被你迷昏了！你下一步准备干什么？放倒全京城的人吗？”

秦牧想了想，挠头道："那得多大的丹炉才能炼出来这么多的失迷香？……我的意思是，迷昏这些士子和祭酒的失迷香绝对不是我炼的！"

少年祖师气结："那么你倒说说，你迷昏霸山祭酒的坐骑作甚？"

霸山祭酒走了过来，好奇地问道："是啊，你迷昏我的牛作甚？"

秦牧眨了眨眼睛，道："我和它闹着玩哩。我打算……偷菜园子里的菜，这几日吃得太油腻了，所以想换个口味。"

霸山祭酒狐疑，道："你放倒了我的牛，为何不去偷菜，反倒扛走它？你是看中了我菜园子里的菜，还是说我的牛就是你的菜？"

"这个……"

秦牧低头看着陪自己站在墙边的狐灵儿，狐灵儿也找不出理由。

霸山祭酒气结："你说不出来了？你说，该如何罚你？大祭酒，他刚刚上山便敢觊觎我的牛，还放毒，差点把太学院所有士子都给害了，此子留不得……"

少年祖师咳嗽了一声，低声道："霸山，他是毒王的弟子……"

霸山祭酒吓了一跳："毒王？哪个毒王？"

少年祖师悄声道："还能是哪个毒王？当然是玉面毒王。治好太后病的那个花巷神医就是他。他治病救人厉害，下毒的功夫自然不会比国师府的辅元清差。"

霸山祭酒毛骨悚然，连忙离秦牧远一些，呵呵道："既然我的牛没事，那么此事我便不追究了。大祭酒，你来处理便是。"

少年祖师头大。秦牧哪一点都好，就是太能折腾。

村长等人将秦牧栽培得很出色，少年祖师也很满意，但是秦牧折腾太学院倒也罢了，万一到了天魔教还折腾天魔教，那就极为可怕了。

突然，少年祖师露出笑容，慈眉善目地说道："我还有两个月就会辞官，不能再捅出娄子了。你这两个月安分一些可好？"

秦牧点头，辩解道："迷昏太学院士子的失迷香真不是我炼的！"

少年祖师笑眯眯地问道："是谁将失迷香的药方传出去的？"

秦牧低头。

少年祖师向霸山祭酒道：“霸山，你来。”

霸山祭酒上前，少年祖师笑道：“这两个月，你盯紧他。等到两个月后我退了，你便可以轻松了。”

“大祭酒的意思是……”霸山祭酒凑到跟前，提起手掌做出一个向下切的动作，露出询问之色。

少年祖师似笑非笑，道：“想多了。他是神医，连太后的病都治好了，用一剂麻药就迷昏了全山的人。你若是杀了他，我就杀了你。”

霸山祭酒恍然大悟，道：“让我看着他也不是不可以，只是我性子野，不习惯待在山上……”

少年祖师笑道：“你去哪里便带着他去哪里。”

霸山祭酒点头应下。

少年祖师微微叹息，道：“别愣着，把那些被放倒的士子和祭酒抬出来，让他们透一透气。”

秦牧与霸山祭酒连忙走入太医殿，将殿中众人抬出来。

太学院的士子被放倒了大半，监丞也被放倒了不少，待到失迷香的药性过了之后，众人陆续醒来，只是头脑还有些晕晕乎乎的，一时半刻无法彻底恢复。

太医殿的几个老太医向众人赔礼道歉，很羞愧，同时对秦牧的钦佩又多了几分。

他们这才知道秦牧收药时为何让他们避开 。

幸好这只是麻药，倘若是闻着就死的剧毒，只怕延康国未来的精英会一下子死掉大半。

就在这时，有人突然惊叫道：“佛心佛子与镜明大和尚走了！”

第143章 霸山祭酒

太学院上下一片哗然，一个监丞喃喃道："难道是击败道子的那个士子又出手了？"

秦牧也心头微震。镜明老和尚带着佛心佛子前来，与道门的丹阳子的目的一样：堵门三日，灭太学院的威风，诛延康国人之心。

而现在三天未到，镜明大和尚便带着佛心佛子离开了。这只有一个解释，那就是佛心佛子被击败了！

"刚才我明明在后山对付青牛啊……"秦牧茫然，既然击败佛心佛子的不是他，那么会是谁？

秦牧想起自己在草庐那边遇到少年祖师时少年祖师说的话。当时少年祖师就暗示，太学院中除了秦牧，还有其他人有能力击败佛心佛子。

倘若秦牧不出手的话，少年祖师便会让那人出手。

而这个击败佛心佛子的士子，竟然与秦牧一样低调得很。秦牧击败林轩道子之后没有向外人提起这回事，而此人竟然趁着太学院的士子和祭酒被失迷香迷昏这个空当，独自击败了佛心佛子。

那时候，山门前除了佛心佛子和镜明老和尚之外，便只有那头龙麒麟了。

龙麒麟虽然会开口说话，但是个锯了嘴的葫芦，倒不出几个籽儿，想从它那里套话基本不可能，除非能把霸山祭酒的坐骑弄过去给它吃。

不过现在秦牧再想把那头青牛迷昏就困难了。

"太学院中有一个能够与我并驾齐驱的高手，这是好事。"

秦牧微微一笑，不再去打听出手的人是谁，带着狐灵儿返回士子居。士子居中很多人都已经知道这次几个太医是从他这里得来的单方，而且炼出的药还放倒了太学院大半的士子，所以见到他都有些畏惧。

突然，一个怯生生的声音传来："秦师兄，是你击败了那个佛心佛子吗？"

秦牧循声看去，只见说话的那人是与自己一起成为太学士子的文静女孩司芸香。她总爱害羞，秦牧还逗过她几次，把她羞得脸蛋通红，手足无措。

秦牧摇头道："当然不是我。那人击败佛心佛子的时候，我被大祭酒抓去训话了呢。香妹子，你有没有看到击败佛心佛子的人？"

司芸香摇头："我刚才被一股香味迷昏了，也不知道发生了什么事，现在还有些头晕。我见师兄神采奕奕，没有中毒，还以为是师兄赶走了佛心佛子呢。"

秦牧目光闪动，笑道："真不是我。我也很想知道打败佛心佛子的是谁。"

司芸香看到有人向这边看来，连忙返回院子，掩上房门。

秦牧借机向她的院子里看了看，还未来得及看清里面有什么，这女孩的房门便已经关闭，秦牧只得返回自己的住所。

"这个司芸香，大有问题。"他定了定神，低声道，"她根本没有中失迷香，中过失迷香的人不是她这副样子。失迷香是一种麻药，中了这种麻药的人醒来之后两三个时辰内都会有所不适。她刚才可没有表现出任何不适。"

狐灵儿道："公子，太医殿前被迷昏的那些士子中并没有司芸香。"

秦牧心中微动。

少年祖师训完话之后，要他留下来帮忙照看那些士子和监丞。秦牧和狐灵儿都在那里帮忙，狐灵儿四处溜达，打算搜刮"战利品"，被他制止了。

当时，狐灵儿见过所有被迷昏的人的面孔，它说没有司芸香，那就没有。

"她的确在撒谎。"秦牧眨了眨眼睛，道，"她没有理由刻意从自己的住所中跑出来，对我撒谎。这么说来，她其实是想炫耀。她跟我说的是击败佛心佛子这件事，那么她想炫耀的也是这件事了。击败佛心佛子的就是她。"

秦牧突然产生了疑问：少年祖师为何如此笃定太学院中除了他，还有人能够击败佛心佛子？

难道少年祖师早已知道司芸香有这个能力?

少年祖师为何这么了解司芸香这个刚刚成为太学士子没有多久的女孩？要知道，就算是秦牧这个少教主，少年祖师也需要考验数次，才可以确认他的实力和能力。

这说明，少年祖师对司芸香极为了解，胜过了解秦牧。而这个女孩又姓司，有喜欢炫耀的小毛病……

“婆婆真会玩！”秦牧悻悻地说道，“我先不拆穿她，倒要看看她到底想做什么。”

他正要掩上房门，突然霸山祭酒的声音传来：“牛牛，快点把我的行囊搬过来。”

“是，老爷。”

霸山祭酒推门走了进来，身后跟着一头壮硕的青牛，青牛背着一个大行囊。这头青牛还未完全化成人形，只是像人一样行走，正是被秦牧迷昏的那头青牛。

“我住哪个屋？”霸山祭酒向秦牧问道。

秦牧愕然。霸山祭酒却是自来熟，笑道：“那就西屋吧。嘿，好多钱！秦士子，你好生有钱！牛牛，咱有钱了，快抓一把去山下打酒！”

“有酒喝吗？”狐灵儿欢呼，蹦蹦跳跳地跑了过来，跳到青牛头上蹲着，笑道，“我陪你一起去！”

青牛带着它向外走，道：“你也喝酒？会行酒令吗？”

霸山祭酒把自己的行囊放下，整理好房屋，铺好床铺后，瞥见秦牧还在外面，笑道：“大祭酒让我看着你，我自然要和你住在一起，免得你又四处闯祸。门口的字是你写的？”

秦牧点头。

霸山祭酒用力拍了下巴掌，赞道：“写得好看！你的字写得很有味道，比画圣阁的那些家伙写得都好。我都不明白咱们太学院画圣阁里的那些家伙是做什么用的，竟然有脸领朝廷的俸禄！对了，你打呼噜吗？”

秦牧摇头。

“我打呼噜。”霸山祭酒道，“咱们太学院里有很多监丞也打呼噜，尤其是仪秋师太那个老尼姑，呼噜声震天，啧啧，十里外都能震死牛。幸好这老尼姑不经常睡觉，只顾着打坐。倘若她睡了，你们这些士子就都别想睡了……”

秦牧有些焦躁，这个霸山祭酒好像话有些多，比卫墉还能说。

霸山祭酒说了半个时辰，秦牧基本上将太学院的剑、拳、法、三阳、太医、画圣等殿阁的各个监丞的脾性、作风和家底都摸了一遍。甚至连天录楼的那一个个秘书监的老底也被霸山祭酒抖搂了出来，什么有的没的，这个祭酒都往外说。

青牛和狐灵儿醉醺醺地从城中回来，一牛一狐喝高了，正在称兄道妹，亲切得像是一个娘胎里出来的一般。这头青牛浑然不记得当时秦牧是带着这只狐狸一起给它下的药。

霸山祭酒连忙接来酒葫芦，灌了几口酒，脑子有些昏沉，道：“我前几日从外面回来，好像看到我师父了。你没想到吧？我虽是祭酒，但并不是从太学院里出来的。我是战技流派的，有师父的，被国师请来传授士子战技。我本以为师父死了，没想到他还活着。”

霸山祭酒饮了口酒，怔怔地说道：“他老人家的腿不见了，却‘跑’得飞快，我全力追赶也没能追上。然后我遇到一个瞎子，他把我揍了一顿，问我为何跟踪他，特不讲理。他还要跟我对诗，我没有对过他，师父就不见了……”

秦牧微微一怔。没有腿的战技流派强者和一个爱对诗的瞎子？

好像是屠爷爷和瞎爷爷。他们何时离开大墟了？

霸山祭酒喝得酩酊大醉，胡言乱语。秦牧迟疑了一下，想着贸然询问肯定有些唐突。

“青牛，你有没有看清那个瞎子？”秦牧询问旁边的青牛。

青牛看了看秦牧，有些胆怯，它显然还记得被他迷昏的事情。

秦牧笑道：“你还记仇？你把我打了一顿，我只是迷昏了你一次，又没有打你，你记什么仇？你见过像我这样宽宏大量的好人吗？”

霸山祭酒打了个酒嗝，神色古怪，心想：这个大墟来的少年显然对“好人”这个词有什么误解。他道：“秦士子，你将它迷昏，还要吃它，它有所防备也是正常的。”

“他还要吃我？”青牛惊叫起来，“老爷，这事你可没有对我说过！你只说他迷昏了我，没说他要吃我！”

狐灵儿站在牛角上，抱着个酒壶，脆生生地问道：“牛大，你没有听说过不打不相识吗？”

那青牛怒道：“不打不相识听过，但是没有听过不吃不相识！”

霸山祭酒面色更加古怪——这只大墟来的狐狸显然对“不打不相识”这句话也有误解。

这个少年是谁教出来的？太浑蛋了。霸山祭酒暗想。

秦牧当然不知他心中的念头。

霸山祭酒与狐灵儿、青牛都在喝酒，秦牧不喝酒，只在一旁修炼。

霸山祭酒瞳孔骤缩，目不转睛地看着秦牧施展刀法。

待到秦牧将杀猪刀法施展一遍后，霸山祭酒突然将酒葫芦扔到一边，敞开怀，取出刀，在院中舞刀，声音中带着沧桑：“黄金错刀白玉装，夜穿窗扉出光芒。丈夫五十功未立，提刀独立顾八荒！”[①]

提刀独立顾八荒，正是杀猪刀法中的第六式！

他的刀与秦牧的刀碰撞，迸发出一连串火花。

霸山祭酒哈哈大笑，又与秦牧施展出横竖一线天。两刀碰撞，火花四溅。

两人收刀，背身而立，各自将刀插入背后。

“师弟！”霸山祭酒转身见礼。

秦牧躬身：“师兄。”

---

①作者注：摘自宋代陆游诗《金错刀行》。

第144章 师兄师弟

两人坐下，霸山祭酒询问起屠夫的身体状况。秦牧道：“一切都好。他老人家的下半身没有了，但修为很高，双手疾爬如飞。”

霸山祭酒纳闷，道：“你我既然算是同门，为何你还跟玉面毒王学习医术？玉面毒王也是你师父？”

秦牧点头，没有告诉他除了玉面毒王和屠夫之外，自己还有其他师父。

霸山祭酒怔了怔，突然道：“我想我知道师父的下半身在哪里！当年他老人家向天挥刀，身体从空中坠落，下半身好像被一个门派的弟子抢去了。师弟，你跟随玉面毒王学医，医术高明。若我寻到师父的下半身，你还能接回去吗？”

秦牧迟疑了一下，道：“倘若是刚刚砍断的，能。只消激发身体活性，用生肌生精的药，便可以使断肉重连，断筋重接，断骨重塑。不过时间过了这么久，只怕他的下半身早已死了……”

霸山祭酒颓然，很快又振奋精神：“那也要将师父的下半身找回来！”

秦牧点头，道：“师兄最好先打探清楚到底是被哪个门派抢了去，免得寻错了门派。”

霸山祭酒起身离开了。过了不久，他又折返，道：“师父的下半身是在两百多年前被人捡走的，也不知道那人是否还在那个门派中。我已经命人去查了，等到查出下落，再去寻回。”

秦牧舒了口气。倘若能够寻到屠夫的下半身，不管能否接回去，总归也是一件好事。

屠夫只剩下上半身，一身实力所剩不多，他的下半身倘若被人抢走，实力应该也保存下来了。

毕竟，他的实力极强。

作为战技流派的强者，修炼到肉身不坏的境地应该不难，许多佛门得道高僧都可以做到。他们死后肉身不腐不烂，被放在庙里当成肉身菩萨，接受供奉。真正难的是肉身不死。

庙宇里的那些肉身菩萨其实肉身已经死了。肉身不死比肉身不坏更高一筹，血不凝，身不硬，心脏跳动，神经通达，这才是肉身不死。

“霸山师兄，你是否知道屠爷爷的名讳？”秦牧想起一事，问道。

霸山祭酒摇头：“不知。只知道别人称他为天刀，俗名是什么，那就无人知晓了。师父说，他有个仇家，知人姓名就能作法害人，所以他很少将自己的名字吐露给别人。”

秦牧愕然。这有些像是蛮狄国的大巫的手段。难道屠夫以前得罪过蛮狄国的大巫？

他静下心来，继续修炼延康国国师所传的三式剑法。国师的三式剑法，绕剑式他已经练成，现下很难再有所进步，所以他现在开始练其他两式剑法。

霸山祭酒一边饮酒，一边在一旁观看，有心想要指点他如何修炼。不过看了片刻，霸山祭酒一句话也没有说。

他也见过别的士子练习游剑式，有的笨拙，有的灵巧。而在秦牧的手下，数以千计的剑气时而如同游鱼，时而如同惊鸿，时而如同游龙，没有固定的形态，千变万化。基本功这么扎实，还能把剑气施展得如此多变的，目前整个太学院只有秦牧！

一招游剑式，秦牧练习了不知多少遍。他力求让自己全身的力量在一剑中爆发出来。

他的游剑式威力越来越强，霸山祭酒看得半晌忘记了喝酒。

秦牧练了千百遍后，转而又去练习钻剑式，同样是狠磨基本功，力求将自身所有的力量集中在剑上，爆发出一切潜能。

他的潜能不仅仅出于剑招之中，瘸子的身法、屠夫的刀法、马爷的拳法、瞎子的神眼、聋子的画技、哑巴的锤法统统被他当成发力的手段。

过了良久，秦牧停了下来，出了一身汗，取出天香帕擦了擦。

霸山祭酒突然道："师弟，赶走林轩道子、佛心佛子的是不是你？"

秦牧调匀气息，并没有瞒他，道："道子败了我半招。至于佛心佛子，我没有与他交手。"

霸山祭酒吐出一口气，喃喃道："我看了你的剑法，便猜到是你。说来好笑，你是不是在国师讲剑时大吼了一嗓子'我终于练成元气丝了'？"

秦牧脸色微红。

霸山祭酒神色古怪，道："你是在那时才练成元气丝的？你练成元气丝前，是如何击败凌云道人的？"

秦牧想了想，道："一剑刺出去，他就败了。"

霸山祭酒急了，道："什么叫'一剑刺出去，他就败了'？"

秦牧挠头："这样吧，师兄，你用五曜境界来挡我的剑。"

霸山祭酒自封其他神藏，战意熊熊，喝道："我准备好了！"

旁边，青牛与狐灵儿喝得醉眼迷离，正吵着要结拜为异姓兄妹。狐灵儿瞥见秦牧和霸山祭酒，扑哧笑道："牛大，你家老爷要惨了。"

青牛吭哧吭哧地说道："我家老爷才不会惨——"

秦牧卷起一根木柴，以木柴为剑，一剑刺出。霸山祭酒抬手便挡，只听轰隆一声巨响，秦牧所住的这座院子的大门碎成无数片，墙也倒塌了一大截！

青牛一句话还未说完，当即住口。

秦牧慌忙跑了出去。霸山祭酒灰头土脸地从破砖烂瓦中站起身来，解封了其他神藏，呵呵笑道："我还以为凌云道人受贿了呢！难怪，换作是我，在毫无准备的情况下也挡不住。"

秦牧刺向霸山祭酒胸口的那根木柴被霸山祭酒的元气震得炸成了一根根木丝，没能伤到他。

士子居的许多士子急忙跑出来，看到秦牧的院子门碎了，心中不由得暗爽：

姓秦的弃民胆敢在门上写辱没我延康国士子的话，而今吃亏了吧？霸山祭酒亲自来拆他的门，看他的脸往哪儿搁！

霸山祭酒目光扫视了一遍，挥手道：“都散了，散了，没什么好看的，我只是与秦士子切磋一下而已。”

霸山祭酒果然将那个姓秦的毒打了一顿。众士子心中喜悦，幸灾乐祸地看向秦牧。

令他们诧异的是，秦牧看上去依旧衣着光鲜，反倒是霸山祭酒身上有许多灰尘，不像是秦牧被打了，反倒像是霸山祭酒被打了。

霸山祭酒看了看破了的门和倒塌的墙壁，有些头疼地说道：“难怪大祭酒说你差点把士子居拆了一遍。你若是在士子居出手，将士子居拆一遍也要不了多少时间。你的本事极高，但是好像功法出了问题，有一处破绽在左胸廓锁骨处。”

他并没有刻意压低声音，那些尚未走开的士子听到之后，眼睛都亮了。

“原来他的破绽在左胸廓锁骨处！”

沈万云长长地吸了口气。他察觉到秦牧的功法似乎有涩滞之处，但是一直没有寻到秦牧的破绽，而今总算被霸山祭酒点醒了。

现在，我的大师兄之位可以保住了。他心中暗道。

“这墙壁和房门，让杂役前来修整。”霸山祭酒吩咐道。

霸山祭酒瞥见沈万云，将他唤来。沈万云连忙躬身道：“老师！”

霸山祭酒向秦牧笑道：“太学院中，我很少有欣赏的士子，沈万云便是我用心教导出来的。师弟，你看怎样？”

秦牧点头，赞道：“难怪沈师兄的实力这么强，原来是师兄教出来的。沈师兄是士子居的大师兄，无论是修为还是实力，都达到了极高的水准，等到了神通居之后，一定会大放异彩。”

“师兄？师弟？”沈万云有些茫然。

霸山祭酒呵呵笑道：“师弟，你叫他什么师兄，叫师侄。你若是称他为师兄，岂不是乱了辈分？”

秦牧迟疑了一下。霸山祭酒走入院子里，继续道：“我很早之前便意识到，单纯靠监丞来教导士子，容易出高手，但也容易耽误人才。监丞教的人太多，同一招神通，有人看一遍便能学会，有人则需要学十遍百遍。但监丞需要一视同仁。看一遍便能学会的，也必须要与那些笨蛋一起学百遍，等到笨蛋学会之后，他们才能学习其他神通，这就耽误了他们的修炼。”

秦牧和沈万云走进院子里，霸山祭酒扔来酒葫芦，道：“我曾向大祭酒说过此事。我对他说，太学院的教学适合千里挑一的人才，不适合十万、百万里挑一的人才。大祭酒便让我自己试试。于是我找到了沈万云，独自教导了他一段时间，他果然争气，做了几年的士子居大师兄。足见单独栽培的形式要胜过太学院的教学形式。沈万云便是这种十万、百万里挑一的人才。”

“原来如此。”秦牧皱了皱眉，道，“倘若这样的话，太学院又与门派有什么区别？”

霸山祭酒叹道：“所以大祭酒和国师都在为此事犯愁。大祭酒要辞官了，现在最愁这件事的当是国师。国师自知太学有太学的弊端，所以自己收了几个弟子，用心教导。只是，被太学耽误的天才应该不在少数。”

秦牧怔然。国师所要面对的问题是，是否要否定自己的变法。但是，他又偏偏不能否定。

小学、大学和太学，在栽培人才这个方面，胜过门派太多，只要解决如何培养天才这个难题，便可以全方面超越门派！

“皇帝教太子是怎么教的？太子少年时有太子少保、太子少师、太子少傅，长大了有太子太保、太子太师、太子太傅。这些少保、太保，都是教主、门主级的存在。所以，这样栽培出来的太子实力极强。我现在在试着带几个士子，传授他们功法神通，因材施教。”霸山祭酒道，“大祭酒的意思是，等我寻到窍门之后，便可以推广开来。大祭酒说，要从士子中选拔出博学多才之士，交由祭酒专门教导，与资质一般的士子区分开来。师弟，你便是我太学院第一个太学博士，秦博士。”

第145章 翻修士子居

秦牧心头微震。太学博士是用来解决培养天才这个难题的！

倘若霸山祭酒和少年祖师真能解决这一点，那么再遇到道子、佛子堵门这种问题，便无须借天魔教之力了。

这次击退道门道子和佛心佛子，靠的全是天魔教之力——秦牧是天魔教少教主，而司芸香多半是司婆婆，司婆婆是前代圣女和前代教主夫人——太学院此番完全可以说是一败涂地。

沈万云听着两人你一言我一语，心里别提有多别扭，每次鼓足勇气想问出心中的疑惑，最后都作罢了。

终于，他还是忍不住道："霸山老师，你说的师兄、师弟是怎么回事？"

"你说这件事啊……"霸山祭酒漫不经心地说道，"他和我是同一个师父，是我师弟，你要叫他师叔。"

"师叔……"沈万云沉默了，半晌之后道，"倘若我的修为比他还高，我还需要称他为师叔吗？"

霸山祭酒失笑道："想什么呢？你不是他的对手。他的本事要比你高出一筹。高出一筹意味着什么你知道吗？而且，别说你打不过他，就算打败了他，你也还是要叫他师叔。"

沈万云闷哼一声，讷讷地说道："没打过怎么知道……"

"别打，会输。"霸山祭酒笑道，"他的本事是道子、佛子那种层次……"

秦牧扯了扯霸山祭酒的衣角，霸山祭酒连忙住嘴。

他是太学院出了名的大嘴巴，心里藏不住事，任何事都快言快语地捅出去，刚才便将秦牧功法中的破绽所在的位置捅了出去，现在又差点说出秦牧击败林轩道子的事情。

霸山祭酒看向秦牧，起身道："大祭酒让我与你形影不离，也有让你跟着我的意思。不过，你既然是我师弟，便不要称我为老师了。我授课的方式很简单，就是一同出去历练。但是我出门不能带很多人，带很多人目标太大，我很难照顾周全。我上次出门，便只带了沈万云。下次出门，既然必须带着你，那么就只能再带一个士子了。"

沈万云脸上露出期待之色。

霸山祭酒知道他的心思，起身向外走去，摇头道："这次不带你。我需要选择几个有资质、有根基的士子，让他们一边学一边随我修行，验证一下大祭酒提议的选拔太学博士的方案是否可用。这几人便作为太学博士的备选。师弟，你去天录楼，选几册经卷带着，我路上好教你。"

他离开院子，应该是去寻几个资质出众的士子了。

秦牧看了看沈万云，笑道："沈师侄……"

沈万云面色微沉，起身道："我一日没有败在你的手下，便一日不称你为师叔！"说罢，他走出秦牧的院子。

秦牧不以为意，看了看狐灵儿和青牛，道："你们收拾一下行囊，我去天录楼中选择几册经卷。"

这两个家伙喝得醉醺醺的，正吵嚷着要结拜，也不知道有没有把秦牧的话听到心里去。

秦牧取来书牌，走出院子。外面几个杂役走来，打算修整他的院子和门。

他来到院外，向士子居外走去，只见一扇扇院门打开，一个个士子从院中走出，站在道路中央，面朝他，沉默不语。

秦牧回头看去，只见后面那些院落的门也打开了，也有一个个士子从各自的院落中走出来，站在道路中央。

这些士子大都是被他打过的人，有的将自己的剑匣竖在脚边，有的已经将剑匣背在身后了。

还有几个是他没有打过的人，其中有与他一起参加大考的秦钰，还有另外几个世家大族的子弟。整个士子居，大概只有卫墉、司芸香等几人没有走出来。

“还要再打一次？”秦牧失笑，向前走去。他背后的一个士子冷笑道：“弃民，不敢从巷尾开始吗？莫非你怕了？”

秦牧停下脚步，回头看了看出声的那个士子，发现他好像是唯一一个被自己打了三次的士子。其他士子秦牧只打了两次，唯独这个士子话多，每次都叫他弃民。

那士子难掩兴奋之色：“弃民，你的弱点已经被霸山祭酒指了出来，这次要让你从巷尾输到巷头！”

秦牧转过身来，认认真真地问道：“这位师兄，你叫什么名字？我输了之后，也好知道是输在谁的手里。”

那士子脸上缓缓绽放出笑容：“我姓雁，名清河。”

秦牧正色道：“我愿第一个败在雁师兄的手下，还请雁师兄不吝赐教。”

雁清河大喜，笑道：“你虽说是来自蛮荒之地，但倒也懂得进退。也好，我不会让你输得太惨。出剑吧！”

轰隆！

秦牧抬脚，一步迈出，强大的身躯竟然撞出一堵由空气形成的墙。下一秒，空气墙爆碎。秦牧一拳轰出，拳头轰向空气，迸发出一团白色气流。

“你怎么不出剑……？”

雁清河急忙抬起双臂抵挡秦牧这一拳。他现在根本来不及以气御剑，如果这时候还要飞剑出鞘，只怕剑还未出鞘他便已经被一拳打死了！

呼——重物破空声传来。雁清河身后的士子一个个脸色大变，急忙错身避开，只见雁清河的身影从秦牧身边向后飞去，瞬间便来到巷尾！

巷尾，卫墉正要开门，一道黑影突然闪过，接着便是砰的一声巨响，一人当着他的面呈大字形贴在巷尾的墙面上，身体深深陷入墙壁中，身体四周的墙面凹下去很多，碎裂的石头上布满了蛛网状的纹路。

卫墉吓了一跳，急忙探头看过来，瞥见士子居巷子里的情形，眉开眼笑：“诸位师兄不要误会，我什么都没看见，什么都不会说出去的！”

他刚要退回自己的房间，突然背后出现一个身影。他急忙转身，却见霸山祭酒站在他的背后。

“别说话。”霸山祭酒悄声道，“让他打。”

卫墉心中纳闷，道：“祭酒，你打算做什么？”

霸山祭酒瞥了他一眼，道：“我打算从士子居中挑选几个值得教导的士子，亲自传授他们道法神通。”

卫墉还是有些不解。霸山祭酒得意扬扬地说道：“我刚才故意大嘴巴，将秦士子的功法破绽捅了出去。这些士子知道了他的破绽所在，便一定会向他出手，他也会反击。这样一来，我便可以知道这些士子实力的强弱了。只能接下一两招的肯定不行，好歹也要能够接下他三五招，才配让我亲自教导。”

卫墉赞叹道：“真是个好主意！祭酒真是聪明。对了祭酒，你看我……”

霸山祭酒上下打量他，道：“你能接下秦士子几招？”

卫墉头大：“我也要出去与秦士子较量几招？”

霸山祭酒露出善意的微笑。

卫墉头皮发麻。

砰！外面传来一声巨响。又有一个士子被秦牧一掌拍在地上，地上的青砖碎了几十块！

那几个正在为秦牧整修院子的杂役吓了一跳，一个个愁上眉头。一个老杂役慢条斯理地说道：“几位公子，动静小一点，不要让我们天天修。”

秦牧躬身道：“辛苦几位了。”

他抬步向巷子外走去，经过一个士子身边时，那士子眼角跳了跳，没有动。

他继续向前走去，一个士子刚要抬手出剑，只听轰隆一声巨响，那个士子直接被他一掌拍入地底，只露出一个脑袋。

“破坏小点！”那个老杂役忍不住高声道。

秦牧连忙转身，小心翼翼地赔了个不是，然后继续向外走去。

又有一个士子忍不住出手，只听嘣嘣嘣的声响不绝，有如弓弦震动。这个士子飞起，挂在墙上。秦牧手指弹出的劲风将墙面打出了几个洞。

那个老杂役正要发怒，秦牧连忙转身又赔了个不是。

呼——

一个士子飞上半空，手脚乱挥地落下，头下脚上地栽在房顶上，半截身子扎入了房内。

轰隆！又有一个士子被秦牧撞得陷入墙中。

那几个杂役见状都唉声叹气的，却不再让他们动作小点儿了。

“我来！”

秦牧突然感觉到背后有恶风袭来，急忙转身，只见一道道剑光如同游龙般迎面而来，数十条“游龙”在上下翻飞，围绕他飞舞。

“游剑式？”

秦牧惊讶。能够将游剑式练到这种程度的士子委实不多，而且此人还将龙意融入了剑中。有这样高深造诣的应该是秦钰。

秦牧并指，以元气为剑，手指跳动，将刺剑式、挑剑式、云剑式、抹剑式等基础剑式施展出来，将一道道游龙般的剑光拦腰击溃。那些“游龙”的光芒散去，化作一把把利剑插在墙上，嗡嗡作响。

秦钰见剑匣里的一套剑已经打空，露出惊慌之色，身如游龙，正要后退，秦牧屈指连弹，铮铮铮铮铮五声爆响，弹指惊雷，将秦钰弹飞。

“实力不错，我想见见那条幼龙的剑术。”秦牧赞了一声，向秦钰道。

那几个正在修墙的杂役见了秦牧的剑法，纷纷喝彩，赞道：“小哥儿有宗师气度！”

第146章 从巷尾到巷头

“宗师个屁！”

越青虹脚踩狼奴肩头，冷笑一声。狼奴迈步向秦牧冲去，双手抓住两口魔刀，上下翻飞。而越青虹身躯一震，数十把剑齐刷刷地从背后的剑匣中飞出。她冷笑道：“狭路相逢勇者胜。在这条狭路上，狼奴和我联手就是无敌！秦师弟，你破绽已出，还是老老实实地滚回大墟吧！”

这两人一上一下，狼奴的两口魔刀如同黑风一般扑面而来，而越青虹身后三十一把剑的剑尖向外，前方是一把，后方是两把，再后方是四把，再后是八把，再后是十六把，诸剑旋转，向秦牧刺去。

“越师姐的剑法练得不错！”秦牧赞叹一声，笑道，“不过我已经练出了元气丝，你不是我的对手！”

“练出元气丝？”越青虹大怒，“你是在羞辱我吗？”

秦牧一指点去，指尖元气丝迸发，数以百计的元气丝呈一把把首尾相连的利剑形态，前头尖，后面越来越粗，以钻剑式迎着狼奴刺了过去！

狼奴手里的魔刀如同黑光黑电，穿插交错，与秦牧的元气碰撞，巷子里顿时火光刺刺啦啦四下飞溅。狼奴尽管力大无穷，还是被震得双臂发麻，掌控不住两口魔刀。

越青虹心中一惊，施展着钻剑式向秦牧的左胸廓锁骨处刺去，攻其必救，以解狼奴之困。

秦牧轻笑一声，指尖轻轻一挑，使出挑剑式，而刚才刺向狼奴的那一招钻剑式陡变，直接化作绕剑式——两种剑招竟然被他完美地融合在一起，没有半分滞碍。

他的无数元气丝缠绕在越青虹的剑上，只听当当当的脆响不绝，那由一把把飞剑组成的剑阵顿时被破，三十一把利剑霎时间被无数元气利剑穿透，遍布小孔。

越青虹呵斥一声，脚下的狼奴立刻双手丢刀，飞起一脚踢向秦牧。秦牧一脚迎去，轰的一声巨响，狼奴那高大的身躯倒飞而出，而狼奴背上的越青虹趁机跃起，以指为剑，点向秦牧的左胸廓锁骨处。

她的指尖元气迸发，化作一道剑气，即将刺在秦牧的左胸廓锁骨处。突然，只听魔音响起："摩耶萨！"

越青虹心神大震，接着心神失守，响起的乐声让她散了剑气，在秦牧面前载歌载舞。

越青虹毕竟修为深厚，随即醒悟，立刻固守心神，向后退去。突然，她觉得后背一暖，心中暗道一声糟糕。

轰隆！

秦牧与她背靠背，猛然发力向后一靠，将她撞入了背后的墙壁之中。

那面墙壁后面是云缺和尚的住所，墙壁突然崩塌，云缺和尚周身佛光大放，将墙中的越青虹撞飞。

云缺和尚哈哈大笑道："越师姐，还是我来吧！"

越青虹飞在半空，气道："和尚，你不行，上去就是讨打！"

"我不行？"

云缺和尚大怒，招法刚猛霸道，如同龙象奔行。他向秦牧攻去，脚下碎石翻飞，狂暴的力量将一块块青砖震得粉碎！

一道沉闷的响声从秦牧和云缺和尚碰撞的四掌之间传出。云缺和尚哈哈大笑道："姓秦的，想不到吧？我已经将国师的剑法融入了掌力之中，我的大力五台印……"

他一句话还未说完，突然只觉一股排山倒海般的力量碾压而来。那股力量狂暴无比，轻而易举地击溃了他的元气，击溃了他的大力五台印。

云缺和尚闷哼一声，错步后退，施展出龙象伏魔印。只听轰隆一声巨响，云缺和尚衣裳翻飞，破碎的布条如同飞舞的白蝴蝶。

他上身赤裸，下身只剩下一条白色的破破烂烂的短裤。

云缺和尚见秦牧又是一拳轰来，这一拳气势磅礴，迸发出一声惊天动地的雷声，拳头带着电光，好像雷霆一般，拳头四周弥散出一团白色雾气。

糟了……他心中只剩下这一个念头，硬接下了秦牧这一拳，下身的白短裤果然如他预料的一般四分五裂，化作白蝴蝶飞舞，身上彻底“清洁”了。

云缺和尚被那无匹的力量打得倒飞而去。这和尚毕竟修为高深，在半空立刻转身，让自己面朝墙壁。

啪!

他面朝墙壁贴在墙上，屁股露在外面。

“还好没有背面贴墙……”云缺和尚欣慰地想着，愉快地昏死过去。

秦牧抖了抖衣衫，震飞身上的尘土。这时，背后传来一个怯怯的声音，还带着颤音：“秦兄弟……”

秦牧回头一看，只见卫墉颤巍巍地从巷尾走过来，两条腿还在发抖，背着个剑匣。

“卫兄，怎么了？”秦牧纳闷道。

卫墉打开剑匣，带着哭腔道：“你倒行逆施，我要替天行道，与你切磋切磋，让你知道天高地厚……这话太狠了，我不想说的……”

秦牧哭笑不得，道：“卫兄，你想与我切磋？师兄弟间切磋是常有的事，更何况咱们有过硬的交情。不如这样，你我点到即止。”

卫墉这才放下心来，定了定神，道：“秦兄弟，你不要把我打得像那个和尚一样就行。”

他的一把把飞剑出鞘，剑开始缠绕，施展出延康国国师所传的绕剑式。自延康国国师讲授剑法以来，这段时间不少士子都在练习他所传授的三招基础剑式，显然卫墉心中也有所得。

太学院的士子都不是笨人，多多少少都能领悟出一些奥妙。卫墉虽然胖了点，但是悟性和资质不低，对这三招的理解也很深。

他家学深厚，本身的实力便不弱，不输秦钰。秦牧也想要看看他的本事如何，因此没有像暴打秦钰那般直接痛下狠手，而是同样以绕剑式与他交锋。

两人各自变化剑法，施展出各自参悟出的精妙剑术。不远处的士子见状，顾不得身上的伤痛，纷纷注目，将目光落在他们两人的剑法上。

卫墉的剑法已经极为了得。他出身于江陵卫家，卫家有一位大高人，就是当今的一品大员卫国公。卫国公乃教主级的存在，战功赫赫，曾经一战灭他国，将北疆的天余国灭掉了，使整个天余国被纳入延康国的版图，因此被封为国公。

卫墉在卫家地位并不高，但自小刻苦用功，他的本事在卫家的子弟中也是出类拔萃、名列前茅的。

同样是用绕剑式，秦牧的剑法变化更多，其中还夹杂着拳法的奥妙。

秦牧与卫墉交手，倒像是师兄给师弟补课。他指点卫墉领悟剑法中的奥妙，待到卫墉领悟得差不多了，便使出下一招。

过了不久，两人交手三招后，卫墉松了口气，信心大增，笑道："秦兄弟，你可以出全力了，我想看看我与你的差距还有多大！"

秦牧微微一笑，突然变招，刺出剑的同时，施展出一招日照阳魂空中炼，轰得卫墉魂不守舍，需要努力稳住心神。

秦牧反手又使出一招天魔自在天印。卫墉顿时魂魄失守，被放倒在地。

秦牧散去元气，将他搀扶起来，笑道："卫兄，得罪了。"

卫墉站起身来，四下看去，只见士子居的士子半数已败，还有半数不敢上前，便笑道："相比其他人，我这算是好的了。对了，我适才听人说你的左胸廓锁骨处有破绽，为何他们明知道你的破绽所在，却无法伤到你？"

"知道破绽所在是一回事，能破解是另一回事。"秦牧道，"倘若是同境界交锋，能够寻到机会击中我的破绽的，整个太学院算上监丞，也只有两三人。"

卫墉咋舌。

秦牧四下看去，只见这士子居又是满目疮痍，那几个杂役正对他怒目而视。

他连忙向那几个杂役赔不是，又道："卫兄，我还需要去一趟天录楼。诸位师兄师姐，我不能陪你们继续切磋了，告辞。"说罢，他向外走去。

士子居中，无人再敢阻拦。

越青虹从瓦砾中起身，看着秦牧走出士子居，低声叹道："他才是我士子居的大师兄。"

哗啦！一堵墙突然倒塌下来，烟尘四起。烟尘中，云缺和尚撒腿就跑，一手护在身前，一手护住屁股，奔回自己的院子，冲入堂屋，砰的一声关上了房门。

众士子想笑又不敢笑。过了片刻，云缺和尚的声音传来："那个，外面的师兄，贫僧这里没有多余的衣裳了，唯一一套还被狐狸拿了去，不肯还我。谁有多余的衣裳送贫僧一件？感激涕零。"

卫墉笑道："云师兄稍等，我那里有几套衣裳，只是有些宽大。"

云缺道："不妨事，出家人，衣裳也是身外之物。"

霸山祭酒从卫墉房中走出，心中暗暗盘算：万云算一个，秦师弟算一个，再加上秦家的秦钰，小胖子也很不错，越青虹和云缺也是个中好手。这样便有六人作为备选太学博士。我指点他们修炼，应该没有难度。不过除了士子居之外，皇子苑中也还有五曜境界的士子，我不能厚此薄彼，也须得从皇子苑挑选出几名士子，免得皇帝给我穿小鞋。

他选择教导的都是尚未晋升到六合境界的士了。倘若晋升到了六合境界，便是神通者了，修炼道路已经基本上成形，那就不能因材施教了。

第147章
虞渊国学

霸山祭酒走出士子居，来到隔壁的皇子苑。

皇子苑中的皇子、公主、郡主、世子数量众多，派系复杂。

皇子、公主是皇帝的子女，郡主、世子是王爷的子女。皇子苑中，除了有郡主、世子之间的王位之争，还有皇子、公主之间的势力之争，很令人头疼。

霸山祭酒最烦的就是这点，但是偏偏还不能不选，否则得罪了皇室，肯定会被穿小鞋。

“不如去问问二皇子的意见。”

他打定主意后，便前去询问二皇子。灵玉书又惊又喜。霸山乃国子祭酒，在太学院中的地位仅次于大祭酒，实力深不可测，完全不输朝中的一品大臣，不输大派的门主、教主，乃当今世上顶尖的存在之一。

倘若他能够得到霸山祭酒的教导，自然是一件好事。

“二皇子好像想多了。”霸山祭酒看到他脸上的喜色，顿知他会错意了，笑道，“我只教六合境界以下的士子。因为对皇子苑了解不多，所以想请二皇子保举两人。”

灵玉书脸色黯然。

皇太子得到的资源要比其他皇子多得多。像他这样的皇子，出生之后得到的栽培便比皇太子少了不知多少。虽说皇子和公主不需要考核便可以进入太学院修炼，但是皇太子拥有至少六位教主级的老师，而且皇帝也会时不时亲自指点他，甚至连国师都会前去教导他。

皇太子不仅被传授各种顶级的绝学，还要学人皇之道，要有统御文武百官的才能，甚至还要结交朝中大臣，组建自己的小朝廷。其他皇子和公主即便有心要与之争夺，也根本没有这种竞争力。

霸山祭酒的本事相当于教主，得到他的指点，虽说比不上皇太子的待遇，但总要好很多。

只是，霸山祭酒竟然只教灵胎境界和五曜境界的士子。

他自然是没有份了。

灵玉书压下心头的失望，笑着说道："我七妹悟性、资质都绝佳，国师见到她也说她资质不凡，还能超过我，就是有些顽劣。霸山祭酒严厉，可以替我磨磨她的性子。"

霸山祭酒惊讶道："是七公主吗？她的确有些贪玩，耽误了修炼。那些监丞碍于她公主的身份，不为难她，但若放在我这里，有她的苦头吃。"

灵玉书目光闪动，心道：七妹，你与那个弃民走得太近，难保会做出辱没皇家名声的事情。这次你随祭酒出山，便可以远离那个弃民，等你见到更多的年轻才俊，便会忘记那个弃民。为兄也是为你好，免得你误入歧途。

"二皇子，你是否还有中意的人选？"霸山祭酒又问道。

灵玉书想了想，道："灵闵月，闵月世子。"

"泰山王的儿子灵闵月？"霸山祭酒笑道，"也是一个好苗子。我听说你与闵月世子有些不和，为何举荐他？"

灵玉书笑道："我与闵月不和，只是因为泰山王支持我大哥。闵月的确是皇子苑中资质、悟性绝佳之人。"

霸山祭酒点了点头，道："二皇子贤德。既然如此，便由二皇子去通知他们这个消息，让他们前往士子居寻我。"

灵玉书心中一喜，知道他是在给自己机会拉拢闵月世子，连忙离去。

七公主灵毓秀和闵月世子到了士子居中，只见除了他们之外还有几名士子，正是秦钰、沈万云、云缺、卫墉等人。

霸山祭酒道："我与大祭酒商议，在士子之上置太学博士。你们便是太学博士备选者。今后你们只去画圣阁、青阳殿、军机楼、阵元殿、天音阁听讲，学习书画、心境、兵法、阵法、音律，其他的便跟我学，我教导你们。几年之后，能否成为太学博士，还要看你们的本事。对了——”

他环视一周，微笑道：“你们还有一个大师兄，或者应该叫作师叔。他是我太学院的第一个太学博士。我已经与大祭酒商议好了，会将此事上报给皇帝，皇帝的命书很快就会下来。”

众人面面相觑。

第一个太学博士？到底是谁？

越青虹和云缺和尚连忙看向沈万云，沈万云的脸色阴晴不定。

霸山祭酒道：“这次我先带七公主出门历练几天，至于其他人，只能等下次了。公主，你去天录楼选择几册功法神通的经卷。其他人留下。”

众人又惊又喜。

天录楼，秘书监验过书牌，向秦牧道：“进入楼中读书，不可损坏图书。若是图书有所损坏，是要坐监的。你的书牌只能让你在第一层看书，不要去第二层，否则会被第二层的秘书监拿下治罪。”

秦牧道：“我要和霸山祭酒一起修炼，外出历练，想要借几册经卷出去。”

那个秘书监惊讶道：“原来如此。霸山祭酒有特权，他的弟子可以借出五册经卷。你进去选择经卷，然后到我这里登记。”

秦牧走入楼内，只见楼中有几十个房间，每一个房间都极为广阔，房门上贴着牌子，写的是州郡的名字。这些房间中的经卷应该是按州郡来分类的。门派在哪个州郡中，其功法神通的经卷便会被收藏在写有所处州郡名字的房间中。

秦牧走进挂着丽州牌的房间，只见这里有十几个书架，书架上放着一册册经卷。书架上也挂着牌儿，上面写着不同门派、世家的名称。

这个房间里人不多，只有三两个士子席地而坐，捧书研读。旁边还有几扇小门，秦牧走上前去，其中有两扇门已经从里面锁住了，还有一扇门是开着的。

他推门看了一眼，微微一怔，只见这门后竟是一个亩许大的空间，比他们所在的房间还要大一些，里面什么也没有。

“难道是让士子练功的地方？”

秦牧来到书架前，抽出一卷书，低头看去，心中惊讶：丽州府竟然也有这么多门派。

经卷上写着“丽州丹霞派丹霞功”的字样，旁边还有几卷书，是《丹霞剑法》《丹霞四门阵法》《丹霞丹诀精要》等。

秦牧粗略地翻看，发现丹霞派的功法的确有其独到之处。功法练成之后，元气化作丹霞，一出手便霞光漫天，而在霞光之中还隐藏着飞剑，敌人被霞光遮挡了视线，往往会中招。

“丹霞功虽然不错，但还称不上神奇。”

他放下丹霞功的经卷，取来《丹霞剑法》，看了几眼便又放了回去。丹霞剑法与丹霞功是一套体系，只有先修炼丹霞功才能修炼丹霞剑法。他又去看《丹霞四门阵法》，发现要练这门阵法需要先修炼丹霞功、丹霞剑法。

《丹霞丹诀精要》也被他粗略地翻了一遍，里面主要是炼丹之法。其中有些单方还是值得借鉴的，不过有些单方在秦牧看来明显有问题，毒性没有完全被化解。

他将丹霞派的经卷放回书架，然后又取来另一套厚厚的经卷。

“虞渊国皇族的经卷？”

秦牧惊讶，翻来覆去地看了几遍，心道：这书架上不是丽州的门派的经卷吗？从哪里冒出一个虞渊国？对了，这个虞渊国与虞渊初雨是什么关系？难道从前的丽州不是延康国的领地，而是一个叫作虞渊的国家？

秦牧心中微动。虞渊初雨是丽州的少尹，以虞渊为姓，她说她还有个哥哥，叫作虞渊出云，在京城为官。他们兄妹莫非是虞渊国的皇族？

虞渊初雨的官职不低，她年纪轻轻便身居高位，应该很有来头。

“丽州位于延康国的中南部，这么看来，延康国吞并的国家不少。”

秦牧翻看虞渊国的国学，发现虞渊国皇族的经卷不全，不过内容上要比丹霞派好了许多。虞渊国的国学叫作“成都载天玄功”，几乎是一个体系，其剑法叫作“落日剑法”。

秦牧粗略地读了一遍，便决定选择这套经卷。

剑法，他只修炼过剑图第一式剑履山河。剑履山河对元气的消耗极大，寻常若是遇到敌人，秦牧用这套剑法，只出一招，他的元气便会被消耗得七七八八，后面再有敌人，境遇肯定糟糕。

所以，他需要一门上乘的剑法。

虞渊国的落日剑法是上乘剑法，很对他的胃口。

“刚才那个秘书监说可以选择五册经卷，不如再去找找其他的。”

秦牧在其他书架上粗略地看了一遍，没有寻到中意的。其他门派的功法多数都不及虞渊国的成都载天玄功。

他一个又一个房间地寻找，找到了不少上乘的功法。这让他暗暗好奇，天录楼的第一层已经收藏了这么多经典，那么第二层、第三层收藏的经典又该是何等厉害呢?

咦，不对，有些宗派献上的经卷只怕是经过删减的。他们可能并没有将自己真正的绝学献上来。秦牧浏览的经卷越来越多，然而看得越多，他心中便越疑惑。这里的经卷只怕有很多都经过了删减，有些绝学并不在其中。

比如说九曲连江剑法共有九招，他施展到第九招时感觉到自己的气势和剑的威力都达到了顶峰，然而后面却没有招式了——空酝酿出惊人的威力，却没有第十招来发挥出去。

可见九曲剑派并未将完整的剑法献出，而是藏了一手。

类似的情况还有很多。显然，这些势力并非心甘情愿将自己的绝学交给延康国，所以应该都有所保留。

第148章
历练

过了不久，秦牧选出了第二册经卷。这册经卷叫作《牵魂引》。牵魂引这种法术能够将死者的魂魄从地府中勾出来，也可以让作法的人进入地府。

秦牧之所以选择牵魂引，主要是因为天录楼中相关的法术实在太少。

秦牧想：倘若将其加以发展，是不是能够将刚死的人的魂魄勾回，然后将其救活？

然后他又选择了洪山派的《调鬼遣神符字令》。洪山派的法术很奇特，能够用符文借来鬼神的力量，他觉得其与画道似乎有相通之处。

他只选了三册经卷，毕竟他需要修炼的功法已经有不少了，而《大育天魔经》中的功法也多如牛毛，需要他花费时间去参悟，他没有必要选太多。

秦牧带着三册经卷来见那个秘书监，秘书监将经卷和书牌登记好后才许他走出天录楼。

两日过后，圣旨下来了。

秦牧被任命为太学院太学博士，官居正六品，可上天录楼三层，不受太学院管控。

太学院山门前，霸山祭酒站在那里等候。过了片刻，二皇子灵玉书拖着有些不太情愿的灵毓秀赶来了。

“七妹，你跟着霸山祭酒修炼，肯定比在太学院中修炼更好。”灵玉书笑道，“霸山祭酒，那是教主级的存在，胜过其他监丞不知多少。我都羡慕不已，恨不得做祭酒的弟子，你就不要犹豫了！你是我的亲妹妹，我们是一个娘生出来的，我岂能害你？”

山门旁边，一头壮硕的大青牛像人一样站着，正在撩拨那头守山门的龙麒麟，时而拔一根龙麒麟的须，时而摸一摸龙麒麟的尾巴。

“我说妹儿，何时跟哥出去耍耍？”青牛靠在山门前，嘴里叼着一株牡丹，呵呵笑道，“妹儿，你天天守在这里有何乐子？我带你出去，花花世界，保管你玩得开心！你看我这朵花漂亮吗？送给你吃。”

龙麒麟忍住怒火，瞥了瞥不远处的霸山祭酒，将立刻翻脸吃掉这头青牛的心思压下来。

“霸山老师，你们何时出发？”灵玉书问道。

霸山祭酒抬头看向山上，道：“还要等一个人。他应该下来了。”

灵玉书看了看身边的妹妹，心中有些得意：幸好我机灵，否则七妹留在山上，肯定要与那个大墟弃民闹出些什么乱子。现在将他们分得远远的，他便没有这个机会了。

灵毓秀是他同父同母的胞妹，他自然对她关心备至。其他皇子、公主在他看来都是竞争对手，唯独灵毓秀才是他最亲的妹妹，他不能给坏人任何机会。

灵玉书正想着，抬眼看见山上走下来一个少年郎。少年身后背着一大堆东西，什么斧头、杀猪刀、竹杖，还背着一个大包袱，包袱上蹲着一只白狐狸。

这小子一副逃荒的样子，是打算下山逃难吗？灵玉书心道。

霸山祭酒见到秦牧，总算松了口气，笑道：“人到齐了。”

灵玉书不由得一激灵，看向霸山祭酒，结结巴巴地问道：“老师要、要等的人就是他？”

霸山祭酒点头，将灵玉书心中仅存的一点幻想打碎了。

灵毓秀则乐不可支，得意扬扬地看着自己一脸呆滞的哥哥。她哥哥这点小心思，自然是瞒不过她的。

灵玉书心中疑惑，想要问霸山祭酒能否让灵毓秀退学，却又不太好张口。

“霸山老师，我是否也可以跟你一起修炼？”灵玉书犹不死心，连忙问道。

霸山祭酒摇头："二皇子，你修为太高，已经到了七星境界，年纪也长了，道路已经定形，我无法教导你。你放心，七公主在我这里吃不了亏，回去吧。"

灵玉书舍不得走，杵在那里恶狠狠地看着秦牧。

秦牧纳闷，不知自己哪里得罪了这位皇子。

霸山祭酒沉声道："既然人已经到齐了，那我们就出发吧。"

秦牧连忙道："老师，稍等一下。"

霸山祭酒停步，回头看去。秦牧走到龙麒麟跟前，壮硕无比的青牛连忙退开，谨慎地盯着他。

秦牧不理会青牛，取出一个小玉瓶，屏住呼吸，旋开瓶塞放在龙麒麟的鼻下，龙麒麟顿时被迷昏在地。

大青牛连忙跳得远远的，惊恐地看着他。

秦牧塞紧瓶塞，狐灵儿掀起一股狂风，吹散了飘出瓶口的异香。秦牧这才喘了一口气。狐灵儿从包袱里取出另一个瓶子，交给秦牧。秦牧打开瓶子，瓶子里冒出一股呛人的酸味。他将瓶中的液体倒入了龙麒麟的口中。

那是柠檬榨出的汁。虽然龙麒麟已被迷昏，身体不能动弹，但舌头遇到柠檬的酸味还是会不由自主地分泌出涎水。

狐灵儿连忙从包袱里取出一个个玉瓶。秦牧接过来，放在龙麒麟的嘴角接涎水，接了十来瓶，这头龙麒麟终于不再流涎水了。

秦牧起身，笑道："老师、秀妹子，可以出发了。"

霸山祭酒瞥了瞥被迷昏的龙麒麟，好奇地问道："你接这东西做什么？"

秦牧解释道："这是治疗外伤的奇药。倘若遇到刀伤、剑伤，将它涂抹在伤口上，便可以让坏皮脱去、腐肉生肌。这次出门历练，难免会受一些伤，所以要多备一些。"

霸山祭酒心中微动。秦牧此举只怕不仅仅是为了应对历练途中的损伤，可能更多的是为了接回屠夫的下半身，让屠夫的身体恢复完整。

秦牧又道："老师，你的这头青牛能否借我用用？"

青牛警觉地说道："你不要乱来！我已经与你家灵儿结为姐弟，你若是吃了我，我姐姐会跟你拼命！对不对，灵儿姐？”

狐灵儿得意扬扬：“它喝大了，与我结拜，成了我的弟弟。”

秦牧笑道：“我只是让你帮我背着行囊而已，看把你紧张的。对了，我刚才看了一下，那头龙麒麟是公的。”

青牛如同被滚滚天雷轰炸了三十遍，呆在原地，失魂落魄，接着突然号啕大哭。狐灵儿连忙上前安慰：“没事的没事的，公的母的都一样，反正人家从未喜欢过你。再说了，倘若它喜欢你，岂不就更糟糕了？”

霸山祭酒摇了摇头，带着他们离开太学院，走出了京城。

青牛突然匍匐下来，发出一声沉闷的吼叫，接着身躯咯咯作响，骨骼飞速生长，肌肉耸动，皮毛疯长。

它原本站立时身体便有两三个人那么高，此刻现出真身，身体大了十多倍，双手也变成了牛蹄子，鼻孔喷烟，足底生风。

霸山祭酒让秦牧和灵毓秀登上牛背，将各自的行李搭在牛背上。

“二皇子，不要再送了，回吧。”霸山祭酒看了看一路将他们送出京城的灵玉书，笑道，“不会有事的，回吧。”

灵玉书苦着脸，向灵毓秀挥了挥手。灵毓秀正与秦牧说话，秦牧那个愣头愣脑的小子不知说了什么话，灵毓秀便咯咯笑了起来，往他的胸口上捶了一拳。

灵玉书觉得自己胸口似乎也被重重地捶了一拳，一肚子闷气。

青牛迈开四蹄，蹄下生出呼呼的风，向远处奔去，将他远远地撇开。

狐灵儿坐在弯曲的牛角上，迎面而来的风吹得它一身纯白的毛向后面飘去。好在那一对牛角弯成了两个圆圈，可以让它从容地坐在其中而不被风吹走。

狐灵儿好奇地问道：“牛二，你竟还懂得操控风呢！”

那青牛笑道：“操控风有何难？我本身便是龙种，驾驭风雷是天生的本事。你看我的皮便知道。我一身青皮毛，与青龙是否很像？我祖上就是青龙，不是你这种小妖物所能比的！”

青牛很骄傲，这身血脉让它大异于其他异兽。倘若它遇到其他异兽，单单用龙威便可以让对方服服帖帖。

狐灵儿抚摩着它，见这牛皮油光锃亮，而且极厚，防御力估计惊人，且脖子上的龙鳞也亮得刺眼，不由得赞道："牛二，你这身皮一定能值不少钱。"

青牛脚步踉跄，连忙闭上嘴巴，心道：我这个结拜姐姐是个狠角色。它老爷想吃我，它想扒我的皮卖钱。凶残，着实凶残成性！俺牛牛淳朴善良，还是不要与这些坏人接触为妙。只是我被它灌醉，拜它做了姐姐，中了奸计……

灵毓秀转过头来，向霸山祭酒道："老师，咱们去哪里历练？"

"塞外。"霸山祭酒正在看秦牧和她交上来的经卷，头也不抬地答道，"蛮狄国。"

灵毓秀吓了一跳："蛮狄国？"

她早就听说蛮狄国战场的惨烈超乎想象。

秦牧心中微动，看向霸山祭酒，低声道："师兄，你找到屠爷爷下半身的下落了？"

霸山祭酒点头道："师父的下半身原本被一个小门派的人掳走了，这个小门派被蛮狄国的巫教楼兰黄金宫灭掉了，师父的下半身应该落在楼兰黄金宫手中了。"

秦牧松了一口气，心想：难怪霸山祭酒选择去蛮狄国。

他心中还有些纳闷：楼兰黄金宫灭掉那个小门派，掳走屠夫的下半身，准备用来做什么呢？

青牛一路向西而去，没过多久就来到涂江边。

青牛踏水而行，向上游奔去。

第149章 武皇帝

这头牛的本事可以媲美妖王，踩在水面上比走在陆地上还要平稳，而且善于操控风雷，速度极快。以这个速度，他们完全可以日行三千里。

霸山祭酒将秦牧与灵毓秀选择的经卷粗略地看了一遍。秦牧交上来的经卷让他有些头疼。灵毓秀选择的经卷记录的是剑法神通和法术，秦牧交上来的落日剑法还算正常，另外两册着实把他难住了。

这两册其中一册是《牵魂引》，另一册是《调鬼遣神符字令》。

任何剑法神通和法术，都有其基本的技巧可循。正所谓触类旁通，举一反三，霸山祭酒的基础深厚无比，任何功法他都可以指点一二。

但秦牧选择的这两册经卷，都是冷门中的冷门。霸山祭酒即便是进入天录楼，见到了这种冷门的法术，也只是看一眼便放在一边，根本不会理会。要他讲解，真是强人所难。

《牵魂引》和《调鬼遣神符字令》在他这个境界的修炼者看来，法术的威力不够强，也没有什么让人眼前一亮的地方，所以他实在不知秦牧选择这两册书的用意在哪里。

霸山祭酒坐在牛背上，将两册经卷丢给秦牧，让他自己研读，然后为灵毓秀讲解她从天录楼中带出的经卷。

灵毓秀是皇家子弟，因此可以进入天录楼第二层。这次她从楼中带出的是记录道门的高深道法青霄雷引的经卷。

这个名字听上去便要比秦牧选择的《牵魂引》和《调鬼遣神符字令》正统

许多。

道门的正统道法自然名不虚传，霸山祭酒讲起来头头是道，许多原本难以理解之处，经过他的点拨，灵毓秀便豁然贯通。

秦牧也听得入神，突然想到青霄雷引倒可以与雷音八式相互参照，或许可以达到意想不到的效果。

他的思维发散开来，霸山祭酒后面讲的是什么他没有听清，沉浸在自己的推演之中。

灵毓秀又向霸山祭酒请教了几个不解之处，然后立刻着手实践，一串法诀打出，突然间晴空霹雳，咔嚓一声打在江面上，炸翻了几条一丈长的江鱼！

灵毓秀又惊又喜，很满意。

霸山祭酒摇了摇头，道："公主，你的底子太差，基本功没有练好。青霄雷引的威力不是这样的。"

他自封神藏，只开启灵胎和五曜两大神藏，保持与灵毓秀一样的境界，然后催动青霄雷引的法诀，食指、中指相捏。

江面上顿时电闪雷鸣，一道道霹雳劈落。

他指哪儿霹雳就打哪儿，凌厉非常！

江面翻白，到处都是被炸翻的大鱼。

灵毓秀对霸山祭酒心服口服。霸山祭酒显然也是头一次使用这青霄雷引，但一出手便老辣至极，令人不得不惊叹。

霸山祭酒笑道："你们皇室的功法九龙帝王功，刚猛霸道，倘若你的根基足够牢，施展青霄雷引，威力肯定比我更强。七公主，这些日子我便不教你其他功法，只帮你巩固根基。"

灵毓秀连忙称是。

霸山祭酒本身便是教主级的存在，见闻广博，再加上经历了延康国国师的变法，这些年又在太学院这种圣地参悟各大教派和世家的功法神通，已经是延康国的绝顶高手了。

青牛一路向边关而去，途中霸山祭酒传道讲法，将秦牧和灵毓秀从天录楼中带出的经卷讲了一遍。

过了两三日，他们总算来到了庆门关附近。

庆门关位于延康国与蛮狄国的交界处，也位于大墟与蛮狄国的交界处。

这里与蛮狄国的边关隔着百余里地，然而在这百余里地的中央，有一片十多里宽的森林。这片森林是从大墟中延伸出来的，是大墟的地界。每当到了夜晚，黑暗侵袭而来，将两座雄关隔开。

这片森林由此成为蛮狄国与延康国之间的天然屏障，双方大军都不能趁着夜色偷袭对方，只能在白天进行攻打，因此僵持不下。

两边的将士形象地称这片大墟森林为“鸭舌头”。

秦牧等人进入庆门关，霸山祭酒将通关帖子交给边防军。那个士兵点对人数，突然看到秦牧，不由得微微一怔，连忙往城里跑。

众人不解其意，霸山祭酒纳闷道：“你犯事了？”

青牛幸灾乐祸地说道：“何止犯事？老爷，你忘记了，你的这个师弟是大墟的弃民。边关将士得到神谕，要击杀进入延康国的弃民。我估计你的这个师弟要被杀头，或者被卖作奴隶了。”

霸山祭酒微微皱眉。过了片刻，城中传来哗啦哗啦的甲胄碰撞的声音。只听一个浑厚的声音道：“神医，秦神医在哪里？”

百十名将士拥着一个白发苍苍的老将军从边关中走出，他向众人打量了一番，道：“哪位是秦神医？”

秦牧笑道：“秦某在此，不敢称神医。这位将军……”

哗啦！

那些将士纷纷拜倒，老将军也单膝触地，双手抱拳高举在头顶。老将军道：“秦神医赠药，救我边关无数将士性命。边振云奉命镇守边关，不曾到京城感谢秦神医，不承想秦神医亲自前来，请受边某与众将士一拜！”

秦牧连忙抬手，道：“各位请起。将军，我的纯阳炼虫丹是否有效？”

那个边将军起身，白发晃动，点头道：“有效。蛮狄国的大巫再作法，便伤不到我军中将士了。神医的恩德，我庆门关上下无不感激涕零！”

“言重了，举手之劳。”秦牧笑道，“边将军，这位是我太学院的霸山祭酒，这位是七公主。”

边振云笑道：“久闻霸山祭酒之名，而今一见，果然不凡。至于公主……”

他面色微沉，冷笑道：“公主来我这穷乡僻壤作甚？若是有个闪失，谁担待得起？”

霸山祭酒笑道：“是我要带他们来历练的，望边将军行个方便。”

边振云面色稍稍缓和，道：“祭酒这次是要在我庆门关历练？”

霸山祭酒摇头：“蛮狄国。”

边振云吓了一跳，失声道：“你们要进入蛮狄国？不要命了吗？两国正交战，你们现在闯过去，他们肯定要你们的命！况且你还带着公主，倘若出点事，够你太学院全院抄斩了！”

霸山祭酒笑道：“有我在，不会出问题。我在蛮狄国也有自己的耳目。”

边振云冷笑道：“我关心什么？这是你们太学院的事情，即便出了事也是由你们太学院担着。秦神医，请入关。”

夜晚，将军府中大摆筵席，边振云率领众将士请秦牧赴宴，霸山祭酒等人也被请了去，不过都是陪衬。

第二日清晨，边振云送他们出关，奉上一盘金锭，道：“蛮狄国不认大丰币，只认金子。神医带着，就当是盘缠。”

秦牧谢过。

众人登上牛背，青牛向关外走去。

他们穿过大墟的“鸭舌头”地区，来到塞外，远远便见烟尘四起。烟尘之中，几个脑袋上长着骨刺的怪兽奔腾而来，怪兽背上坐着一个个高大魁梧的异族将士，他们高声呼喝：“噫——”

霸山祭酒抬脚，踩在青牛巨大的脑袋上，接着两脚站在青牛的角上，猛地拉开貂皮大氅。

那些冲来的异族将士见到他胸口的文身，连忙喝止胯下的异兽，停了下来，坐在兽背上施礼，然后掉转兽头，呼啸而去。

霸山祭酒掩上衣裳，从牛角上下来了。秦牧和灵毓秀都有些不解，不知为何这些蛮族看到霸山祭酒便会施礼。

待来到蛮狄国的边关，这里也有一座高大的城池，关防甚严密。霸山祭酒带着二人来到关下。城门开启，许多蛮族将士列队两旁，毕恭毕敬地将他们迎入了关内。

两人心中更不解了。

这时，镇守蛮狄国边关的一个将军走来，哈哈大笑道："天下无双的武可汗，我草原上的王，好久不见你了。自从阁下做了延康国的官，武可汗的名声已经臭不堪闻了！"

霸山祭酒哈哈大笑道："我本身便不是草原的人，只不过因为在草原上打败了你们的武士，被你们尊为武可汗而已。"

"武可汗？"

秦牧等人面面相觑。狐灵儿纳闷道："祭酒，你给他们看了什么？为何他们见到你都要向你施礼？"

霸山祭酒掀开胸口，笑道："你们看。"

秦牧看去，只见他的胸口文着一个长满骨刺的古怪的头。

"这是蛮狄国可汗的刺青，是受过蛮狄国圣地的巫尊赐福的，不是每个人都有的。"霸山祭酒掩上衣裳，道，"当年我随着恩师四处游历，来到蛮狄国，听闻蛮狄国尚武，便与草原上的强者对决，百战无一败，因此被尊为武可汗。武可汗在延康国的话里便是武皇帝。"

第150章 塞外天皇帝

武皇帝？霸山师兄在蛮狄国的名声竟然这么响亮！秦牧暗暗咋舌。

灵毓秀连忙道：“老师，你是战技流派的高手？”

霸山祭酒点头，露出笑容：“当年我追随恩师修炼刀法，后来恩师失踪，我的刀法很久没有长进，又逢国师变法，所以来到延康国学习法术和剑术，试图借他山之石，来打破我的瓶颈。不过说起来，我最强的不是战技，而是战法。”

灵毓秀心头微震。这一路走来，霸山祭酒传授给他们道法神通，讲授一卷卷经典，让她以为霸山祭酒最精通的是法术和剑法，没想到他竟是战技流派传人！真是令她意外。

更令人意外的是，霸山祭酒在蛮狄国竟然还有武可汗的称号。

这可以说是外族在蛮狄国拥有的最高荣誉了！

那个蛮族将军将众人引入关中，道：“武可汗来我国做什么？自从你投靠了延康国，我们草原的好汉都对你很不齿，叫嚣着要取回武可汗的称号。”

霸山祭酒笑道：“我太学院的士子想要重走我当年的路，会一会巫教的少年英雄。”

那蛮族将军身躯微震，看向秦牧、灵毓秀，冷笑道：“就凭他们？”

灵毓秀有些兴奋，向秦牧使了个眼色，低笑道：“咱们要去会一会巫教的少年英雄了。”

霸山祭酒道：“就凭他们。我这次打算去草原上的圣地——楼兰黄金宫，坐在楼兰黄金宫的门前堵门。当年，我便是堵了楼兰黄金宫的门才有了武可汗之名。”

那蛮族将军眼角肌肉乱跳，冷笑道：“当年是因为有天可汗在，你才能堵门成功，而今你的实力比天可汗如何？”

“虽尚不如，但相去不远。”

那蛮族将军面色一沉，向一个士兵喝道：“放鹰雕狼，通知楼兰黄金宫，武可汗来堵门了！”

那蛮族士兵连忙呼喝。过了片刻，一头头长着翅膀的巨狼腾空而起，振翅向草原深处飞去。

那蛮族将军看向霸山祭酒，躬身施礼，说道：“武可汗，前面路上多坎坷，请吧。”

霸山祭酒哈哈一笑，带着秦牧等人走入草原。

灵毓秀道：“霸山老师，刚才那个蛮子说的天可汗是谁？”

“我的恩师，天刀。”霸山祭酒抬头看天，回忆道，“当年他带着我去楼兰黄金宫堵门，被尊为塞外天皇帝。”

“屠夫爷爷从前竟然如此威风！”秦牧吓了一跳。

屠夫那个火暴脾气，天天看谁都不爽的样子，在奶奶庙卖肉，手持两把菜刀，一脸横肉，凶神恶煞的，吓哭了不少大墟的小姑娘。

他从前竟然有天可汗的称号?!

天可汗就是天皇帝。天皇帝这个名头何等威风。

秦牧实在想象不出当年的屠夫该是何等霸气。

狐灵儿喃喃道：“塞外武皇帝，塞外天皇帝，何其威风……”

草原地广人稀，有时候走半日也看不到一个村落。放眼望去万里无云，草原的绿色与蓝天连成一片，令人心旷神怡。

霸山祭酒相貌粗犷，牛高马大，极为魁梧，与草原上的汉子有些相似，来到有人的地方，牧民便会上前敬酒。

“延康国有三大教派：正道第一的道门，佛门第一的大雷音寺，魔道第一的天魔教。”到了夜晚，他们来到一个村庄落脚，霸山祭酒坐在篝火旁，道，“但是在草原上，第一圣地便是楼兰黄金宫，那里有最大的巫教。楼兰黄金宫的大巫在草原上地位极高，草原上的可汗都是由楼兰黄金宫的巫尊授予君权的。倘若老可汗死了，儿子想要继任，则需要前往楼兰黄金宫，求巫尊授权。”

灵毓秀道：“从前我们延康国也是如此。我听父皇说，早年延康国只有现在的一成大小，是长生门的属国。当年我们灵家也不是皇族，只是后来长生门的门主厌倦了当时的皇帝，便直接将皇帝废掉，然后将我祖上选为皇帝。后来我灵家励精图治，暗暗发展，终于除掉了长生门，这才变得强大起来。”

秦牧微微一怔。他还不知道延康国竟然有这样一段过往。

霸山祭酒饮了一口酒，放下酒葫芦，道：“现在的延康国国土从前属于三十多个小国，每个国家都有皇帝，也都被一个门派左右。这些门派就是靠这些国家养活的。皇帝每年都要向这些门派纳贡，可现在门派变成了国家的附庸。这些门派自然不乐意，有机会就造反。塞外的门派虽然也有不少，但是实力最强势力最大的就是楼兰黄金宫。塞外所有国家的所有可汗都臣服于楼兰黄金宫，其他门派根本无法与楼兰黄金宫抗衡。”

秦牧道：“师兄，这个楼兰黄金宫的势力与三大教派相比如何？”

霸山祭酒淡然答道：“差不多。”

秦牧眼睛一亮。这么说来，堵楼兰黄金宫的门，相当于堵道门、大雷音寺的门，难度可想而知！

“不过这次去楼兰黄金宫，不是为了堵门，而是为了偷东西。”霸山祭酒嘿嘿笑道，“师弟、公主，你们俩堵门，我去宫中偷东西，到手之后我们立刻便走。公主，这几日我会加紧巩固你的根基，助你将皇室的九龙帝王功的威力发挥到极致。”

灵毓秀心中有些惴惴不安。

第二日，众人再次上路，但是这一次霸山祭酒让他们步行，一边走，一边让灵毓秀施展自己所学的功法。

霸山祭酒目光毒辣，灵毓秀有任何不足之处，他一看便知，然后责令灵毓秀加以改正，一遍又一遍地让她苦练。

灵毓秀还是第一次吃这么大的苦头。从前她看起来精明干练，是因为她受到皇家的教育，而对于武学神通，她就没怎么上过心。

霸山祭酒这次便狠狠磨炼她的基本功，让她勤修苦练，将九龙帝王功的威力发挥出来。

九龙帝王功乃皇室顶尖的功法，经过了皇室的改良，而皇城的九龙之气使灵毓秀等皇室子弟修炼这门功法有着事半功倍的奇效。

灵毓秀的修为并不低，缺点就是根基不牢。

十多日之后，她便被霸山祭酒打磨得如同换了个人一般，实力飞速提升。

“九龙帝王功本身是法术神通的功法，法术神通的强大之处在于爆发力，比如炎火神通。”

霸山祭酒伸手一指，一团火球飞出，射出百余丈。那火球只有拳头大小，但是突然爆炸，熊熊烈焰膨胀几千倍，将方圆几亩地炸得焦黑，爆炸的中心甚至出现了石头熔化的痕迹。

“九龙帝王功在法术之道上的地位极高。有人说法术流派和战技流派是两个极端的流派，但是法和战并非水火不容，反而可以互通。”霸山祭酒从灵毓秀那里借来大铁锤，道，“公主看好。师弟，你来与我对招。”

秦牧元气迸发，少保剑出鞘，一剑向霸山祭酒刺去。

霸山祭酒挥锤。

那把大铁锤是秦牧送给灵毓秀的，此刻这锤头冒出熊熊火焰，猛地撞向少保剑。

轰隆！

锤头发生剧烈的爆炸，将少保剑炸飞。

霸山祭酒四周火焰熊熊燃烧，仅他脚下所立之地还有油油青草。

灵毓秀吓了一跳，立刻看出关键：霸山祭酒是将炎火神通藏在了大铁锤之中，少保剑触动了大铁锤，炎火神通便爆发，将少保剑炸飞。

秦牧发出元气丝，卷住少保剑，剑光闪闪，向霸山祭酒杀去。

两人距离较远，霸山祭酒挥动铁锤，铁锤上下翻飞，每一击都刚好挡住少保剑。接着便传来轰隆轰隆的爆炸声，火焰滚滚，无比惊人。

灵毓秀的心怦怦乱跳。霸山祭酒向她展示的是她从未曾想过的战斗之法：将战技与法术完美结合，霸道无比！

秦牧见少保剑一次又一次被炸飞，心中佩服不已。霸山祭酒先师从天刀，然后进入延康国学习法术，最终走出了一条自己的道路！

霸山祭酒这样施展法术和战技，也给秦牧指出了一条道路。

武可汗，实至名归！

霸山祭酒即便本事尚不如屠夫，也可以称为一代宗师！

霸山祭酒收了锤，将烧红的大铁锤还给灵毓秀，道："我用刀无法像恩师那样达到化境，所以只能另辟蹊径。恩师的刀可以切开大地，斩破苍穹，一刀破世间任何法术神通，可我做不到。所以我趁着国师变法时进入太学院，学习法术神通，试图突破自己。毓秀公主，你有九龙帝王功这个基础，走我这条路最好。"

灵毓秀心悦诚服，霸山祭酒再让她练基本功，她也没有怨言了。

秦牧也禁不住向霸山祭酒请教，霸山祭酒自然是知无不言，言无不尽，连带着狐灵儿和青牛也得到了不少启发。

他们一路深入草原，并在路上修习战法合流。

灵毓秀已经初步掌握了战法合流的技巧，与秦牧打得激烈，两人都出了一身的汗。

歇息时，秦牧取出香帕擦汗，灵毓秀笑道："太学博士，我来帮你擦。"

突然，霸山祭酒脸色大变，抬起双手向前方推去，喝道："绝壁天罡！"

第151章
技业不精

伴随着霸山祭酒的阚喝，一道高达数十丈、几乎没有任何厚度的光墙出现在他们的前方。

这道光墙迸发出橙黄色的光芒，上面布满许多奇怪的纹理，纹理中央有一颗燃烧的星星。整道光墙上有三十六种纹理图案、三十六颗火焰星星，像是一幅星图。

就在霸山祭酒刚刚施展出绝壁天罡的神通时，他们前方突然传来阵阵杀伐之声，一个战场正在向这边转移。

呼啸而来的是数以百计的神通者，他们坐在一头头巨兽身上，疾驰咆哮，迎面便见这道横在天地间的绝壁。

那些蛮族神通者不由得面色苍白。一个身材魁梧、白发苍苍的蛮族老将军厉声叫道："快击溃它！"

众神通者呼啸奔腾，直奔绝壁而来，轰隆轰隆的碰撞声不绝于耳。

又有一把把飞剑发出刺耳的呼啸声，呼呼射入绝壁之中，但往往剑尖刚穿透这道绝壁，便被定在绝壁上，无法前进，也无法收回。

绝壁被打得不断震动。这道绝壁上多出了数以百计的飞剑，后面还有一道道神通爆发，向绝壁轰来。

那几百名蛮族神通者冲撞过来，再加上迸发的神通，这道绝壁被打得不断出现裂痕。霸山祭酒阚喝，双手向前推出。又听得轰的一声，另一道绝壁生成，与前方出现裂痕的绝壁合并。

他承受着难以想象的压力，被逼得不断后退。这几百名神通者合力压来，其中不乏七星境界、天人境界，乃至生死境界的强者。他能以绝壁天罡抵挡这些人，保持绝壁不被对方击溃，已经是极为可怕的了。

“祭刀丸！”那个老将军厉声道。

呼！

一颗颗刀丸横空飞出，在绝壁前滴溜溜地旋转。无数刀光顿时向绝壁射去，叮叮当当的脆响声不绝于耳，绝壁上霎时间插满了数以万计的宝刀。

霸山祭酒脸色大变，被绝壁中传来的压力逼退数十步，绝壁也被恐怖的力量压得不断缩小。

“师弟、公主，咱们进入蛮族战场了！”霸山祭酒喝道，“你们小心！”

秦牧心头微震，突然听到草原深处传来嘟嘟的号角声，原来是另一支军队追杀过来了。

那蛮族老将军无奈地叫道：“迎敌！”

杀来的是一支大军，由蛮族的神通者和武者组成。武者为步兵，神通者为骑着一头头高大异兽的骑兵。除此之外，空中还有巨鸟展翅翱翔，鸟背上站着一些蛮狄国的女将士。她们头上扎着七彩鸟羽，向下方施展出各种法术。

秦牧透过绝壁看去，只见大军之中一个相貌堂堂的蛮族将军坐在一头白象身上。那头白象比其他的异兽要高出一截，和他们脚下的这头青牛相比也毫不逊色。

那个年轻的蛮族将军的目光向这边扫来，落在绝壁天罡上。他露出惊讶之色，随即恢复如常，喝道：“风！”

一支军队立刻冲上前去，将士们将背上的一个个大葫芦取下，重重地立在身前，掀开葫芦嘴。那一个个大葫芦中顿时有黑气冲出，化作一道道龙卷风。风越来越大，仿佛蛟龙，头在天，尾在地，横扫肆虐。

而那些放出风的将士立刻纵身跃起，踩着风飞上半空，迎着那个老将军的军队便冲了过去，将大多数神通者卷上半空。

这些神通者被卷入空中，那些将士在风中向他们出手，挥刀将他们斩杀。

白象上那个年轻将军沉声道："雨！"

又有一支军队冲上前来，将士们将背上的陶瓮放下，打开盖子后，一团团云气顿时从瓮中飞出。这些将士脚踩云气升到半空，大雨倾盆而下。

这些将士在云中作法，一根根雨线如剑，向下刺去，下方的神通者躲避不及，便被刺中！

年轻将军再喝道："雷！"

巨鸟背上的那些蛮族女将士各自擂鼓，那鼓迸发出阵阵雷音，由上至下冲击下来，将那些正在施法对抗风雨的神通者震得魂不守舍，使得他们的防御不觉间便松懈下来。又有不少人被卷入风雨之中，当场横死。

风、雨、雷三军作法后，活下来的神通者已经不多了，但是剩下的都是强者，普通的法术难以伤到他们。

蛮族老将军自知不敌，也逃不出去，急忙扑通跪地，高声道："托里木将军，老朽投降了，投降了！恳请托里木将军给条生路！"

蛮族的其他二十多名强者见状，虽然心有不甘，但自知此时活命要紧，只得跪地，俯身道："愿意投降！"

托里木将军眼中寒光闪过，冷冷地说道："你们帖饵木族造反作乱，还想活命？可汗有命，拒不受降！"

老将军脸色大变，正欲飞起，托里木将军伸手一指，一根拇指粗的剑柱隔空刺来。两人相距百丈，但那剑柱根本没有给老将军起身躲避的时间，瞬息便至，直接刺中他的头颅。

那剑柱当的一声钉在了绝壁天罡所形成的光墙之上，将绝壁刺出一个小小的洞。

霸山祭酒眉头挑了挑，散去绝壁天罡，而托里木将军的大军追杀过来，将剩下的蛮族叛军杀得片甲不留。

诸多蛮族将士将叛军的脑袋割下来，挂在自己的腰上，欢呼不已。

"将他们的魂魄收了，献给黄金宫！"

托里木将军骑着白象走上前来，在象背上向霸山祭酒见礼，道："莫非是武可汗？”

霸山祭酒点头。

托里木将军眼中光芒闪烁，说道：“武可汗一人阻挡八百名草原神通者，本事的确不凡，但也没有传说中的那么厉害。武可汗这个名头，看来你是保不住了。”

霸山祭酒呵呵一笑，稳稳地站在牛上。

托里木将军眼中光芒四射，陡然从象背上起身，手中剑芒爆射，剑气破空，向霸山祭酒刺去。霎时间，剑光漫天！

霸山祭酒探手拔刀，一刀斩去，剑光突然消失，只剩下一道横贯天地的刀光。轰隆一声巨响，刀光消失，象背上的那个托里木将军也消失不见了。

其他蛮族将领正震惊着，只听后方传来一声长长的“啊”，众人急忙回头看去，只见托里木将军越飞越远，不知被一刀劈飞到何处去了。

“本事还不错，只是眼力太差。”霸山祭酒收刀。

过了片刻，托里木将军返回，身上的铠甲被劈成了两半。他再看向霸山祭酒时，眼中便多了几分敬畏。

“武可汗，你的威名草原上至今还在流传。”托里木单膝触地，手掌贴胸，道，“武可汗是要去楼兰黄金宫吗？巫尊已经传出命令，让我们厚待武可汗。”

霸山祭酒点头：“我知道了，起来吧。当年巫尊授予我武可汗之名，现在看来，他是想要亲自收回去了。你们草原上应该出了好多英雄好汉吧，否则巫尊岂会这么期待我前往楼兰黄金宫？”

托里木起身，道：“我草原上的好汉如同天上的星星一样多，能击败武可汗的人自然是有的。”

狐灵儿笑嘻嘻地说道：“这位将军，我很喜欢你吹牛的样子。”

“吹牛？谁敢吹我？”

青牛冷笑一声，突然看到那头白象，连忙小跑着凑上前去，蹭了蹭象身，嘿嘿笑道：“白象，你是公的母的？”

那头白象用鼻子甩青牛的脸，打得它鼻血长流。

“是母的。”狐灵儿趴在青牛耳边悄声道。

青牛振奋精神，向白象呵呵笑道：“你的皮肤真白，我喜欢你。你吃牡丹吗？我这里有，嫩得能掐出水来……”

托里木率军护送他们前往楼兰黄金宫。秦牧偷偷打量起这支军队，心中有些好奇。

这支军队剿灭叛军，用的战法很厉害，与延康国军队的战法很相似。不知道是延康国学习了蛮族的战术，还是蛮族学习了延康国的战术。

被打过之后，托里木对他们敬重有加，一路上献吃献喝，毕恭毕敬。

霸山祭酒传授秦牧和灵毓秀战法合流的本事时并没有避开他，只是教到关键部分时改用传音的方式讲授。

过了六七日，他们来到草原的最深处。此处距离楼兰黄金宫已经不远，托里木不再相送，而是率军呼啸而去，返回自己的部落。

霸山祭酒皱了皱眉头，吐出一口气，低声道：“看来巫尊对我的到来很上心呢。这次他是一定要收回我的武可汗之名了。只怕到了楼兰黄金宫，我才是要被人挑战的那个。若是这样的话，我便无暇去盗回恩师的下半身了。”

秦牧跃跃欲试，道：“师兄，我曾经学过偷盗的法门。”

霸山祭酒瞥了他一眼，摇头道：“楼兰黄金宫乃草原上的圣地，相当于道门、大雷音寺这样的圣地，里面机关重重，封禁密布，有各种封印，你学过的偷盗法门根本无用，破不了那里的封印和机关。”

“教我偷盗的人很厉害的。”秦牧认真地说道，“他是我们村的瘸爷爷，虽然少了一条腿，但是——”

霸山祭酒摆了摆手，振奋精神，道：“腿都被人砍掉了，只能说是技艺不精。你不用想怎么盗回恩师的下半身，这件事我来解决。你们俩只管安心堵楼兰黄金宫的门，其他的交给我。”

第152章 楼兰黄金宫

霸山祭酒不给秦牧说话的机会，喃喃道："就怕巫尊这家伙使诈，用车轮战拖住我，让我脱不开身……这就有些难办了……"

过了不久，楼兰黄金宫终于出现在众人眼前。

秦牧远远看去，只见一望无际的大草原上突然多出一片湖泊，碧波荡漾，宽广得像是草原中的海洋一般。

秦牧遥望，隐隐看到湖泊的另一端是连绵不绝的大山，高山上堆满了积雪。而在巍峨群山之间有一座金光灿灿的山峰。秦牧睁开神霄天眼看去，这才看出那并非金山，而是一片金碧辉煌的宫殿。

那里宫殿太多，将整座山峰都罩得严严实实，因此远远看去好像是由黄金堆成的金山一般。

草原上没有固定的货币，只流通黄金，他们这一路走来都是用边振云将军所赠的金锭来付的饭钱。

对于草原上的百姓来说，金子很稀罕，价值极高，而这里的宫殿却是用黄金打造的，足见其奢华。

他们来到湖边，秦牧四下看去，只见一艘木船停泊在那里。那船上有个头上长角的男子，身穿黑衣，拄着竹篙立在船头。

湖泊的浅水区还有一根根木杆横七竖八地插着，每一根木杆上都挂着一颗已经腐烂的人头。

"大巫采魂练法，比天魔教还像魔教。"

秦牧向那男子看去，只见男子有张棕色的羊脸，但脸上没有多少毛。

“羊面大巫？”秦牧微微一怔。

他在京城时给边关的几个中了巫毒的将士治病，听一名士兵说他们遇到了一个头上长角的蛮狄人，蛮狄人用镜子照了照他们，他们便开始变瘦，最后药石罔效。

秦牧原本以为蛮族的大巫是戴了面具，现在见到木船上的这个大巫才知道，竟然真有长角的蛮族人。

那个羊面大巫瞥了他们一眼，发出尖锐的声音：“武可汗，巫尊已经等候很久了！请上船！”

霸山祭酒登上这艘船，笑道：“这片湖水是弱水，没有浮力，羽毛漂在上面也会沉底，须得靠楼兰黄金宫的船才能渡过去。咱们上船吧。”

秦牧与灵毓秀登上木船，青牛和狐灵儿也来到船上。那个大巫的目光落在秦牧和灵毓秀身上，冷笑一声，撑船向对面驶去。

灵毓秀笑道：“不能脚踩弱水过去，绕过去不行吗？飞过去也可以。”

那蛮族大巫冷笑道：“飞过去？你试试这里的空气，你能飞得起来？这里的空气是死的。”

“空气是死的？”灵毓秀不解。

旁边的青牛瓮声瓮气地说道：“这里的空气的确是死的，飞不起来。”

它善于掌控风雷，能够感觉到这里的空气根本不流动。常人呼吸，吸气、呼气间空气流动；倘若空气不流动，吸一口气，鼻孔下的空气就被吸光，旁边的空气补充不到鼻孔下，自然就会被憋死。

这片弱水湖上的空气被一股莫名的力量定住了，完全不流动，只有木船向前移动，船上的人也随之移动，呼吸时才不会感受到异常。但是只要船停下，鼻翼下的空气被吸光，时间一长人必然会被憋死。

狐灵儿试了一下，发现呼风唤雨的法术在这里根本没用。

那蛮族大巫嘿嘿笑道：“绕过去也不是不可以。不过弱水湖太宽，绕过去要走两天，还得翻过雪山。嘿嘿，能走出雪山的不多。”

灵毓秀咋舌。

秦牧悄悄开启神霄天眼、青霄天眼，向空中打量，蒙蒙眬眬中看到有微不可察的薄雾状的纱笼罩着整个湖面的上空，心中不由得微动：让空气无法流动的应该便是这片轻纱吧？

这片轻纱无法被触摸，但又真实存在，想来便是霸山祭酒所说的禁制。

他不经意间向水下看去，心头微震，只见这片湖泊的底部都是白骨。灵毓秀也向下看去，低呼一声。

霸山祭酒道："那些都是巫教修炼法术用掉的奴隶。"

秦牧毛骨悚然。

羊面大巫撑船速度很快，似有独到的秘法，可以在湖面上来去如风，弱水也不能让这艘船沉入水中。

没过多久，木船停靠在雪山脚下，那羊面大巫嘿嘿笑道："武可汗，请。"

霸山祭酒微微一笑，向那座金光灿灿的山峰走去。

嘟嘟——山上传来悠长而低沉的号角声。远处，一座座雪山突然发生雪崩，轰隆轰隆，更是增添了几分凝重的气势。

霸山祭酒哈哈大笑，笑声压过了那号角声和雪崩发出的轰鸣声。秦牧等人倒感觉不到异状，但是山上的人被他的笑声震得气血沸腾，脑袋涨得似乎要炸开一般。

这时，山上传来一个浑厚的声音："武可汗修为深厚，更胜当年，何必一上来便给一个下马威？武可汗，请上山一会！"

这个声音在霸山祭酒的笑声中也清晰可闻，苍老却充满了力量，显然出自一个绝世高手。

"巫尊发话，我自然不得不从。只是霸某此番是来堵山门的，不是来叙旧的！"霸山祭酒与那个苍老的声音遥遥对话，悠然说道，"我这便上山！"

秦牧抬头看去，只见一条黄金铺成的阶梯一路通到山上。不过，他们没走出多远便看见一道巨大的黄金门横在那里。

这道门通体由黄金所铸，高十多丈，宽二十余丈，镶嵌着宝玉、宝珠，奢华无比。

当年屠夫便是带着霸山祭酒来到这里，在山门下一堵三个多月，打败了楼兰黄金宫中的年轻才俊，将从草原四面八方闻讯赶来的各路高手打了一遍。

霸山祭酒因此被草原尊称为武可汗。

而屠夫当年也历经大大小小百十战，将楼兰黄金宫的老一辈统统打了一顿，获得了天可汗的美誉。

霸山祭酒带着他们走到山门前，只见许多大巫已经在那里等候，还有些并非楼兰黄金宫弟子的草原上的强者也守在那里。

“牛牛！”霸山祭酒喝了一声。

青牛哞的一声低吼，身躯突然砰砰膨胀，肌肉隆起，身体越拔越高，变成狰狞的牛头怪物，大步走到那黄金山门下，肩头向上耸了耸，将那道沉重无比的山门直接拔起！

旁边的蛮族大巫和强者都呆了。

霸山祭酒淡然说道：“送门上山！”

秦牧心头微震，知道霸山祭酒的用意——在山门下堵门，难以进入楼兰黄金宫的腹地，而扛门上山，在楼兰黄金宫的正殿前堵门，才方便盗取屠夫的下半身。

不过这样的话，他就彻底将楼兰黄金宫得罪了，只怕此行注定有一场恶战！

倘若靠近楼兰黄金宫的正殿，那些强者将下山路一堵，便可以将他们堵住，对他们很不利。

霸山祭酒冷哼一声，向前走去，传音到秦牧耳中：“上山之后，只怕不是你们俩堵山门，而是他们要对我下手了。这次与我所想的有些不同……”

秦牧安慰道：“教我偷东西的那人虽是个瘸子，但真的非常厉害。”

“他怎么瘸的？”霸山祭酒问道。

秦牧迟疑了一下，老老实实地答道：“好像是偷东西的时候被抓住，一条腿被砍掉了。”

霸山祭酒冷笑：“我听到你说他瘸，便猜他是偷东西被人捉到后打瘸的。你偷过东西没有？”

秦牧又迟疑了一下，摇头道：“还没有试过。”

霸山祭酒彻底没了念想，神色阴晴不定，突然塞给秦牧一张图纸，道：“这是楼兰黄金宫的地图，你先收着……但愿你用不上。现在走一步看一步，到了楼兰黄金宫，随机应变，说不定我能够寻到机会，盗走师父的下半身。”

楼兰黄金宫的阶梯极长，一直延伸到山巅。秦牧、灵毓秀跟着霸山祭酒登山，四下看去，只见阶梯两旁立着许多金灿灿的神像，每一座神像都极为怪异，似人非人，似魔非魔，似神非神，模样千奇百怪。

走在这样的阶梯上，让人倍感压抑。即便是喜欢与青牛拌嘴的狐灵儿此刻也安静了下来，只有青牛沉重无比的脚步声咚咚作响。

秦牧回头看去，只见草原上的强者和蛮族大巫虽然双目喷火，却一言不发地跟着他们。

前方渐渐出现了许多金光闪闪的宫殿。这些宫殿下站着些奇形怪状的人，有些头上长角，有些背上生翅，有些长着兽头，有些长着蛇尾，但他们偏偏又不是妖族。妖族身上有妖气，比如狐灵儿便有妖气，青牛身上虽然妖气很淡，但也有。

可这些怪人身上没有妖气。

狐灵儿和青牛在向人的方向转变，楼兰黄金宫的强者却仿佛在向神、魔的方向转变。

塞外与延康的修炼理念不同，塞外追求向神、魔靠近，以成为大巫。

不过，还是有些人是寻常人的形态。这些人应该可以自由控制身躯，想变就变，想收就收，神通自如。

殿前还有许多笼子，里面塞满了衣衫褴褛的人，应该是楼兰黄金宫的巫士练功的“材料”。

灵毓秀脸色微变，怒火中烧：“是我延康国的子民！”

秦牧木然说道：“延康国也会把我大墟的子民掳走，当成奴隶。”

灵毓秀身躯微震，默不作声。

“公子，他们不仅用人来练功，还用妖族来练功。”

狐灵儿努了努嘴。秦牧看去，果然有几个笼子里关着的是一些妖怪。

霸山祭酒道：“巫教有奇特的功法，可以用魂魄修炼，来改变身体构造。比如吸收鸟的魂魄，可以生长出翅膀，或者长出鸟的脑袋；吸收羊的魂魄，身体也会向羊转变。练成神通的，便是大巫；没有练成神通的，就叫巫士；而到了天人境界的，便叫作巫王。楼兰黄金宫是巫教的圣地，其功法叫作巫尊楼罗经，相当不凡。”

第153章 我，霸体

众人到了山顶，只见这里奢华非凡，楼宇宫阙皆金光灿灿，单单是大殿下的柱子便有两人合抱那么粗，而黄金神像更多。许多草原的蛮族人站在一座座黄金神像下。

突然，其中一座黄金神像动了。秦牧心中一惊，这才知道这些并非黄金神像，而是一个个大巫！

这楼兰黄金宫的大巫竟然将自己的身体修炼得如同纯金所铸的一般，散发出金光！

楼兰黄金宫前，巍峨的门下，一个个大巫如同一个个金光灿灿的神，威严肃穆。为首的是一个金发金身的老者，身材魁梧高大，一身金衣，手持权杖，头戴羽冠，声如洪钟："武可汗，你已经逍遥了这么多年，为何今天送上门来？"

"'送上门来'这话说得好。青牛，将山门放下！"

青牛轰隆一声将山门放下。霸山祭酒哈哈大笑："巫尊，山门被我送上来了。这些金灿灿的师兄好像多数被我打过。当时我堵门百天，打伤、打死了不少人。面对强的，我无法留一手，所以只能打死；弱的都在我手中活了下来。那些弱的就是今天在座的诸位。"

此言一出，满山哗然，楼兰黄金宫的老一辈强者都怒不可遏，空气中顿时弥漫着一股杀气。

霸山祭酒的嘴巴太毒了，一下子将整个楼兰黄金宫的高手都得罪光了，再加上扛山门上山一举，此行肯定难以善了。

其中一个大巫相貌庄严，声音似金石交鸣，冷冷地说道：“我们的伤早就好了。这些年我们楼兰黄金宫养精蓄锐，很想与武可汗再交手一次，一雪前耻。”

霸山祭酒露出微笑：“有机会的。不过此次我是为堵门而来的，并非想要打死你们。”

他带着秦牧、灵毓秀上前，来到门下，抬头打量这道山门，回忆往昔，感慨道：“当年我随恩师在这道门下打死过不少人……”

一个个金灿灿如神般的大巫双目喷火，死死地盯着霸山祭酒。霸山祭酒回头，向秦牧和灵毓秀眨眨眼睛，微笑道：“而今，这道山门便交给你们了。”

灵毓秀有些不安，低声道：“老师，这里的规矩好像与延康国不一样。”

霸山祭酒面带笑容，声如蚊蝇：“道门和大雷音寺到太学院堵门，只分高下，不分生死，打过之后也得和和气气的。而在这里，都是照死里打。你想留对方一条命也可以，但若遇到与自己并驾齐驱的高手，就很难留一手了。当年我在这里遇到了许多能够与我并驾齐驱的高手，所以死了不少人。”

灵毓秀头皮发麻。

秦牧定了定神，长长地吸了口气，暗暗想道：终于按照大墟的规矩来了！大墟的规矩也是如此！

巫尊走来，来到楼兰黄金宫的门下，目光落在秦牧和灵毓秀身上，不疾不徐地说道：“堵门，就按以前的规矩来。武可汗的名头，我也要收回来！”

霸山祭酒面不改色，朗声道：“诸君，他们都是五曜境界的修为。”

“堵门的规矩，我们懂。”巫尊的面容如无波古井。

他蹴了蹴权杖，淡然命令道：“楼兰黄金宫弟子听令：以五曜境界与他们战斗。谁敢超过五曜境界，我要他性命！”

他的声音不大，却传遍了全山。

巫尊发出命令后，立刻看向霸山祭酒，露出一丝笑容：“武可汗，当年天可汗带你前来我楼兰黄金宫堵门，天可汗神通无边，自然令人钦佩，但你并不是天可汗。”

霸山祭酒神色凝重，迈步走过山门，声音传入秦牧和灵毓秀的脑海：“师弟、公主，你们放心，只要他们没有杀掉我，便还会按照规矩向你们挑战。倘若我被他们杀掉了，那你们也危险了。”

秦牧和灵毓秀心中一凛。

他们的安危系在霸山祭酒的身上。

倘若霸山祭酒被剥夺了武可汗之名、被除掉之后，他们杀掉秦牧和灵毓秀也没有人会知道，楼兰黄金宫的名声无损。而草原上前来观战的强者都服从楼兰黄金宫的统治，只要楼兰黄金宫一声令下，他们自然不会说出去。可若是让霸山祭酒活着走出楼兰黄金宫，那么这件事便会被霸山祭酒这个大嘴巴捅出去，不但整个草原会知道，恐怕全天下人都会知道。

霸山祭酒绝对有这个能力。

那时，楼兰黄金宫的颜面便会荡然无存。

所以，楼兰黄金宫的人在霸山祭酒死之前，绝对不会围攻秦牧和灵毓秀，只会按照规矩办事。

“老爷，不要被打死了！”青牛高声道。

霸山祭酒脚步踉跄，回头怒视：“回去之后便吃牛肉！”

青牛连忙缩头。

“两个少年，胆大妄为。你们知道你们是在堵一个圣地的门吗？”

突然，秦牧身后传来一个声音。秦牧和灵毓秀起身向山下看去，只见诸多容貌古怪的巫士走来，堵在他们的来路上。

其中一个巫士迈步上前，身上泛着淡淡金光，头上长角，背上生翅，长有鸟喙。

“师兄。”秦牧和灵毓秀见礼。

那个黄金宫巫士却不还礼，声音铿锵有力：“礼数是你们延康国的东西，我楼兰黄金宫可没有那么多规矩。杀了你们之后，我要吸你们的魂魄，用你们的魂魄来修炼神通。你们这样的人比那些奴隶强太多了，用你们的魂魄来修炼是最好不过的了！”

秦牧目光闪动，道：“妹子，这次我先来，探探他们的功法神通。”

灵毓秀点头。她虽然这一路上实力进步神速，但是和秦牧相比还是有些差距，在不知道巫士底细的情况下贸然出手很容易吃亏。

秦牧吐出一口气，沉声道："青牛，拿我的包袱来！"

青牛走上前来，将身上的包袱取下。秦牧先将刀囊背在身上，两口杀猪刀交错而放，然后将剑匣背在刀囊后面，挂上大铁锤，插上一根竹杖，在腰间佩上少保剑。

青牛杀气腾腾，道："听说你从前是放牛的，连我都打不过，能打得过他们吗？"

秦牧活动了一下身躯，骨头咯咯作响。他淡然答道："我是霸体。"

青牛喝道："我家老爷在这道黄金门下没有败过！"

秦牧道："我是天生霸体！普天之下，相同境界者，无人能胜我。"

那个鸟翼巫士取下两根黄金杵，眼中光芒闪烁，笑道："什么狗屁霸体，没听说过。"

秦牧以霸体三丹功催动元气，元气呼呼运行，霎时间遍布周身。

"我，霸体！"

他抬脚，脚下的黄金地面顿时深深凹下一个脚印。轰隆一声，他的身体向那鸟翼巫士冲去，移动速度极快，让人只看得到一连串的残影。

"无双的霸体！"

那鸟翼巫士脸色大变，急忙振翅起身，身体还未飞起，便见秦牧的拳头轰来。那一拳轰出，龙吟回荡，鸟翼巫士的眼瞳骤缩，看到的不是一个拳头，而是狰狞凶恶的龙头！

下一瞬间，鸟翼巫士看到两个龙头，然后是三个、四个！

鸟翼巫士振动翅膀，想要躲开，却已然来不及了，仓促之下只得将两根黄金杵交错挡在身前。

两根黄金杵突然间弯曲下来——秦牧那一拳竟然将这两件灵兵打得像是泥做的一般，将它们轰成了薄纸。

呼——

那鸟翼巫士飞上半空，接着砰的一声炸开，化作一团血雾。那血雾中传来龙吟。接着，血雾变成了四十五条血龙，狰狞凶恶，仿佛轰碎鸟翼巫士的不是秦牧那一拳，而是这四十五条血龙！

山门前的黄金台上，秦牧平静下来，狂烈的元气也陡然平息。

“青牛，你家老爷需要一百天才能打垮楼兰黄金宫。”秦牧转身，目光木然，扫向黄金台下的巫士，“而我，只需要一天。”

他站在山门下，声音如同雷霆轰鸣，在楼兰黄金宫中回荡：“我只需要一天，就可以将黄金宫所有弟子的意志摧毁，将他们的尊严踩在脚下！”

“放肆！”一个巫士勃然大怒，向秦牧冲来。他狂奔时，肉身发生着翻天覆地的变化：他的头变成一颗大象的脑袋；身体变得越来越高、越来越壮，将身上的衣衫都撑破了；手足粗大得如同象腿。

他的体表放射出金光，仿佛被供奉的神活过来了一般！

他的修为和实力显然要比刚才那个鸟翼巫士强许多。那个鸟翼巫士的身体并没有变化，而他的身体则如同金子铸造的一般！

轰隆——

大如水缸的拳头向秦牧轰来。拳头带动空气，爆发出一声雷音，白晃晃的气流呈圆环状向四下迸发！

秦牧身后，山门前的狐灵儿那身雪白的毛被这一拳掀起的劲风吹得向后飘去，灵毓秀的秀发也被吹得向后飘扬。

“死！”那象首巫士咆哮。

秦牧纵身一跃，从轰来的这霸道无比的一拳旁边冲出，双手提刀，冲至那象首巫士巨大的身躯下，刀光亮起。

提刀出禁来！

秦牧腾空而起，倒翻而回，落地时双刀插入背后的刀囊之中。那象首巫士巨大的身躯骨碌碌地滚下山去，将黄金台阶染得血红。

一个巫士红着眼，突然扯出一面黑幡，冲着秦牧摇动，厉声道：“我要炼你的魂魄，给我死！”

秦牧以造化天魔功自封魂魄，抬手一指，身后的剑匣开启，一把飞剑发出尖锐的啸声，从那巫士的眉心一穿而过。

秦牧手指上挑，飞剑呼啸而回，当的一声插入剑匣。

第154章 摧毁意志

“杀！”

一个豹首豹尾的女巫士厉喝，同时举起一面铜镜，向秦牧照去。那面铜镜中浮现出一个个魂魄，狰狞凶恶。

当！镜面上突然多出一把飞剑。那面铜镜坚硬无比，竟然挡住了这一剑，但是下一秒，飞剑突然旋转，以钻剑式直接将铜镜钻透。剑光破镜，刺中了铜镜后的女巫士。

“巫毒有何可惧？”秦牧的衣衫被风吹得猎猎作响，他抬手收回飞剑。

另一个巫士身上长出了虎毛、虎爪、虎尾，呼啸着扑上前来，掀起狂风，不给秦牧出剑的机会。

秦牧侧身出拳，两人脚步错乱，砰砰砰的暴击声不绝于耳。那巫士脑袋摇晃，长出虎首，咆哮如雷，轰鸣不休，以虎啸轰击秦牧的魂魄。

秦牧以拳为印，使出日照阳魂空中炼，接着五指叉开，吼出一声“摩耶萨”，打出天魔自在天印。他掌拳反复变化，佛道、魔道印法交替，虎啸声只响了三次，那个巫士的魂魄便被他打得破散，身体直挺挺地倒下。

又有一个六合境界的大巫突然扑出。他的修为要比刚才那些巫士更深，神通自如，保持着普通人的模样。尽管他已经封印了自己的六合神藏，但是功法一催动，便立刻变化形态，如同一只暴怒的猿，手持粗大如柱的黄金棒，横扫千军，力大无穷，而且灵敏至极。

秦牧探手拔出竹杖，以竹杖对黄金棒，两人闪电般交锋。突然，漫天金色棒影猛地一收，那巫士心口被竹杖点中，露出惊色。

不过，他毕竟是六合境界的大巫，不是巫士，他当机立断，解开了自己的六合神藏。但就在他解开六合神藏的那一瞬，他的心脏便被竹杖刺中，整个人跌倒在地。

秦牧抽出竹杖。

六合境界的大巫在延康国叫作神通者。倘若这个神通者没有封印六合神藏，秦牧很难杀死他。但只要在相同境界下，秦牧便有击杀神通者的实力，不管对方从前是六合境界还是七星境界！

咚！

一个黄金力士纵身跳上黄金台，重重落地，背后背着一个一人多高的刀囊。他猛然张开大口向秦牧咆哮，背后的刀囊中的刀光呼啸而出，漫天刀影向秦牧砍来。

与此同时，那个黄金力士双手持刀，舞动双刀杀来。两口刀忽而在身前，忽而在身后，像是两条缠身大蟒，滚向秦牧。

秦牧一手正持杀猪刀，一手反持杀猪刀，飞剑从背后的剑匣中咻咻飞出，迎上斩来的刀。

横竖一线天！

两人身体一大一小，黄金力士要比秦牧高出半个身子，两人猛然碰撞在一处。一横一竖两道刀光闪现，横的是阻断前路的山，竖的是劈开山的刀，刀光带着血色冲天而起，仿佛巨人挥刀，从横跨千百里的绝壁山崖中劈出一条道路。

那个黄金力士被这一横一竖的刀光斩杀了。

秦牧抖去刀上的血，反手将两口杀猪刀插入刀囊。突然，他抬手一指，飞剑丁零一声出鞘，刺中了一个正欲向他射箭的巫士的眉心。

“杀了他，为师兄弟报仇！”

还有巫士不断扑来。秦牧错步扭身后踢，或刀或剑，或拳或脚，将一个个前来挑战的巫士当场击杀。

过了片刻，四周没有了声音。楼兰黄金宫的山门前，黄金台阶上，横七竖八地躺着四十余具尸体。

秦牧向台下看去，台下是一张张惊惧的面孔。惊恐的目光与他的目光相遇，便不由自主地躲闪。

这些巫士的意志力很强，不过眼看着秦牧击杀四十余人之后，这股意志力便不可避免地衰弱下来。只要意志力有所衰弱，便会一弱再弱，直到他们生出恐惧之心，生出无法战胜对方的怯懦之心，生出对秦牧的敬畏之心！

这一路所见，让秦牧对楼兰黄金宫生出一股怒气。托里木将军命士兵收集叛军的魂魄，说要献给楼兰黄金宫，他当时还不解，到了这里才明白，原来楼兰黄金宫竟然用魂魄来练功。

他这次来，并非为了堵门，而是为了拿回屠夫的下半身。但是既然敌我已经分明，那他就要摧毁这些人的意志，将他们的信心碾碎，将他们的功和法都踩在脚下，让他们知道，他们用他人的魂魄修炼来的神通一文不值！

“你们谁修炼了楼兰黄金宫的巫尊楼罗经？”秦牧环视一周，神色冷漠，然后唇角慢慢露出一丝笑容，“出来，我想挑战一个。”

山门前一片沉默。

山门后，一个个如同黄金所铸的黄金宫大巫脸色铁青。过了片刻，一个少年走出，一旁的一个中年大巫沉声道：“思穆罗，他的破绽在左胸廓锁骨处。这是他的功法没有练到的地方。”

那少年大巫沉声道：“我已经看出来了，只是没有看出确切的位置。多谢巫王指教。”

霸山祭酒面色一沉，冷笑道：“巫王，你作为长辈，这样无耻，有些不太好吧？”

“武可汗，请吧！”那个中年大巫抬手道，“当年我败在你的手上后，痛定思痛，这些年修为突飞猛进，总想一雪前耻。天可怜见，你总算送上门来了！”

霸山祭酒突然腾空而起，散发出的光芒好像一口长达百丈的大刀，切开天空。他远去，声音从远处传来：“这里的人修为太低，我怕你我交手会将他们震死，你我去雪山中交锋。”

那个中年大巫看向巫尊，巫尊起身，沉声道："去！"

唰！

一道道金光破空而起，直追那道光芒而去，奔向雪山之中。

高山巍巍，白雪苍茫。突然间，金光大放，将大雪融化，金光之中有雪亮的刀光闪过。那里正在进行惊天动地的大战，不过传递到楼兰黄金宫后，只剩下微弱的波动。

楼兰黄金宫的山门下，秦牧转过身来，看向从楼兰黄金宫的圣殿前走下来的思穆罗。

霸山祭酒将楼兰黄金宫中的许多高手引走了，应该是想让他趁机去寻找屠夫的下半身。不过，圣殿前还是有几个黄金宫的老一辈高手。

思穆罗神色凝重，但目光中透露出些许兴奋，他的身体也是金色的。

刚才秦牧与这些巫士交手时，他在一旁观战。

他之所以没有直接上前，除了想看看秦牧是否有破绽之外，还想等这些巫士和秦牧进行车轮战，消耗秦牧的修为后，给自己更大的获胜机会。

现在他已经寻到了秦牧的破绽，而且秦牧连战四十余人，应该有了不小的消耗，他的机会已经到来了。

可秦牧平静得不像是刚刚经历了四十多场恶斗。

突然，两人齐动，秦牧脚下元气迸发，速度极快，瞬间便来到思穆罗身前，一拳轰出。

只身东海挟春雷！

思穆罗虽身中他一拳，却迸发出洪钟般的声响。秦牧立刻感觉到自己滔滔如大江奔流入海的拳劲仿佛击中了铜墙铁壁，半点也传不过去。

思穆罗的身躯仿佛是用最坚硬的金属打造的一般，而且是实心的那种。

思穆罗身躯摇晃，突然变成鸟首人身，背生双翅。那双翅膀金光灿灿，由无数金剑组成，金剑铮铮作响，向前切去！

秦牧后退，剑匣中的一把把飞剑出鞘，迎向切来的金剑。

突然，他注意到思穆罗的这双翅膀非同寻常，每一根剑状羽毛之间都有元气丝相连。他心头微震，顿知不妙。

嗖！

组成思穆罗羽翼的一把把利剑突然从翅膀上飞出，向秦牧刺来。

这一把把金剑上竟然长着一只只黑漆漆的眼珠，眼珠骨碌碌地滚动，诡异、阴森。每一把金剑中皆有一个灵魂，它们被拘在剑内，变成剑中的灵。

秦牧的目光落在那些眼睛上，突然有些头晕眼花。他心知不妙，立刻闭眼，探手拔刀。

夜战连城风雨！

他的刀上下左右翻飞不休，叮叮当当的碰撞声传来。夜战连城风雨这招中有“夜战”二字，已经表明施展这一招时无须用眼睛去注视四周。

思穆罗的剑极为诡异，对手的目光若是落在上面便会中招，所以秦牧用这一招是最正确的选择。

巫尊楼罗经的确不凡，很妖邪。秦牧心想。

秦牧手中的刀与对方的剑碰撞，他立刻感觉到对方的剑中的力量不如自己。战技流派的强大之处就在于，手中掌握武器就可以让自己所有的力量爆发出来。

思穆罗的一把把金剑被夜战连城风雨逼退，又回到身后，唰的一声组成一双金翅。双翅翻飞，叮叮当当地挡下了从秦牧剑匣中射来的利剑。

突然，秦牧双刀脱手，一拳轰出，如同一轮大日当空，照耀阳魂。思穆罗被他的拳意照耀，神魂稍稍动摇了一下，招法倒是丝毫不乱。不过，他剑上的眼睛被照得纷纷闭合，一只只眼睛化作道道青烟。

秦牧反手拍出天魔自在天印，思穆罗还是纹丝不动。楼兰黄金宫的巫士以他人的魂魄为修炼材料，将自己的魂魄修炼得无比稳固。

思穆罗的身躯也无比坚硬，甚至连雷音八式也无法撼动其分毫。

秦牧微微皱眉，突然一指点出，剑匣中飞出的三十六把飞剑哗啦啦合并，以钻剑式向思穆罗刺去！

第155章 符宝解封

思穆罗双翼翻飞，护在身前，组成翅膀的剑不断交替，变换位置，试图阻挡秦牧的攻击，但这种防御下一刻便被钻剑式攻破！

思穆罗心中一惊，胸口吃痛，没想到他黄金般的身体竟然无法挡住钻剑式。他立刻振翅而起，双翅掀起一阵狂风。

呼！

狂风刚刚吹起，秦牧立刻踏风而行。思穆罗眼中露出惊惧之色——秦牧在空中奔行的速度，竟然比他振翅飞行的速度还要快！

瘸子的偷天腿法，速度天下无双。思穆罗如果没有振翅掀起狂风的话，秦牧很难在空中追上他，但是狂风一起，对于秦牧来说，空中就是平地。

“去！”

思穆罗大喝一声，双翅上的一把把金剑飞出，向秦牧刺去，试图阻挡秦牧靠近。他的双翼一瞬间只剩下两根金灿灿的肉翅。

思穆罗立刻坠落。就在此时，一片刀光如同瀑布一般，与疾刺而来的金剑碰撞。只听哧的一声，一把金剑穿过秦牧的刀光瀑布，插在秦牧的左胸廓上，恰恰是锁骨处。

而秦牧也已来到思穆罗的身前，与他擦肩而过，雪亮的刀光从思穆罗的脖子上划过。

那刀光很薄，好像没入了思穆罗的脖子中，然后从他的脖子后穿出，但又好像没有给他造成任何伤害。

思穆罗落地，一把把金剑哗啦啦飞来，回到身后，重新组成双翅。

那双金灿灿的翅膀哗的一声张开，金光四射。

“思穆罗师兄好样的！”一个声音又惊又喜，叫道。

其他巫士也备受鼓舞，纷纷叫道：

“思穆罗师兄，干翻这个延康的奴隶！”

“延康人都是两足羊，只配拿来修炼，不配活在世上！”

……

秦牧落地，一把把飞剑次第飞来，相继落入他背后的剑匣之中。

秦牧将抵在左胸廓锁骨处的金剑扔在地上，身上的锦衣依旧完好。这把剑刺来时被锦衣挡了一下，不过还是带着锦衣刺入了他的锁骨处。

黄金台下，欢声震天，而思穆罗还张开着翅膀，威风凛凛，似乎在享受众人的欢呼。

秦牧走上前去，欢呼声渐渐低了。秦牧抬手将两口刀插回背后的刀囊，来到了思穆罗的身边，但是思穆罗还是一动不动，依旧张着背后的金翅。

秦牧抬手抓住他的头发，轻轻一提，将他的脑袋从台上扔了下去。

黄金台下的欢呼声越来越小，只有远处没有看到这一景象的巫士还在欢呼，声音显得格外刺耳。

渐渐地，欢呼声完全消失了。

修炼了镇教功法巫尊楼罗经的思穆罗也死了，就在他看起来胜券在握的时候，被秦牧一刀斩首了。

灵毓秀急忙上前，想要为秦牧包扎伤口。秦牧摆了摆手：“没事，我说过要摧毁他们的意志，便一定会做到。你只管放心。”

灵毓秀微微皱眉，觉得秦牧过于自信了。

“放牛的，你的锁骨受伤了，破绽便会更大，万一再出现一个修炼巫尊楼罗经的大巫……”

灵毓秀刚刚说到这里，楼兰黄金宫的圣殿前，又有一个身体金灿灿的年轻大巫走来。他脸上露出笑容，轻声道：“思穆罗师弟还是嫩了一些，不够沉稳，所以他死了。我丹巴罗，六合境界，自封六合神藏。”

秦牧神色凝重，突然身体向后飘去，双脚连连点动，呼的一声跃到一座金殿的殿顶。

丹巴罗哈哈大笑，向他追去，手中抓着一个大锤。那锤头是一个巨大的头骨，呈现出暗金色，头骨上竟然长着七根骨刺，每一根骨刺上皆有一颗较小的骷髅头，只有拳头大。

这八颗头的眼眶中竟然都有眼睛，很可怕。

虽然锤头很大，但是把柄很短，勉强能够让人抓在手里。

丹巴罗轻轻一晃锤子，上面七个较小的骷髅头立刻睁开眼睛，眼珠子骨碌碌乱转，然后张开嘴巴，口中喷出一股股黑烟。七道黑烟上下穿梭，如同黑蛟一般直奔秦牧而去。

秦牧的剑匣中飞出一把把利剑，剑尖一挑，斩断了那黑烟形成的黑蛟的头。但是飞剑随即便失去控制，当啷落地。

七把飞剑坠落在金殿顶上，犹自当啷当啷地跳动，剑中有黑气在窜来窜去。

秦牧顿时只觉元气被污染了，心中一惊。巫尊楼罗经显然如大育天魔经一般包罗万象，有不止一种功法。刚才那个思穆罗修炼的是其中一种，走的是剑法神通的路子；这个丹巴罗修炼的则是另一种，走的是法术神通的路子。两人尽管练的都是巫尊楼罗经，但走的道路不同。

秦牧脚步移动，脚下金殿上的金瓦哗啦哗啦地炸开，一条条黑蛟般的黑烟从金殿中钻进穿出，向他袭去。

两人兔起鹘落，在金殿顶上奔行。

突然，秦牧身躯一沉，掉入了那座金殿之中。丹巴罗冷笑，挥动大锤，破开金殿，杀了进去。

砰！

一个人影冲天而起，向后挥出一把把飞剑。而丹巴罗紧跟着冲出，脚踩一道黑烟，黑烟不断向前涌动翻滚，带着他向秦牧杀去。

秦牧砰的一声撞破了另一座金殿，潜入殿中躲避丹巴罗的袭杀。丹巴罗紧跟着杀入其中，气势汹汹。楼兰黄金宫的巫士和大巫都看得扬眉吐气，一扫刚才的颓唐。

两人在山间的一座座金殿上方疾驰奔走，向对方痛下杀手，距离山门越来越远。

丹巴罗的信心越来越强，攻势也越来越猛。待到秦牧落入一座金殿之后，他直接杀入其中，不承想迎面而来的却是一片壮丽山河。

剑履山河。

丹巴罗感觉自己似乎正在飞速变小，落入了那片山河之中，心中不由得慌乱起来。

山门前后，众人紧张无比地看向两人坠落的那座金殿。过了片刻，一个金灿灿的身影突然从金殿中跃出，站在殿顶，一手握着骨锤，另一只手高举着一颗头颅。

楼兰黄金宫的众人欢呼，叫喊声震耳欲聋。灵毓秀脸色唰地一下变得惨白，整个人六神无主。青牛呆了，狐灵儿也呆住了。

“放牛的死了……”灵毓秀脑中一片空白。

圣殿前，那几个楼兰黄金宫的巫王难得露出笑容，相视一眼，轻轻点头。

“丹巴罗不错，心狠手辣，又沉稳得很，是个大才。”

一个老年巫王诧异地问道：“他怎么不回圣殿？”

“丹巴罗”带着那颗头颅又跳入脚下的金殿之中，没有返回山门前。另一个巫王笑道：“多半是因为他也受伤了。丹巴罗生性谨慎，受伤之后肯定会立刻疗伤，不留下任何隐患，这也是他令人赞许的地方。现在只剩下这一个小女娃了，她很快也要死了。不知道山那边的战况如何……”

几个巫王有心前往雪山看看战况，只是奉命留在这里镇守圣殿，根本挪不开身。

那座金殿之中，“丹巴罗”将那颗头颅丢在一边，取出一幅画卷，轻轻展开，细细打量了一番。

“楼兰黄金宫的藏宝之地就在这座大殿的旁边，我没有来错地方。”

他收起楼兰黄金宫的地图，起身便向外走。突然，他感觉锁骨处传来一阵刺痛，急忙从怀中取出一个玉瓶，看了一眼又放到袖兜里：“差点误用失迷香。”

他拿出另一个玉瓶，小心翼翼地取了一些龙涎出来，涂抹在伤口处。很快，伤处复原，也不再疼痛了。

“丹巴罗”放回玉瓶，想了想，将少保剑提在手中，走出了这座金殿，几步间便来到另一座大殿。

那座大殿前有一个龟背金人手持斧钺守在那里。这人长着蛙嘴，背上有金灿灿的龟壳，见到他走过来，惊讶地问道：“丹巴罗，你到这里做什么？”

龟背守卫身上的金色比丹巴罗的浓烈，但是比那些巫王的淡一些，他的地位和实力应该都不如巫王。

“弟子击杀了前来堵门的恶徒，收获了一把宝剑，不敢私藏，打算献给圣教。”“丹巴罗”双手将少保剑奉上，笑道，“我练的不是剑法，这把剑虽好，但是对我无用，所以想以此宝来换一件宝贝。”

那龟背守卫接过少保剑，当啷抽出，被寒光照得不由得眯了下眼睛，惊讶地感慨道：“好剑！在我楼兰黄金宫中也找不出几件能够与它相当的宝物！你竟然得了此宝，巫尊一定会大大赏赐你！”

龟背守卫推开殿门，“丹巴罗”连忙道：“弟子能否进去挑选一件宝贝？”

龟背守卫想了一下，笑道：“也好。你立下了这等大功，又献上了此等重宝，巫尊对你的赏赐一定极佳。不过，你进来后，只能看看我楼兰黄金宫收藏的宝贝，拿不走的。等到巫尊赏赐给你，解除了封印，你才能拿走。”

“丹巴罗”大喜，连忙跟随他走入这座金殿。

龟背守卫站在殿中，小心翼翼地打开几道禁制，向前走了两步，解除了几道封印，再向前走了几步，又取出一个用符文叠成的十四面二十四角的符宝，将元气注入其中，符宝便飘浮起来，渐渐亮起。

那符宝越发明亮，开始不断旋转，上面的符文被映照出来，投影在空中。

“丹巴罗”顿时发现他们面前的空气渐渐起了变化，产生了许多半透明的立方块。每一个立方块中皆藏着一个拳头大小的小人儿，面相凶恶，在那立方块中焦躁地走来走去，似乎想要出来吃人。

第156章 危险的想法

古怪的禁制。“丹巴罗”心里暗忖道。他看了看这些凶恶的小人儿，心里一惊——每一个小人儿似乎都是用强者的魂魄炼成的，极为强大，杀气腾腾。

而这些奇怪的立方块组成了一把复杂无比的锁，符文映照在上面。只有符文的形态对了，才能解开锁，否则便会将这些小人儿放出来！

这些半透明的立方块数不胜数，数量极多。当符宝映射出的符文映照到一个立方块上，那个立方块便自动向后退去，消失不见。

“解禁的步骤好复杂，没有这个符宝，难以办到！”

符宝不断旋转，十四面映照出的符文也千变万化，让他们面前的立方块不断退去。

符宝向前飘去，龟背守卫迈步向前，“丹巴罗”连忙跟上，走过了一段长长的通道，眼前豁然开朗。

金殿内部别有一番景象。这座金殿从外面看并不大，实际上里面要比外面看上去大了十多倍。一根根柱子排成排，然后是大大小小的金坛，每一个金坛上皆放着形态奇异的宝物。

龟背守卫带着少保剑向前走去，笑道：“这种重宝一定要放在最深处最尊贵的位置。我的法力不够封印它，只有等巫尊前来，亲自封印。丹巴罗，你立了大功，连我都羡慕得很！”

“丹巴罗”连忙笑道：“我从那个延康人的身上得到了不止一件宝物，还得了一个小玉瓶，里面多半是圣药。我嗅了一下气味，美妙得很，似乎要成神仙了。”

他从袖兜中取出一个小玉瓶。龟背守卫见了，眼睛一亮，从他手中将玉瓶夺了过去，笑道：“丹巴罗，你立了大功，巫尊必然会大大赏赐你。我提前带你来到这里挑选宝物，你岂能不孝敬我？这玉瓶中的圣药给我了！”

“丹巴罗”露出不舍的神情。

龟背守卫见了，笑道：“小气。”说罢，他拧开玉瓶，将玉瓶放在鼻下嗅了一下。

“好——香。”

龟背守卫脸上挂着满足的笑容，直挺挺地倒了下去。

“丹巴罗”屏住呼吸，连忙从他手中抢过玉瓶，塞上瓶塞，一口气也不敢喘。“丹巴罗”想了想，又取出另一个玉瓶，将四周有失迷香的空气收入玉瓶中，然后掰开龟背守卫的嘴巴，将这个开了口的玉瓶放在他的口中，让他含着。

“这样一时半会儿他都不会醒来了。呼——”

“丹巴罗”吐出一口气，接着从皮囊中钻出来，此人正是秦牧。

“我现在也算是用了魔道的手段。”

秦牧看了看地上丹巴罗的皮囊，摇了摇头。虽然司婆婆披着他人的皮能够千变万化，但是他对此还是有些心理阴影。

秦牧拿回少保剑，又在龟背守卫身上翻找，找到那块符宝后，塞入了自己怀中，然后又寻出一些零零碎碎的东西。

他翻找一番，没有寻到其他有用的东西，只得作罢。

“神霄天眼，开！青霄天眼，开！”

密密麻麻的符文在他的眼瞳中形成两重天。他向四周看去，这里的一切在他眼中顿时变得层次分明。

这里的每一个金坛上都密布封印，与他刚才所见的立方块相似，每一个立方块中都藏着一个相貌凶恶的小人儿。这些小人儿的五官扭曲在一起，头发乱糟糟的，爪牙锋利，不用天眼的话根本看不到。

秦牧拿起那块符宝，细细打量符宝上的十四面符文，对比了一下，摇了摇头。这块符宝并不是用来解除金坛封印的钥匙，估计只能用来打开金殿。

他向前走去，同时看向一个个金坛。他必须抓紧时间。外面的灵毓秀应该还在战斗，灵毓秀的本事比他差了一筹，尽管她学习了霸山祭酒的战法合流，但估计坚持不了多长时间。

金坛上的宝物各有不同，有很多都是楼兰黄金宫独有的，很奇怪，有白骨幡、千毒噬魂幡、白骨神龛等，都是邪魔外道的法器。

除此之外还有不少好东西，金光灿灿的，好像是巫王这个层次的人炼制的宝物。

秦牧还看到一些不属于巫教的宝物，也被放在了这里，有千幢塔、舍利子，应该是佛门的重宝，还有一颗葡萄大小的剑丸、一张一端烧焦了的古琴、一把残剑。

突然，秦牧停了下来，挪不开脚步。这个金坛上竖着一块石板，石板上刻的是运功残图。他只看一眼便知这是霸体三丹功的运功图，不过不是六合境界的运功图，仓促间他根本看不出是哪个境界的。

“走，走，去找腿！”

秦牧催促自己，飞一般地向这座宝库的深处奔去。过了片刻，他将这里飞速地看了一遍，然后停在一个金坛前。这个金坛他已经看过一次了，然而他最后还是回到了这里。

金坛上放着的是一个人的下半身，只有腰身以下的部位，但依旧站着，四平八稳。

不过，秦牧可以肯定这不是屠夫的下半身。

这半截身体金光灿灿，连血液似乎也是金液，骨骼也是金子。

这半截身体散发出一股恐怖的气息，比巫王身上的还要强大。

“巫尊的身体？”

秦牧眨眨眼睛，对着自己的腰身比画了一下，然后细细回忆屠夫的身体，感觉屠夫的身体似乎完全可以和这半截身体相配。

“巫尊灭掉了抢走屠爷爷下半身的那个门派，掳走了屠爷爷的下半身，然后将自己的下半身砍了下来，放在了这里。”

秦牧眼角跳了跳，想到一个可怕的可能。

巫尊砍掉了自己的下半身，将屠夫的下半身装在了自己的身上！

“以我的医术，可以办到这一点，巫尊应该也可以！”

他不禁头皮发麻。

砍掉自己的下半身，接上别人的下半身，巫尊图的是什么？

“或许他认为屠爷爷的肉身比他的黄金之体还要厉害，是他毕生都无法企及的，所以他换掉了自己的下半身。不过也有另一种可能，那就是巫尊将屠爷爷的下半身炼成了灵兵。”

秦牧神色古怪。后者可能性很小，但也不是没有。他不禁露出难色。金坛上的那半截身体四周也有封印，他若探手过去，绝对会被那些立方块中的小人儿吃得连骨头都不剩下半点。

倘若霸山祭酒在这里，他直接暴力摧毁这些封印便可，但秦牧是没有这种能力的。

“瘸爷爷教给我的偷天换日手我一次都没有用过，不知能否用它穿过封禁，拿到那半截身体。”

他心中惴惴不安，突然在这个宝库中撒腿狂奔，施展出瘸子传授给他的偷天神腿，速度快得肉眼难以捕捉！

秦牧一边狂奔，一边施展偷天换日手，手越来越快，如光如电。瘸子的一身功夫都在腿和手上：腿跑得快，是为了在偷东西被人发现后逃命；手出得快，是为了偷东西时不被人察觉。

偷天神腿，秦牧一直勤修苦练，但是偷天换日手他练习得较少，此刻他临时抱佛脚，期盼自己能够参悟出更多的奥妙。

同时施展偷天神腿和偷天换日手的秦牧顿时察觉到了一丝奇妙之处，不由得“咦”了一声，连忙停下。

他在同时施展两种不同的法门时，竟然感觉到这两种法门像是一体的，只是瘸子将一体的法门分成了两部分传授给他。

原本他修炼偷天神腿已经感觉极为顺畅，现在同时施展偷天神腿与偷天换日手，元气运行的速度一下子提升了数倍！

元气运行速度提升数倍，意味着他的出腿速度和出手速度也可以提升数倍！

秦牧定了定神，看向前方。金殿宝库内部极为宽敞，有足够的空间可以让他奔行。他突然发力，双足飞一般向前狂奔而去！

殿内传来东西撕裂般的呼啸声。突然，只听砰的一声巨响，秦牧狠狠撞在了距离他起步处百余丈的宫殿金壁上，然后直挺挺地向后倒下。

在他身体四周，一股圆环状的白气袅袅散开。

过了片刻，秦牧站起身来，晃了晃头，再次发力狂奔。又是砰的一声巨响，一股白气从他四周散开。但是这次他没有撞上墙壁，而是踩在墙壁上飞奔而过，然后奔上殿顶，呼啸着从殿顶奔过。

秦牧踩着空气呼啸而去，眨眼间又呼啸而回。

突然，狂奔途中，秦牧伸手一摘，一座金坛上空空如也，而秦牧手中则多出了一个用头盖骨炼制的钵。

当啷！

钵坠落在地，秦牧哈哈大笑，一边撒欢般狂奔，一边朝身边的金坛探出手。一个个金坛顿时空了，而那些宝物被他扔得到处都是。

过了片刻，所有的金坛被秦牧席卷一空，然后他抱着两条大腿从一个金坛旁边掠过。

他猛然停顿，将那截金光灿灿的下半身放下。

“难怪瘸爷爷总喜欢偷东西，原来偷东西这么爽快！”这个从残老村走出的少年吐出一口气，回头看了看地面上扔得到处都是的宝物，神清气爽，感叹道，“就算被砍掉一条腿也值啊！”

第157章 黄金宫库府

秦牧突然醒悟过来，自己的这种想法非常危险，瘸子的腿就是这么没的。瘸子虽然在别人面前笑容满面，但背地里整天唉声叹气，总想去寻回自己的那条腿，可又不敢。

他如果迷上了瘸子之前的那种疯狂盗窃的行径，估计离瘸子的下场也不远了。

秦牧暗自警醒自己，又回头看了看地上的各种宝物。除了楼兰黄金宫炼制的邪门宝物之外，其他的他都想带走，只是他能够带的东西有限。

“剑丸被他们供奉在这里，应该是一件不错的宝物。”

秦牧捡起剑丸。剑丸很沉，估计里面封印着许多把宝剑。

他的元气稍稍侵入其中，只听嗡的一声，剑丸中飞出一口弯刀，在他身前徐徐转动了半周。

不是剑丸，是刀丸！秦牧惊讶万分。他曾经在蛮狄国的叛军那里见过这种刀丸。叛军用它来冲击霸山祭酒的绝壁天罡神通，结果数万弯刀悉数嵌在绝壁上，收不回来，所以托里木才能如此轻易地打败叛军。

秦牧抓起一口弯刀，发现有些不太顺手，猜测需要特殊的功法才能催动它。不过这口弯刀的质量要比那些叛军的弯刀好许多，甚至不输他的杀猪刀。

他收回元气，那口弯刀又当的一声回到刀丸之中，消失不见了。

刀丸中弯刀的数量极多，绝对是一件大杀器。

秦牧又捡起那把残剑。残剑的威力他感应不出 ，似乎没有任何威力，轻飘飘的。

秦牧睁开神霄天眼、青霄天眼细细打量，也没有看出个所以然来，不过想着它能够被楼兰黄金宫如此郑重地藏在宝库之中，应该非同一般，于是也收了起来。

古琴有一端被烧焦了，秦牧看了一眼，推测那是雷击留下的痕迹。

“咦，不对劲。这琴有一股煞气和妖气。”

秦牧细细打量，越看越觉得奇怪——古琴有一股血煞之气，琴中好像有浓郁的血气在流动，而那妖气也无比浓郁。

这张琴不像是琴，而像是一个无比恐怖的大妖。

“难道是树精修炼成妖，被人做成了古琴？好东西，也要搬走。”

秦牧将古琴背在身后，又捡起一个手骨。刚刚抓到手骨的秦牧如同遭到雷击一般，身躯乱颤，脑海中一个洪亮无比的声音轰然炸响。

神语!

秦牧脸色大变，急忙将手骨抛下。那声音是神语。刚刚好像有一个神出现在他脑中。他刚才将这手骨从金坛的封禁中摘下，随手就扔下了，现在才知道自己扔掉这个手骨是多么正确。

“这手骨大有古怪，难道是神的手？”

他定了定神，抽出少保剑，用剑将手骨挑起，然后在地上捡了个布袋，把手骨放入了布袋中。

“佛门的千幢塔也是好东西，就是太大了。”

秦牧上下打量千幢塔。千幢塔的幢都很精致，每个只有三寸多高，但是千幢精巧地扎成塔的形状，那就很大了，高达丈余。他倘若背着它，肯定引人注目。

那几颗舍利子他也捡了起来，塞入了布袋中。然后他又寻到了几颗玉珠，也丢入了布袋中。

秦牧将刀丸也丢入了布袋中，这才感觉到奇怪。刀丸很沉，但是到了布袋中后好像没了重量。

他拎起布袋，翻来覆去地看了几遍。这布袋也是金坛上被封印的宝物之一，不知道是什么材质的，也不知有何作用，一面绣着一头异兽，异兽张开大口，大口的位置正好是布袋口的位置。

他打开布袋向里面看去，只见布袋中有几样芝麻粒大小的东西，正是自己刚才丢进去的那几件宝物。

秦牧怔了怔，倒出神之手骨、舍利子、刀丸等物。这些东西从布袋口处滑出来后还是原本的大小，并没有变化。

“古怪。”

秦牧扯开布袋口，头钻入布袋中，向里面看去，不由得吓了一跳——他看到了一亩大小、高六七丈的空间。

他抽回头，向袋中伸进一只手，将一条胳膊放进去，还是没有抓到底部。

秦牧想了想，把神之手骨、舍利子和刀丸等物重新放回了布袋，然后将古琴也塞入了布袋中，连那个千幢塔也塞了进去。

他又搬起那截金灿灿的下半身，也塞入了布袋中。

然后他起身，在地上捡东西，见到一件捡一件，全往布袋里塞，太大塞不进去的便弃之不管。

没过多久，布袋稍稍有些鼓起，他也渐渐能够感觉到一些重量，但并不沉。

秦牧低头，将被自己扔在地面的东西细细看了一遍，又捡了几个丹炉。其中一个丹炉是密封炉，比太学院的还要大一些，而且更加贵重。

整座宝库中只剩下巫教炼制的法器。

秦牧舒了口气，将布袋拴在自己的腰上，用衣服盖着。

“该出去寻毓秀妹子他们了。”

秦牧的心怦怦乱跳。他定了定神，然后细细盘算片刻，没有去穿人皮，而是取出杀猪刀，把自己的头发理成了巫教弟子的样式。

秦牧穿上丹巴罗的衣裳，运转《大育天魔经》中的造化天神功，皮肤立刻开始发生细微的改变，散发出淡淡的金光。猛然一看，他便是一个楼兰黄金宫中修炼小有所成的巫士。

秦牧翻开楼兰黄金宫的地图，看了一番，然后将地图收起。

他用元气催动那块符宝，符宝腾空，一个个符文亮起，向宝库门上的封禁照去。

“十二、九、六、十、七、六、七、一……”

秦牧口中念着数字，每念出一个数字，那块符宝便在空中翻一下，将十四面中的一面照向封禁。

进入这座宝库时，那个龟背守卫催动符宝解开封禁。符宝的变化极为复杂。符宝有十四面，每一面的符文不同，想要记下这些符文的变化很困难。

但是记住这些符文的顺序对秦牧来说并不麻烦。

他将符宝的十四面记成十四个数字，然后将进门时的数字顺序颠倒过来，从里面破解封禁。

在他面前，一个个立方块浮现出来，相继后退。秦牧向外走去，终于顺顺利利地走出宝库。

秦牧松了口气，取出少保剑，将符宝砍得粉碎，然后根据地图指示，向楼兰黄金宫的库府走去。

尽管楼兰黄金宫此刻被人堵门，库府里还是有大巫当值。秦牧递上一个药方，那大巫念道：“蛇莓二两、天竹子一斤六两、夹竹桃四两……这么多药，你是准备炼大药？”

秦牧点头，憨厚地笑道：“刚才受伤了，准备补一补。”

“去打堵山门的那家伙了？我也听说了，死了不少人。好在那个家伙已经被打死了，不算丢人。当年武可汗堵门那次才算丢人。”

那大巫备好药材，秦牧将丹巴罗的钱袋递过去，道：“有新鲜的绛珠草结的紫果吗？给我来四个紫果。”

“这东西很贵，哪里有新鲜的！晒干的要吗？”

“干的也可以。”

那大巫取来晒干的紫果，秦牧收了，捏出一颗塞入口中。那大巫见他憨厚，悄悄从钱袋子里多取了几个钱，心中一阵暗爽。

秦牧拿回钱袋，脸色微变，喝道：“你多收我钱了！”

那大巫变了脸色，怒道："哪有？你血口喷人！"

秦牧扯着钱袋道："我袋子里的钱是有数的，你多收了，我掂一掂便知道。我要告诉巫王！"

那大巫急忙来扯钱袋，两人撕扯间，秦牧手中的一个玉瓶不小心掉在地上，啪的一声摔得粉碎。

"你不要告诉巫——"

那大巫一句话还未说完，便直挺挺地倒了下去。库府里，一股香气弥漫开来，几个闻讯而来的大巫还未走近，便扑通扑通倒地。

秦牧将钱袋扔在那个大巫身上，然后托着腰间的布袋，小心翼翼地翻找，从中找出一个丹炉——正是在宝库中寻到的那个密封炉。

"这次的失迷香，我加了十倍的量，不信迷不翻整个楼兰黄金宫！"

他将药放入炉中，元气迸发，围绕这个丹炉飞速转动，手法千变万化，让人眼花缭乱。过了不久，炉中的失迷香已经炼好，秦牧掌上的元气化作熊熊烈火，越烧越旺。

他并没有像上次那样用玄武元气来冷却。

过了片刻，秦牧停下脚步，打开炉盖，粉色的烟气从炉中滚滚涌出，朝四下散去。饶是他口中的绛珠草紫果能够解失迷香的药性，此刻他也感觉到四肢似乎渐渐消失了。

他连忙屏住呼吸，炉中的烟气还在滚滚冒出。他催动青龙元气，施展出《大育天魔经》中呼风唤雨的法术，将烟气吹散。

很快，大风将失迷香送到全山。

他立刻冲入他将丹巴罗杀死的黄金宫殿，将自己的包袱背起，插上双刀，背好铁锤——剑匣则被扔在一边——然后向山门方向飞速赶去。

他催动玄武元气，在手中结出一个水球。

他将剩下的三颗绛珠草紫果投入水球之中，一边狂奔，一边用一只手托起水球，另一只手五指跃动，连连变换指法，点在水球上，催发绛珠草紫果的药力。

那三颗紫果吸了水，很快饱满起来，药力被他激发出来。

他松了口气。突然，空中一道道金光闪过，仓皇向外飞去，应该是守在圣殿前的那几个巫王看到全山弟子悉数“中毒而死”，惊慌失措，逃离了楼兰黄金宫。

“死了，全都死了！”一个洪亮的声音带着惊恐和慌张飞速远去。

秦牧将速度提升到极致，向黄金山门奔去，只见青牛、狐灵儿和灵毓秀都倒在地上，灵毓秀身上多处受伤，血迹斑斑。

他立刻往他们口中各塞了一颗绛珠草紫果，一人一牛一狐悠悠地醒来，但还是有些腿脚麻木，灵魂、灵胎都有些酥麻，不知发生了什么事。

“失迷香可以吓退巫王，但迷不倒巫王。”秦牧飞速地说道，“楼兰黄金宫中只怕有几个实力与霸山祭酒相当的人，得到消息后肯定会赶过来。我们须得立刻离开！”

第158章 一起私奔

灵毓秀摇摇晃晃地站起来。青牛也晃了晃脑袋，只觉晕晕沉沉。秦牧将狐灵儿抱起来，塞到包袱里，一手拉着灵毓秀，一手拉着青牛，向山下冲去。

灵毓秀还有些迷糊，冲他傻笑："放牛娃，你还活着……"

秦牧置若罔闻，一路呼啸而下，几乎将灵毓秀和青牛拉得脚不着地，飘了起来。

待来到山下，秦牧向木船看去，只见船上的那个羊面大巫也被迷昏了，一头栽在水中，屁股朝天撅着，半个身子留在船上，想来已经被弱水湖的水淹死了。

秦牧飞速上船，将羊面大巫双脚掀起，扔进水里，然后撑起竹篙，但是船纹丝不动。

秦牧连撑数下，这艘船还是纹丝不动。

"弱水没有浮力！"秦牧顿时醒悟。

他将元气注入竹篙之中后，这根竹篙上浮现出奇怪的纹理。他再拨动弱水，竟然感觉到水中传来阻力。

秦牧松了口气，撑着竹篙向对岸驶去。这艘木船快得如同离弦之箭，即便如此，他还是嫌太慢。

倘若楼兰黄金宫的巫王和巫尊回到山上，只怕立刻便可以解除失迷香的药性，并知道这些人只是被迷昏了，并没有中毒身亡。

他们若是现在追杀过来，迎接秦牧等人的，必然是无比凄惨的下场。

终于到了对岸，青牛回过神来，连忙道："老爷还在山中！"

秦牧道："放心，我们能逃出去，他更不用说。他比我们强太多了，我们去寻他，反而会给他添麻烦！而且若巫尊和巫王回到黄金宫查看，反倒给了他脱身的机会。"

秦牧纵身跳上岸，探出手来，灵毓秀和青牛已经跳了过来，无须他搭手。

那几颗绛珠草紫果让他们彻底恢复过来。绛珠草紫果是失迷香的解药，失迷香原本是药师用来迷昏蛟龙的。那条蛟龙实力极强，堪比天人境界的强者，结果还是被药师迷昏了。

"青牛！"秦牧喝了一声。

青牛会意，立刻俯身，身躯一摇，现出原形——一头巨大的牛，威风凛凛，脚踏风云。

秦牧带着灵毓秀跳上牛背，道："青牛，能跑多快跑多快！"

青牛撒开四蹄，蹄不落地，踩在风云之上狂奔。牛背上的两人只觉劲风打在脸上生疼。秦牧背后，狐灵儿醒来，刚刚从包袱里探出头，迎面吹来一股狂风，将它的身体吹出包袱。它连忙抓住包袱，劲风将它的尾巴和身子拉得笔直。

青牛的蹄子落下、抬起，每次离地还有尺许距离时，蹄下便有风云涌出，涌出的风云将它巨大的身体托住，前行速度极快。

秦牧回头，头发被吹得散乱。他的发型是巫士的样式，没有束带。他这才注意到狐灵儿，只见狐灵儿的两只爪子抓住包袱，身体被风吹得笔直。他当即将狐灵儿抱住，免得它被风卷走。

灵毓秀大声说道："放牛的，我来抱着它，你整理一下头发！"

秦牧将狐灵儿交给灵毓秀，灵毓秀将狐灵儿抱在怀中。狐灵儿只觉灵毓秀又软又香，哼了一声，有些不爽快，但又觉得很舒服，忍不住想多蹭两下，心里着实矛盾。

秦牧取出一条发带，将头发束起，回头看去，只见他们离楼兰黄金宫越来越远，隐约还能看到一道道金光正从雪山中不紧不慢地向楼兰黄金宫接近。

那一道道金光看起来不快，实际上速度极快，不过一眨眼工夫便从雪山飞到了楼兰黄金宫。

接着，楼兰黄金宫中有几道金光向这边飞来。

秦牧的心微微一沉。那几道金光应该是楼兰黄金宫的巫王，他们发现了秦牧等人的踪迹，正追杀过来。虽然青牛的速度极快，但它的修为还是比不上巫王。

就在此时，一道白色亮光骤然升起，半道上截击了那几道金光。白色亮光和金光在空中碰撞，分开，再碰撞……

秦牧隔着这么远的距离看去，白色亮光和金光的速度都不是很快，但是倘若在近处观看，只怕快得根本看不清。

那几道金光与那道白色亮光碰撞了几次，突然，其中一团光爆炸开来。接着，空中出现一道黑烟，化作一个骷髅头；骷髅头中又喷出几道黑烟，每一道黑烟又化作一个骷髅头。如此反复，空中出现了密密麻麻的骷髅头。

隔着这么远，秦牧还能看出骷髅头的形状，想来在近处那骷髅头一定无比庞大，像山头一样。

然后，秦牧看到一口刀横扫长空，那几道金光突然断了一道。

青牛越跑越快，很快秦牧便无法看清那里的战况了。

待青牛奔过几座山，秦牧就什么也看不到了。

夕阳西下，天色渐渐暗了下来。青牛跑了半日，气喘吁吁，口吐白沫。看到前方草原上的洼地里有一片池塘，它连忙跑过去，低头咕嘟咕嘟地饮水。

没过多久，半池塘的水消失不见了。

水浅的地方已经可以看到青色的鱼背，几条尺许长的鱼正在淤泥里来回扭着身子，往水多的地方游，然后嘟嘟两声扎入水中。

秦牧见青牛累得着实够呛，从牛背上跳下，说道："青牛，不要跑了，歇一会儿。"

青牛还没有喝饱，正在此时，一个苍老的声音道："那头牛，你别喝了！再喝就把我们村的水喝光了！"

青牛抬头，只见一个路过的放羊的老者慌忙丢下羊群，向这边跑过来，扬着鞭子远远地驱赶它。待看到这头青牛大得吓人，那老者便不敢上前，远远地甩着鞭子道："去，去——"

秦牧拍了拍牛蹄子。这头青牛的真身魁梧无比，秦牧只有它的脚踝高，只能拍到它的牛蹄。

青牛停止喝水，灵毓秀连忙从牛背上跳下来。狐灵儿从她的怀里钻出，跳到秦牧背后，站在包袱上。

那老者不敢上前。青牛身躯扭动，渐渐缩小体形，站立起来也有两三人那么高。它甩了甩尾巴，抽死了几只飞来的牛虻。

秦牧远远见礼，道："老人家，我们是路过的，天色将晚，停下来歇息。这一路实在劳顿，口渴难耐，所以我家的牛多喝了点，还请见谅。"

那老者上前，抬头仰望青牛，心里还有些胆怯，忍不住惊叹道："你家的牛喂得真好，长得壮实。这牛怎么是青色的？"

秦牧笑道："混了龙种，所以是青色的。"

那老者想摸又不敢摸，最后还是大着胆子来到青牛身边，摸了一把，只觉皮毛如缎，筋肉如铁，赞道："肉真结实。我们村有几头母牛，能配种吗？"

青牛不悦，说道："老人家，我可不是种牛，不配种的。而且我已经心有所属了。"

那老者吓了一跳，吃惊地问道："妖怪？"

秦牧连忙道："不是妖怪。"

狐灵儿探出头："我是妖怪。"

那老者恍然大悟，看向秦牧和灵毓秀，笑道："我知道了，你们是从大户人家逃出来的对不对？只有大户人家才养得起异兽和狐仙。天色晚了，你们不如到我们村歇息歇息。"

秦牧迟疑了一下，看向灵毓秀。

灵毓秀低声道："青牛跑累了，跑不动了。"

秦牧皱眉："若是楼兰黄金宫的人追上来，只怕会连累他们。"

灵毓秀悄声道："青牛一路上都是踏着风云奔走的，没有留下足迹，他们想要寻到我们很难。不如这样，若是他们的村子很隐蔽，咱们就去那里过夜；若是很惹眼，咱们便不留宿。"

秦牧点了点头，道：“老人家，既然如此，那么我们便叨扰一晚，明天一早起来赶路。”

那老者笑道：“你想多住几日也无妨。我们村也没有几个人，都是老头子老太婆，活一天少一天。你身子壮实，帮我赶一下羊。”

秦牧上前，很快便将羊群赶到了一起。那老者眼睛一亮，赞道：“姑娘，你真有眼光，这小伙子又结实又能干。”

灵毓秀红着脸：“老人家，我们才不是你想的那样。”

那老者哈哈一笑，带着他们赶着羊群，绕过一片山坳，来到了山林中的小村庄。这个村庄不大，只有二十来栋房屋，不过大部分都是空的，住着十几个老头子老太太。山林很幽静，树木高大，也无人修剪，遮住了小村庄。

“这里人怎么这么少？”秦牧放下心来，不解地问道。

“几个可汗天天打仗，你杀我我杀你，你来抓一拨壮丁，我来抓一拨壮丁，抓着抓着，人就少了。”那老者叹了口气，道，“村里能搬的都搬走了，只剩下我们几个老的，搬不动，也不想搬，搬了之后能去哪里？好在这几年抓壮丁，也没有抓我们这些老骨头。——老伴儿，家里来客人了。”

一个正在补衣裳的阿嬷连忙颤巍巍地站起身来，咧嘴笑道：“来客人了。我去做饭！”

秦牧连忙道：“我来吧。我以前在村里的时候经常做饭。”

阿嬷争不过他，只得与那老者一起看着他炒菜烧饭。灵毓秀急忙上前请两个老人坐下。

“哪儿来的？”阿嬷笑眯眯地问道。

那老者眨眨眼睛，竖起两根大拇指做亲亲状，笑道：“大户人家逃出来的，小两口，私奔呢。”

灵毓秀脸色羞红，低声道：“才不是呢，我们是清白的……”

“都是过来人，明白，姑娘脸皮薄。”阿嬷上下打量她，露出几颗稀疏的牙齿，笑道，“姑娘好，身体结实，小伙子很有福气。”

那老者笑道：“小伙子也好，壮实着呢，而且憨厚，不欺人，见到我这把老骨头也有礼得很。”

阿嬷接着道：“你们呢，在外面逃一两年，生个娃就回去吧，带着娃回去，你们家的人想不认都不行。”

灵毓秀心如小鹿乱撞，不知该怎么接话，心道：倘若我和放牛的生个娃回去，我父皇还不得气死……呸，呸，父皇不会被气死，但肯定会杀他的头！大吉大利，大吉大利！

没过多久，饭菜飘香，灵毓秀连忙前去帮忙。吃罢饭，天色已经完全暗下来了。村里都是老头子老太婆，只点着油灯，入夜便睡。秦牧帮这两个老人收拾了碗筷，那老者道：“村里空房子多，你们自己挑一座住下即可。”

秦牧谢过，走进一座空宅。狐灵儿帮忙收拾了一番，清扫出三个房间，盘算道：“青牛一间，灵毓秀一间，我和公子一间。三间，没问题。”

突然，秦牧心有所感，抬头看天，只见空中有两颗大星星自西方而来，正在天上移动，连忙道：“都躲进屋子里！”

灵毓秀、青牛和狐灵儿连忙进屋，刚刚走入房内，只听嗡的一声，两道粗大的光柱落下来，将这个小山村照耀得明亮如昼。

第159章
瞎子的眼

那是两道目光，目光的主人飞行在空中，正在草原上巡视。两道目光垂落下来，金光灿灿，照耀着草原，从山坡下的小村庄旁一晃而过，然后远去。

秦牧松了口气，打开房门，抬头向天上看去，只见那两道光柱越来越远。

“霸山师兄不知道怎么样了……”他着实有些忧心。

刚才过去的应该是楼兰黄金宫的强者，大约是巫王这个级别的存在，一路搜寻而来，因青牛并未留下痕迹，而这个村庄隐藏在山林中，村里都是老人，睡得早，没有亮灯，所以这个巫王没有发现这个村庄。

但是这个巫王一路飞来搜寻他们，说明霸山祭酒并未挡住他，霸山祭酒很有可能已经受伤，或者被困住了。

“睡觉！”秦牧丢给灵毓秀一个小玉瓶，断然说道，“妹子，龙涎对你身上的伤有奇效，你抹好马上睡觉。明日一早我们立刻启程！”

灵毓秀点头，进屋去了。过了片刻，这女孩打开房门，探出头来，胸前乌黑的秀发垂下来，有些羞涩：“放牛的，有些地方我够不到，不方便抹……”

“我帮你！”狐灵儿兴冲冲地跑过去，笑道，“我来帮你抹，用不着劳烦公子的！”

一夜无话。

第二天，天还未完全亮，秦牧便起来活动了一下筋骨。村里的几个老者也起来了。村里传来喂鸡的声音、把羊赶出羊圈的声音、老人们的问好声，秦牧恍惚间还以为自己回到了大墟的残老村。

“起床了没？早饭做好了，去我家吃饭！”门外传来那个阿嬷的声音。

秦牧应了一声，唤起灵毓秀、青牛，然后从被窝里拎出狐灵儿，走出了这个破旧的房子。

这时，只听村外传来一个声音：“这里有个村子，咱们去问问路。”

“问什么？我是不可能迷路的！”一个充满怒气的声音冷笑道，“我当年去过那里，还在那里堵了百天之久，怎么可能迷路？”

秦牧怔了怔，露出难以置信之色，急忙向村口走去。

“问一问路又没有什么坏处。你说你记得路，结果带着我在草原上转悠这么长时间……”

秦牧快步来到村口，只见一个瞎子拄着竹杖摸索着走来，旁边还有一个胡子拉碴的半身老男人，老男人背后插着两把杀猪刀，看上去凶神恶煞的。

秦牧又惊又喜，急忙跑过去，将那半身老男人抱了起来，紧紧地勒住他，然后将他扔到一边，又重重地抱住了那个又干又瘦的瞎子。

“屠夫，我就说又走错路了吧！”那瞎子连忙侧头避开秦牧，挣扎着向被扔在墙角一脸蒙的屠夫道，“你带着我去塞外，结果呢？你带着我跑回了大墟，回到咱们村了！牧儿，松手，我快被你勒死了！村长呢？婆婆也回来了吗？药师，药师，别躲了，我‘看见’你了！”

过了片刻，瞎子和屠夫向村里的几个老人见礼。村里的老人见他们比自己还老，而且又残，心中都佩服不已，暗自赞叹。

灵毓秀从房中走出来，她刚刚洗好头，见到两个老人吓了一跳，连忙钻回屋子里，心怦怦乱跳：“是那天在涌江上吓唬我和小秦将军的那两个老者！”

秦牧避开村里的老人，取出腰间的布袋，把布袋的底部托起来，伸手在布袋中不断翻找，过了片刻，扯出两条腿、半个身子来，道：“屠爷爷，你丢的是这截下半身吗？”

“不是，这不是我的身体。”屠夫打量着这截金灿灿的下半身，过了片刻，用刀在其中一条腿上划了一下，摸了摸流出的金血，道，“这截身体好像是巫尊的。我与这老小子斗过一场，对他的血很熟悉。这个下半身已经死了大半，不堪用了。”

秦牧也上前摸了摸金血。金血已经半凝固，但依旧蕴藏着丝丝火性，有一滴血还在他的指尖游动，想向他体内钻去。

秦牧连忙催动朱雀元气，费了好大一番工夫才将这滴血烧干。他道：“既然这是巫尊的下半身，那么屠爷爷的下半身一定在巫尊身上。”

“这老小子仰慕我竟然仰慕到这种程度?!”屠夫摸了摸胡子，得意扬扬地说道。

瞎子向秦牧道：“牧儿，你们怎么会在这里？”

秦牧将前因后果说了一番，瞎子失声道：“你们竟然去楼兰黄金宫堵门，胆子真大！我这次陪屠夫出来，也要去楼兰黄金宫。我们打探到，屠夫的下半身被楼兰黄金宫抢了去，屠夫说要寻回来，不知道是否还能接上。”

秦牧笑道：“倘若下半身死了，肯定接不上。不过既然屠爷爷的下半身在巫尊的身上，那肯定是巫尊在屠爷爷的下半身活着的时候接上的。只要找到巫尊，砍掉他的下半身，我便可以帮屠爷爷接上！”

瞎子露出笑容，道：“这是小事。屠夫这浑蛋，算是能得个完整了，以前连个……”

屠夫大怒：“你又想胡说八道什么！”

两人又吵了起来，吵得秦牧头疼。

秦牧连忙说道：“霸山师兄还被困在楼兰黄金宫，至今生死不明……”

屠夫摇头道：“不用管那浑蛋。他的嘴巴缺个把门儿的，什么事都往外说，吧嗒吧嗒地啰唆个不停。我在延康遇到过他，没想到他竟然还没有因为说错话被人打死。我嫌他话多，唯恐被他缠上，所以走掉了。”

话虽这么说，他却要立刻动身前往楼兰黄金宫，说到底还是担心霸山祭酒的安危。

狐灵儿和灵毓秀已经收拾好包袱，灵毓秀到阿嬷和老者的家中，放下了几个金锭。他们虽然只是在这儿留宿了一晚，但是得到了老人们的照顾，而且村里的老人都已经年迈，村里没有年轻人，留下些钱也好帮他们度过晚年。

屠夫看了看灵毓秀，显然不记得这个七公主了，笑道：“臭小子眼光不错，这女孩长得不错。”

灵毓秀大着胆子上前，向他和瞎子见礼，道：“青牛早上跑出去吃草了，还未回来。”

“咱们出去找它。”瞎子道。

众人出村，只见一头巨型青牛正在草原上啃草，一边啃，一边泪如雨下，嘴里嘀嘀咕咕：“我自从跟了老爷，一向都是吃菜，从未吃过草，老爷还专门给我开了几亩的菜地，还种了花花给我……”

狐灵儿跑上前去，道：“牛二，别哭了。你家老爷的老爷来了，你家老爷有救了！”

青牛见到瞎子和只剩下上半身的屠夫，牛脸抖了抖，不禁有些怀疑这两人的本事。

众人登上牛背，秦牧道：“青牛，你放心，他们很厉害的。咱们尽快去楼兰黄金宫救回霸山师兄。”

青牛只得迈步向来路奔去。牛背上，灵毓秀回头，只见那个小山村隐没在山林中看不见了。

“那几个老人家说，塞外几个可汗正在杀来杀去，你打我我打你，说明塞外因为延康国的崛起有了危机感。”灵毓秀定了定神，道，“他们也想建立一个统一的帝国，集合所有力量与延康抗衡。这个蛮狄国的可汗应该是一个有着雄心壮志的头领。倘若他一统塞外，只怕我延康国有难了。现在我延康内乱频发……”

秦牧点头：“这里面一定有楼兰黄金宫的授意。楼兰黄金宫毕竟是圣地，倘若有他们的支持，蛮狄国的可汗一统塞外并不困难。我估计楼兰黄金宫应该也有些犹豫，担心培养出另一个延康国，会失去对塞外的控制。所以蛮狄国至今还未一统塞外。”

灵毓秀想了想，觉得的确是这个道理。

只是，延康国境内的三大圣地道门、大雷音寺和天魔教都不支持延康国，还有些门派四处作乱。倘若蛮狄国得到楼兰黄金宫的全力支持，只怕就会有进攻延康的力量了。

青牛一路奔腾，跑了小半日，瞎子突然道：“停下。”

青牛连忙停下，瞎子指了指西南方向，道：“去那边。我看到那边有人在战斗。”

青牛纳闷，瞎子说他“看”到那边有人在战斗，怎么“看”的？

不过它不好过问，只得掉转方向，向西南方向奔去。

灵毓秀也有些疑惑，看向秦牧，秦牧解释道：“瞎爷爷是我们村眼神最好的一个。”

瞎子得意扬扬。灵毓秀看向他的“眼睛”，只见他的眼眶里空无一物，心中纳闷：瞎子为何是眼神最好的？这是什么道理？……

青牛没有奔出去多久，远远看到一座山峰上刀光闪烁，只是距离太远，只能看到微弱的光芒，青牛这才对瞎子佩服不已。

灵毓秀惊讶不已，问道：“他真的是瞎子？”

屠夫赞道：“瞎子眼神真好！”

第160章 吹皱一池春水

秦牧深知瞎子有心神眼的能力，早已见怪不怪。瞎子虽然眼不能见，但是“看到”的东西比其他人更多。

他站起身来，远远看去，只见那座山峰四周还有一道道金光，围绕着山峰打转。

青牛全力奔行，距离那座山峰越来越近。没过多久，只见那一道道光芒变得越来越粗，像是一条条飘带，来回穿梭，那座山峰都被光芒包围了。

待到距离更近时，但见那些金光中多了许多东西，有的金光中藏着一口口弯刀，有的金光中有一个个金人，还有的金光中有金龙翻腾。那是巫王施展出来的神通。

巫王的实力惊人。只有修炼到天人境界才能被称作巫王，但楼兰黄金宫毕竟是塞外圣地，前来追杀霸山祭酒的巫王大多到了生死境界，甚至还有一个到了神桥境界的教主级存在，气势逼人。

青牛继续奔行。距离那座山峰只有十里远时，秦牧再看，只见那座山峰东、南、西、北、东南、西南、东北、西北八角上空各有一个巫王。

东边的巫王鸟首人身，手持一面圆镜，镜中射出一道金光，那镜子古怪，有十二根从镜子中长出的雪白骨头，被他托在手中；西边的巫王豹首人身，手中抓着一杆节杖，节杖顶拴着一条像是尾巴一样的东西，正在飘动，长度与节杖差不多，杖尖有一颗金色的骷髅，目射金光。

南边的巫王是三首金人，有三颗狼首；北边的巫王人首鸟身，背生双翅，两只翅膀不断生出一把把金剑，金剑化作剑流，向中央的山峰攻去。

东南、西南、东北、西北四个方位的巫王模样也很奇怪：一个长有兽头八臂；一个生出六足；一个长有多只翅膀；一个面上生出多只眼，掌心也长着眼睛。

尽管秦牧见识过了巫尊楼罗经，见此情形，还是不得不惊叹这门功法的邪诡和强大。

中央那座山峰上，刀光散发着阴寒之气，抵挡着从八个方向杀来的神通。

那座山峰上时不时有巨石掉落，一块石头就有一个四合院那么大，从远处看去，却只能勉强看到像是尘埃一样的东西在坠落。

山峰已经被霸山祭酒和八个巫王的神通削得如同光秃秃的柱子，只有霸山祭酒所站立的山头还有些草木的青色。

屠夫看了一眼，松了口气，笑道："大嘴巴没死。咱们回去吧。"

秦牧哭笑不得，青牛却铆足了劲向前冲。

还未来到山峰下，屠夫突然腾空而起，一道刀光破空而出，明亮无比。秦牧抬头看去，只觉这道亮光闪过后，周遭好像变得有点黑，似乎是因为光芒太明亮，所以在眼瞳中印下了刀痕，又像是光芒锋利得把天空划破了。

他分辨不出是哪一种。

"天可汗！"一声惊叫传来。

天空中，一个人头滚落，一个无首的鸟翼巫王扑扇着翅膀立在半空，金光四射。

他正是北边那个人首鸟身的巫王。

在场的诸多巫王中，唯独他是神桥境界的教主级存在，结果被屠夫近身一刀斩杀。

屠夫是战技流派，被他近身，下场可想而知。

屠夫落下，依旧稳稳地停在青牛背上，叫住青牛，道："你家老爷已经没有大碍了，再受点伤就可以杀出来了。青牛，你带我们去楼兰黄金宫。"

青牛迟疑道："老老爷不救老爷出来吗？老爷孝顺，总是念着你的好。"

“救他出来作甚？烦我吗？”屠夫摇头道，“我这些年在村子里清净得很，一想到要被这厮唠叨，我便头大。让你去你便去，再啰嗦便吃牛肉。你知道我在村里是做什么的吗？”

青牛打了个冷战，不敢说话。它很机灵，早就看出他是个杀猪宰牛的屠夫。

“师父！”那座山峰上，霸山祭酒的声音传来，他显然是受了伤，中气有些不足，但声音中充满惊喜，“师父，果然是你！我就知道你没死！这么多年你把我扔在延康，自己跑出去逍遥快活，你怎么补偿我？我有好多话要跟你说……”

“快跑。”屠夫道。

青牛连忙向楼兰黄金宫的方向奔去。霸山祭酒正要冲出那座山，却被其他七个巫王合力压下来，他不得不又落回山头上。

那七个巫王也是骑虎难下。他们八人合力围攻霸山祭酒，打算要他的命，没想到传说中已经死了多年的天可汗居然再度出现，一刀将他们中最强大的巫王斩杀了。他们本以为天可汗会对他们下手，加之霸山祭酒士气大振，同时向他们施展最凌厉的攻击，拖住他们，让他们无法逃走，刚刚他们吓得魂飞魄散。可现在，天可汗竟然将霸山祭酒丢在这里，骑着牛跑了。

霸山祭酒也是丈二和尚摸不着头脑，突然醒悟过来，骂骂咧咧，在背后狠戳老头子的脊梁骨。

又过了小半日，青牛载着他们回到弱水湖前，停下脚步。

屠夫看了看瞎子，道：“瞎子，你和牧儿陪我上山。我现在没有下半身，打不过那老家伙。”

“好。”瞎子从牛背上跳下来。

秦牧让灵毓秀、狐灵儿和青牛留在这里，道：“我们去去就回。”

灵毓秀点头：“一切小心。”

屠夫来到弱水湖前，摇头道：“霸山这小子，这么多年也没有长进，竟然连这片湖都挪不走。”

他长长地吸口气，后方的灵毓秀、狐灵儿和青牛不禁骇然。只见四周风卷云涌，天空中的云彩被狂风席卷着向他们前方这个只有上半身的老者口中涌去！

“这是、这是……传说中最顶尖的战技流派强者！”

灵毓秀心神大震。自从延康国国师召集战技流派强者论道，战技流派的强者死的死，逃的逃，也有人莫名消失。

不过那一次论战中，并没有出现顶尖的战技流派强者。

战技流派强在肉身，而顶尖的战技流派强者都有个特点，那就是他们身体的某一部位已成神通！

他们无须刻意施展神通，他们的一举一动便是神通。

显然这个只有上半身的老者就是这样的存在。

屠夫吸饱了一口气，他们附近的云彩几乎被他吸空了，然后，他又吹出一口气。

哗啦，他们前方的弱水湖突然被掀了起来，水浪越来越高，像是整片湖竖了起来。

这片竖起来的弱水湖飞速后退，几乎是瞬息之间便被吹入雪山之中，雪山大大小小的山谷都被填满了。

他们前方，湖泊干涸，连湖中的白骨也被吹飞。湖底虽然还有些湿，但并没有淤泥，淤泥也被吹得干干净净。

秦牧打开天眼看去，发现那原本笼罩着湖面的轻纱也被屠夫一口气吹得没了踪影，不知飞往何处去了。

顶尖的战技流派高手，并不会改变地形的法术神通，但若是肉身强大无比，那么改变地形，改变天气，又何须用法术神通？

“倘若能够拥有战技流派的肉身、御剑流派的剑术、法术流派的神通，岂不是无敌了？”

秦牧眨眨眼睛，跟上屠夫。他修炼的是霸体三丹功，霸体三丹功什么都好，就是没有神通，也没有炼体的法门，还没有剑法。

也正是因为秦牧修炼的是霸体三丹功，屠夫才没有将自己炼体的功法传授给他，免得耽误他的修为进阶。

其实，残老们都有着独到的功法，不过谁也没有传授给秦牧。

楼兰黄金宫中一片惊呼。一口气吹走楼兰黄金宫前方的弱水湖，这等通天的神通实在令人匪夷所思，岂能不让楼兰黄金宫的巫士、大巫们心神震动？

圣殿前，巫尊手持权杖而立，眼中射出两道金光，落在正从湖底走过的三人身上，他的眼角抖了抖。

他是楼兰黄金宫的掌教，因为觊觎屠夫的强大肉身，所以在得知屠夫向天挥刀，下半身被诸神所斩之后，立刻潜入延康，灭掉了抢走屠夫下半身的那个小门派，夺走了屠夫的下半身。

他深知屠夫的肉身实力要超过自己，因此毅然决然地切掉自己的下半身，换上了屠夫的下半身。

而现在，噩梦中的情形变成了现实。

那个天可汗并未死，他活了下来，现在来要他的下半身了。

巫尊眼角剧烈抖动，他转身走入圣殿。殿中的神龛上盘坐着一架架金骨，有人形的，也有兽形的。第十八个神龛中则枯坐着一个蓬头垢面、瘦得皮包骨头的老者。

“大尊，天可汗来了。”巫尊拄杖，单膝跪地，俯首道。

那神龛中枯瘦如柴的蓬头老者睁开眼睛，目光锐利无比，声音如枭：“我要你给我找的圣子呢？”

巫尊金灿灿的额头冒出一些细密的金色汗珠，他小心翼翼地说道：“还没有找到……”

那蓬头老者声音尖锐：“没有圣子，我这十七世的转世，岂不是都白费了？我距离成神只差半步！半步！”

巫尊深深垂首，不敢说话。

那蓬头老者厉声道：“有我在，天刀不敢为难你，但是我也不会轻易损耗性命来帮你。你将他的下半身还给他，立刻给我寻到圣子！”

巫尊心中一惊。突然，一道光芒闪过，在他的腰上截了一道，让他来不及阻拦。

巫尊沉默，过了片刻，开口道：“师弟，你进来。”

一个巫王闻声连忙走入圣殿，躬身道：“巫尊有何事？”

巫尊抬起权杖，切下他的下半身，与自己的上身接上，面色平静地朝老者躬身道：“大尊，弟子告退。”

第161章 完璧归赵

那蓬头老者闭上眼睛："寻不到圣子，你知道后果。"

巫尊躬身，带着屠夫的下半身退出了圣殿。他走出圣殿之后，只听圣殿内传来咀嚼声。

巫尊眼角又抖了抖，腰身传来一阵剧烈的疼痛。他只是粗粗地将自己的上半身放在那个巫王的下半身上，强行用法力将两部分连接在一起，但是他们的血肉并未长在一起，骨骼、经脉、气血、精气都不曾相连。

他必须用秘药将两部分真正结合起来，将师弟的身体变成自己的身体。

自从得到屠夫的下半身，他以为此生的成就终于可以再进一步，没想到屠夫没死，反而寻上门来了。而大尊因为肉身枯败，不敢与屠夫拼个鱼死网破，只能让他放弃屠夫的下半身。

巫尊的师弟虽然本事不弱，但是他的下半身还不如巫尊从前的肉身，巫尊想要恢复从前的修为，还不知要过多久。

巫尊忍着痛，带着屠夫的下半身下山。秦牧与屠夫、瞎子已经上山，在半山腰与他相逢。

巫尊放下屠夫的下半身，见了一礼："天可汗。"

屠夫看了看自己的下半身，又看了看巫尊的腰身，摇头道："你何苦呢？替我温养肉身两百多年，我的肉身不死，还要多谢你。"

巫尊眼角又跳动了两下。

秦牧取出那截金灿灿的下半身，道："巫尊，你的身体还你，我留着也没有用。”

巫尊脸上肌肉抖动，声音沙哑：“我用不着了。”

“用来炼宝也好。”秦牧善意地提醒道，“我看你的身子还未曾接好，我也颇通医术，巫尊若是信得过我，我可以帮你接好。”

“你想趁机害我？”巫尊冷哼一声，带着自己的下半身转身离去。

秦牧摇了摇头，叹道：“医者父母心。我还打算借他的身体练练手，再帮屠爷爷接上身体呢……”

屠夫笑道：“你的医术我信得过。当然，如果能回去找到药师，由药师亲自出手，那就更好了。不过，回大墟太费时间了。”

他突然高声道：“老家伙，还活着吗？”他的声音嘹亮，传遍全山。

楼兰黄金宫圣殿中传来一个苍老而尖锐的声音：“放心，天刀还没死，我怎么会死？”

“这老鬼，竟然还活着。”屠夫冷笑一声，“早晚要你死！我们走！”

秦牧抱起屠夫的下半身，三人一起下山。

瞎子回头向山上“看”了一眼，若有所思地说道：“里面那人很强。”

屠夫舒了一口气，笑道：“我没有下半身，估计不是他的对手，要你们陪我一起前来，便是为了对付他。这个老家伙，转世了十七次，活了十八世，寿命只怕有万年了，却还不死。我与他斗过几次，他很厉害。”

秦牧失声道：“活了十八世？寿命万年？这怎么可能？”

“怎么不可能？你在大墟中应该见过活了不止万年的神魔吧？其实这世间还有一些可怕的东西，只是你现在还小，接触不到这样的存在。”屠夫道，“那个老东西虽然不是神魔，但也与神魔相去不远。他知道许多往事、许多秘密。如果不是敌人，我也不会与他作对。”

瞎子点头道：“的确有一些可怕的存在。比如我的眼睛……”

他摇了摇头，没有多说。

秦牧心头微震。瞎子的眼睛是被人挖去的，但到底是谁下的手，瞎子从未说过。这背后又有着什么秘密呢？

他们离开楼兰黄金宫，与灵毓秀等会合后便去了草原上的蛮族城市。秦牧在城中购买了一些药材，从布袋里取出一个大鼎，道：“屠爷爷，我先将你的下半身煮一煮，除去巫尊的血和巫毒。”

他在鼎中放上水，将药材逐一放入水中，待水烧开，漫出药香后，这才将屠夫的下半身放了进去。

狐灵儿紧张地问道：“会煮熟吗？”

瞎子笑眯眯地说道：“待会儿闻到肉香味儿，便是熟了。”

屠夫怒道：“我的身体，神劈不死，岂会被一锅开水煮熟？”

煮了片刻，秦牧观看药水颜色，打开一个药盅，捏出几只晒干的红黑相间、指甲盖大小的蛤蟆，扔入鼎中。那蛤蟆入水之后，吸饱了水竟然活了过来。它在滚沸的水中乱窜，吸收巫毒。

过了不久，几只蛤蟆中毒而死。

秦牧又换了一鼎水，以同样的方式反复炼了九次，才将屠夫下半身中的巫毒祛除干净。屠夫下半身的血液逐渐恢复红色，如同活过来了一般。

秦牧又煮了一鼎水，换上另外数十种药材，再煮屠夫的下半身，以激发血肉机能，一直煮到深夜。

灵毓秀、狐灵儿都已经睡着了，青牛也去睡了，瞎子坐在地上拄着竹杖打盹，只有秦牧和屠夫还守在鼎边。

秦牧拔出少保剑，递向屠夫，道：“屠爷爷，你的身体我切不动，需要你自己动手，将上半身已经长出肉膜的地方切掉。”

“用不着你的剑，我用我的刀。”

屠夫拔出杀猪刀，咬牙在自己身上切了一刀。他修为强大，立刻用元气封住伤口，不让它流血。

秦牧将下半身从鼎中捞出。下半身的伤口还是新鲜的，无须再下刀。秦牧取出一个个玉瓶，小心翼翼地将龙涎涂抹在屠夫的下半身和上半身的截面上。

这龙涎刚刚涂上去，一根根肉芽便飞速生长，仿佛一只只红色的小虫子在不断蠕动。

他没有立刻将两截身体接在一起，而是用元气丝将一根根筋脉和神经挑出，让筋脉相连，神经相连。

他指掌间涌出的元气丝越来越多。屠夫的身体渐渐合拢，不过腰间的皮肤还未生长出来。最后秦牧在屠夫的伤口处涂抹上龙涎，皮肤也生长出来了，伤处连在一起。

他振奋精神，将屠夫扛起来，放入药鼎中，然后将最后一包药材倒入鼎中，生火慢慢熬煮。

大鼎中，屠夫双臂靠在鼎边，突然道："牧儿，辛苦你了。"

秦牧摇头，笑道："我跟随药师爷爷学医多年，本事都是药师爷爷教的，算不得辛苦。"

"希望你不要像药师那样声名狼藉。"水渐渐开了，屠夫舒服地吐出一口白色雾气，道，"对了，我刚才看你一直从那个小袋子中掏东西，这个鼎也是从里面掏出来的。你那袋子蛮古怪，让我看看。"

秦牧将袋子递过去，道："这袋子是我从楼兰黄金宫的宝库里捡来的，里面有亩许地大，被我用来装东西了。"

屠夫打开袋子向里面看了一眼，神色古怪："牧儿，你从楼兰黄金宫的宝库中捡来的东西可不少啊。"

秦牧脸色微红。

"你可别跟瘸子一样，上了瘾。"屠夫叹了口气，道，"其实我们村的人各有各的毛病：瘸子喜欢偷东西；药师动不动就下毒，而且四处留情；我呢，从前太嚣张，向诸神出刀；瞎子呢，目中无人，而且骚情；聋子太傲；哑巴太有自己的想法，且谁都不告诉；村长更别提了，天天装作高深莫测的样子；婆婆又是一个惹祸精。我就怕你把我们的缺点全都学去了。"

秦牧严肃地答道："屠爷爷放心，我自从出村以来，还从未闯过祸，祖师对我很满意！"

"那就好。你自己惹的祸要自己摆平。"屠夫晃了晃袋子，笑道，"这种袋子我见过，叫作饕餮袋，是用饕餮的皮制成的。大墟中应该有纯血的饕餮，但是或许得咱们村的人一起上才能够打得过它。你这个饕餮袋的皮，并不是纯血饕餮的皮，不过已经算是血统比较高的了。我从前见过的饕餮袋放不了多少东西，这个袋子应该是用含有饕餮血脉的异兽的皮做的。”

“原来如此。”秦牧惊讶，连忙道，“我见过一些房子，从外面看不大，但是里面的空间很大，这又是何故？”

“很简单，将含有饕餮血脉的异兽的骨头研磨碎，混入建筑的材料中，这样建的房子，内部空间便会变大。”屠夫道，“饕餮是神兽，这种神兽只吃不拉，肚子里的空间辽阔得很，它的皮用来炼制饕餮袋，骨用来造房子，都很有用处。只是纯血的饕餮太少。”

秦牧守在屠夫身边，爷儿俩聊着天，不知不觉间秦牧坐着睡着了。

等到秦牧醒来时，只见鼎下的火已经熄灭了。他正欲添火，旁边屠夫的声音传来：“牧儿，不用了，我感觉身体已经没什么大碍了。”

秦牧连忙回头，只见屠夫已经穿戴整齐，身上穿了条新裤子——秦牧在买药的时候顺带买了布料，先做好了那条裤子。

屠夫上身是宽松的大袍子，脸上乱糟糟的胡子也刮干净了，显得神清气爽，不怒自威。

屠夫上下打量秦牧，连连点头：“你已经长大了。从前我们帮你，现在你已经可以帮助我们了，很好，很好……”

瞎子的声音从外面传来：“杀猪的，再说下去你便走不掉了——你的那个徒弟追上来了。”

屠夫向外走去，道：“你的饕餮袋中有一个神之手骨，我先帮你收着。这东西你现在还拿不得，那个神还活着，你拿着的话，只会给自己招灾。”

秦牧吓了一跳：“手骨的主人还活着？”

第162章 公子喜欢

“那手是我当年从天上砍下来的。他当然还活着。”屠夫和瞎子一前一后，渐渐远去了，“这是我用下半身换来的手，不过上面的神肉估计被人当成灵丹吃掉了，所以只剩下骨头了。”

“牧儿，记得回村过年！”瞎子的声音远远传来。

秦牧目送他们远去，露出一丝笑容，冲他们的背影挥手：“过年时我一定会回去！”

瞎子仿佛看到他在挥手，头也不回，只将手臂抬起来挥了挥。

“瞎爷爷的确厉害。”秦牧赞叹，“这么远都看得一清二楚。”

没过多久，一个浑厚的声音遥遥传来：“秦师弟——”

秦牧听出是霸山祭酒的声音，连忙高声道：“我在这里！”

霸山祭酒还在呐喊：“秦博士——”

秦牧又应了一声，不过霸山祭酒还在遥遥呼唤。秦牧回过神来：“霸山祭酒距离这里只怕还有几百里远呢，他的声音能够传到这里，我的声音却传不到他那儿。”

灵毓秀醒来，连忙道：“放牛的，我来！”说罢，她挥手便施展出炎火神通，一个火球在半空炸开，火浪滚滚。

秦牧暗赞一声，笑道：“没用的，他距离此地还有几百里，看不到。”

狐灵儿和青牛也醒了过来。青牛东张西望，不见屠夫和瞎子二人，便问道：“老老爷呢？”

“已经走了。”秦牧听到霸山祭酒还在换着花样儿地叫他，叹了口气。

霸山祭酒嗓门的确大，也很能说，很难想象这么糙的汉子竟然这么能说。秦牧道：“我们先往边关方向走，霸山祭酒寻不到我们，一定会去那里。”

青牛现出真身，秦牧带着狐灵儿上了牛背，灵毓秀也跳了上来。青牛撒开蹄子，向边关奔去。秦牧看了看身边的女孩，道：“你的伤痊愈了吗？”

灵毓秀点头道：“连疤痕也不见了。你看，我腰上原本中了一剑，现在已经完全好了。”

她掀开衣衫，露出腰肢，侧身道：“就在这里。”她的肌肤细腻而白皙。

秦牧的皮肤原本有些黑。小时候，大夏天他经常光着膀子在涌江中游泳，都被晒得脱皮了，有时候还被涌江里的大怪鱼穷追猛赶。

这些日子到了太学院，秦牧没有光着膀子撒野的机会，皮肤渐渐变白了。但与灵毓秀一比，秦牧还是显得有些黑。

秦牧伸出手指，察看了她的一个伤口，还是能够感觉到伤口处有些凸起。

灵毓秀觉得有些痒，咯咯笑了起来。

秦牧道：“你先不要动，我帮你把这里的淤血化开，不然的话，这里会一直鼓鼓的。”

灵毓秀连忙不动，掀着衣裳。秦牧催动青龙元气，指尖有一丝丝元气在穿梭。他小心翼翼地控制元气钻入灵毓秀的肌肤之中，帮她化解淤血。

灵毓秀只觉麻麻的、痒痒的，又咯咯笑了起来，道：“你弄得我好痒，我那里有一块笑肉呢。”

秦牧头也不抬，道：“忍着，一会儿就不痒了，但会有些疼。”

过了片刻，灵毓秀感觉到有针刺般的疼痛，连忙低头看去，只见秦牧正在用天香丝帕擦去肌肤中渗出的淤血。淤血流出之后，伤口处没有任何疤痕。

灵毓秀放下衣衫，眨了眨大眼睛：“神医，人家背上还有几道伤口，不知道有没有留下疤痕……”

狐灵儿脆生生地说道：“你背上的药是我涂的，给你敷药之前，我已经帮你挤出了淤血，不会留下疤痕。”

灵毓秀看了看它，只见狐灵儿笑得很甜，很假。

狐灵儿眨眨眼睛，道：“毓秀姐姐，你今年多大了？”

灵毓秀目光闪动，道：“你多大了？”

“我十二岁。”

“我十六岁。”

“你比公子大一岁呢！”

……

灵毓秀有一种狐灵儿扑过来在自己心窝子里猛插了两刀的感觉，很受伤。这只狐狸虽然是个小不点儿，但是出招狠辣，让她防不胜防。

她早就看出来狐灵儿不怀好意，装作什么都不懂的样子，一点都不矜持。

而现在，它已经开始主动进攻了。

灵毓秀虽然洒脱，看似是个心比较大的女孩，有着其他女孩少有的豪爽与大气，但是也有着细腻的一面。她甜甜地笑道：“灵妹子，你爪子上的毛真软和，为什么没有试着把爪子变成人手？”

狐灵儿打了个哈欠，眯着眼睛道：“公子喜欢。”

“灵妹子，你怎么还不化形？”

“公子喜欢。”

“你看你的眼瞳与我们的眼瞳不一样。”

“公子喜欢。”

……

灵毓秀败下阵来。这只小狐狸的防御密不透风，说话滴水不漏，而且连消带打，像是大雷音寺的神通镜花缘空壁，能够将他人的攻击反弹回去。

“狐狸精跟谁学的？”灵毓秀不是它的对手，有些愤愤不平。

狐灵儿得意扬扬。在听雨阁中，它可是向听雨阁的姑娘们讨教过这方面的功夫的。

灵毓秀突然哭笑不得，意识到自己竟然在跟一只小狐狸争风吃醋，真是落了皇家的威风。她自己要身材有身材，要相貌有相貌，小狐狸的招法再犀利，它也没有化形。

显然她已经稳操胜券，完全没有必要跟这只小狐狸计较。

他们还未走到边关，霸山祭酒终于赶了上来，看到屠夫已经离开，不由得失魂落魄，号啕大哭，一边哭还一边咒骂屠夫。

秦牧安慰了他片刻，道："他并非不想你，只是嫌你话多，总是唠叨他，所以就先走了。其实屠爷爷很关心你，听说你遇到危险便第一个冲过去。别哭，别哭，到边关了，武可汗岂能被人看到眼泪鼻涕哪儿都是的样子？"

霸山祭酒抹去眼泪，向他诉苦，从自己小时候跟随天刀开始讲，把自己尿床被天刀打屁股、罚站，练功的点点滴滴，还有给天刀洗衣服，以及天刀带着他去隔壁村偷鸭子煲汤的事情都往外说。

秦牧求助似的看向灵毓秀，灵毓秀表示爱莫能助。

太学院。

少年祖师默默地收拾行囊，打了个小小的包袱，将组绶扔在地上，又将官印挂在太学院的门上，然后回头看了太学院一眼，露出了笑容。

执法长老快步走来，身后背着个不大的竹篓，里面放着把伞，还有些卷轴、书籍之类的东西。

"走吧，不必惊动其他人了。"少年祖师笑道。

两人向山下走去，没有惊动任何人，到了山下的山门处，那头龙麒麟连忙站起身来，晃了晃尾巴。

"我死期将至，不能带着你了。"少年祖师摸了摸这只龙麒麟的脑袋，摇头道，"你追随我，只能看着我老死。小道友啊，你自由了。"

咔嚓！龙麒麟脖子上的锁链打开了。龙麒麟有些茫然，晃了晃大脑袋，道："老爷，我不追随你，能到哪里去？"

"你本是自由身，何处去不得？"少年祖师挥了挥手，看着自己一手缔造的太学院，目光中有些不舍。

然后，他猛然转身而去："此生终老处，今日却离去。我不想老死在太学院中。”

两人向京城外走去。到了城外，少年祖师让执法长老停下，自己则向对面的那人走去。

“道友。”国师见礼，道，“道友这就离开了？不打算向皇帝请辞吗？”

少年祖师笑道：“我上任时也是一身轻松。不为皇帝而来，又何必为皇帝而去？你请我来，又送我离去，我很开心。”

延康国国师感慨道：“道友已经可以直面生死了。要到你这种心境，我还不知要修炼多少年。我送送你吧。”

两人并肩向前走去，执法长老跟在后面不远处。延康国国师道：“知道你要走，我心中突然便空了一大块。这世间知我者，莫过于你。没有了你，我可以说话的人又少了一个。”

少年祖师道：“你志向远大，前途无量，我已经没有什么能够教你的了，今后要靠你自己了。”

延康国国师停步：“当年我要拜你为师，你为何不收我？”

少年祖师坦然答道：“我意识到你比我好，未来的成就会比我高，我愧为你师，所以不能收你为徒。你想要做的事情是我从前未曾想过的事情，也是我毕生都做不到的事情，我也从你身上学到了很多，所以不能做你的老师。”

延康国国师迈开脚步跟上他，道：“我最近还是有些迷茫，有些困惑。你说，我们走的路是正道吗？”

“在所谓的正道人眼中，我们走的不是正道。”少年祖师停步，看着他的眼睛，“我们设小学、大学、太学，改革门派，集诸多门派所学传授给士子，让普通百姓与门派弟子一样接受教育，这在他们看来是离经叛道，罪不容诛。但是在我们心中，这就是正道！你不要管他人怎么说。对的就是对的，不会因为宵小的狂吠而变成错的。”

延康国国师身躯微震。

“你要做的事太大，前路遍是荆棘，我寿元将尽，不能再帮你，今后只能靠你自己了。”少年祖师微笑着说道，“回去吧。”

延康国国师长揖："谢谢道友这半生的扶持！"

少年祖师还礼："既是同道而行，自然应当相互扶持。"

延康国国师转身离去，消失在京城的茫茫人海之中。

少年祖师直起身，唤来执法长老："走吧，少教主该登基了。"

第163章 班公措

塞外边关，霸山祭酒神色阴沉，带着秦牧、灵毓秀走入蛮族的边寨，心中很不爽。那蛮族的守将见到他们归来，脸色微变，上前说道：“武可汗，圣地有令，若是遇见你，不得让你出关！”

霸山祭酒目光森然，冷冷地问道：“你想死？”

蛮族守将打了个冷战，看了看四周。霸山祭酒扫了一眼四周的武将，冷冷地问道：“你们都想死？”

蛮族守将硬着头皮道：“开关！”

关门打开，霸山祭酒骑牛走出关去。

秦牧回头看去，只见城楼上有一个蛮族少年正在练拳，拳打得虎虎生风，他不由得轻咦一声。蛮族少年见到有人偷看，连忙收拳，向下看去。

“这个少年很强，基础极为扎实。”秦牧赞道。

蛮族少年眼中精光四射，高声道：“武可汗！我叫班公措，是草原王的小儿子。将来我一定能够击败武可汗，成为草原上的霸主！”

霸山祭酒回头，打量了蛮族少年一眼，赞许道：“有志气，继续练，是个根基不错的苗子。你再打一套拳让我看看！”

班公措又打了一套拳，霸山祭酒向秦牧道：“此子出拳大开大合，力道要比其他人猛很多，身体资质很特殊，将来必成大器。”

秦牧点头。

“难得，他只要不死，日后便会成为草原上响当当的人物。”他们向庆门关走去。

班公措得到霸山祭酒的赞誉后，精神振奋，更加认真地练起来。没过多久，空中一道金光闪过，一个巫王降落下来，神色阴沉地唤来守将，道：“你将武可汗放出去了？”

守将硬着头皮道：“武可汗神威无量，我等岂敢阻拦？我们若是强行阻拦他，只怕边关将士死伤惨重，再难挡住延康的大军。”

巫王冷哼一声，正要发怒，突然看到城楼上正在练拳的班公措，心中又惊又喜，指向班公措，道：“那是谁家的孩子？”

“我蛮狄国大汗的幼子，班公措王子。”守将道。

巫王露出笑容，探手遥遥一抓，班公措身不由己地飞来，落在了他的身前。“好资质，是巫尊要找的那种特殊体质！”巫王上下打量，露出赞许之色，道，“巫尊命我寻圣子，终于被我寻到了！班公措，随我走吧！”

守将大惊，正要阻拦，巫王已然化作一道金光带着班公措远去了。

待巫王带着班公措回到楼兰黄金宫，将这个小王子送到巫尊面前时，巫尊不禁又惊又喜，急忙带着班公措来到圣殿，躬身道：“大尊，圣子寻到了，与大尊同样的体质，是草原上几百年难得一遇的天纵之才。大尊可以转世了。”

神龛中传来凄厉的笑声，一个又干又瘦的怪人突然飞出，头下脚上，与班公措头顶对头顶地贴在了一起。

班公措脑中传来一声惊天动地的轰鸣，然后魂飞魄散。

滚滚精气从怪人体内不断涌入班公措体内。与此同时，大尊的魂魄也在转移，最后到了班公措体内。他道：“徒儿，我转世时，该死者不死，该活者不活，逆天改命，因此阴差将会来拘我的魂魄。你布好阵法，挡住阴差。”

巫尊立刻上前，将一个个神龛搬出来，围绕班公措放了一周。神龛中的金骨正是大尊前十七世死后留下的骨骼，被炼成了法器。

突然，空间震动，阴风从另一个时空吹来。这座圣殿内的灯火立刻变得昏暗，一艘小船悠悠地从另一个时空飘来。

那是一个黑暗的世界，唯一的亮光就是那艘小船的船头挂着的一盏青灯。青灯昏暗不明，灯下有一个老者枯坐在那里，正在扎纸马、纸人。

小船悠悠，向圣殿中飘来。

巫尊紧张万分，急忙将所有法力注入神龛之中。神龛内，那十七个金骨骷髅仿佛活了过来，横在另一个世界与这个世界的交口。

船上枯坐的老者身陷无边的黑暗之中。从他这个角度来看，天地间亮着的除了那盏青灯之外，便是另一个世界的入口，而那个世界的入口则被十七个骷髅挡着。

他抬起手来，那些纸人、纸马仿佛活过来一般。纸人骑在纸马上，纸马欢快地奔腾，冲向那个被金骨骷髅挡住的入口，而马背上的纸人则挥舞着纸刀、纸剑，张口无声，似乎在呐喊，杀气腾腾。

十七个金骨骷髅齐动，与那些杀来的纸人、纸马战作一团。

这十七个金骨骷髅组合成一套阵法，威力奇大，发挥出的威力直达神的境界。但是另一个世界来的力量也异常恐怖，那纸人的纸刀、纸剑砍下来，刺下来，即便是大尊前十七世的金骨也抵挡不住。纸人一刀便可以砍断一根骨头，一剑便可以将颅骨刺穿！

巫尊控制十七个金骨骷髅，死死支撑，拼命抵挡纸人、纸马的攻击；大尊则加紧转世。那艘小船越来越近，船上的老者已经提灯站了起来。

巫尊额头冒出冷汗，只见那艘小船已经飘到近前，即将从另一个世界来到这个世界，而船头的那个提灯老者则探出手来，似乎要将正在转世的大尊抓到那个世界中去！

突然，大尊的身体变得僵硬，从空中跌落下来，没有了气息，而班公措则睁开乌溜溜的眼睛。

他的眼睛刚刚睁开，便见两个世界的连接处开始崩塌，一个个纸人、纸马无火自焚，顷刻间烧成了灰烬，那只已经从另一个世界探出的手也缓缓缩了回去，消失不见。

圣殿中，灯火突然亮了起来，刚才的昏暗、压抑感消失了。

班公措松了口气，微笑着说道："总算成功了。"

“恭喜大尊！”巫尊躬身。

班公措挥了挥手，巫尊躬身退后，关上殿门，舒了口气：“大尊若非年老体衰，岂会让天刀杀上门来？现在大尊转世成功，终于又可以活一世了，延康国不足为虑，天刀也不足为虑了。”

庆门关中，秦牧扔给霸山祭酒两个玉瓶，然后去买了一些灵药打算炼丹。

他给屠夫接上身体，用掉了许多龙涎，还剩下五瓶。霸山祭酒与楼兰黄金宫的强者拼杀，伤势不轻，除了外伤，还有内伤，还需要灵丹来治疗那些内伤。

“公子，祖师在找公子。”秦牧抓好药后，那药铺伙计道，“还请公子尽快前往雍州。”

秦牧微微一怔，点了点头。

他回到客栈，为霸山祭酒炼了一炉疗伤的灵丹，然后唤上狐灵儿，一声不吭便向雍州方向而去。

灵毓秀正在洗澡，待洗好之后，便不见了秦牧的踪影，不免惊诧，连忙去问霸山祭酒。霸山祭酒也不知道秦牧是何时离开的，思索着说道：“公主，你不必担心。狐狸也不在，说明师弟不是被人掳走的，而是和狐狸一起离开的。”

灵毓秀心中有些失落，秦牧这次还是没有告诉她一声便悄然离开了。

他需要这么神秘吗？

有什么事不可以说？

霸山祭酒服下灵丹，起身道：“公主，我们回太学院。算算时间，大祭酒也要离任了，新的大祭酒也快上任了。咱们早些回去。大祭酒一直颇为照顾我，再怎么说我也要去送行。”

灵毓秀称是。

秦牧带着狐灵儿一路前行，距离雍州越来越近，沿途只见到处兵荒马乱，时不时有门派宣说皇帝无道，误用奸臣为国师，祸乱天下，因此起义，要肃清朝纲，以正视听。

他途经雍州旁边的洛都。洛都也战乱四起，民不聊生，各地的军队四处平乱，但只是扬汤止沸，起不了多大的作用。

延康国国师的这把火烧得太旺了。延康国的各级官员大多是来自各门派的高手，现在这些门派造反，这些官员也跟着造反，帝国的根基被动摇，叛乱已经很难平息了。

国师到底有什么手段可以平定天下之乱？秦牧心中纳闷，再乱下去，只怕天下的门派都要反了，到那时，延康国即便能够平息叛乱，也会元气大伤。

这是延康国国师绝对不愿意看到的事情。

若是延康国元气大伤，那么他如何征服延康国四周的其他国家？如何占领大墟，建立不世之业？

洛都境内，秦牧只是路过，便遇到十多股匪盗势力的袭击，有些是不安分的神通者，有些曾是洛都的官员，现在落草为寇，占山为王。

秦牧仗着速度快，施展出瘸子的偷天腿法，这一路上倒也平安。

倘若延康国国师能够平息此次叛乱，将帝国的所有敌对势力降伏或者铲除，延康国上下一心，那么这股力量就非常恐怖了！秦牧心想。

第164章 圣女

秦牧不禁对沿途所见惊叹万分。单单是洛都，神通者便数不胜数，可想而知全国的神通者该有多少啊。

现在延康国国师无法调度这些力量，所以反对势力若被降伏或者铲除，延康国的整体实力非但不会被削弱，反而会大大提升！

终于，秦牧来到了雍州。与洛都不同，雍州是一片太平盛世的景象，百姓安乐，各行业欣欣向荣。秦牧经过田边，见到几个武者正在施展法术，将清风化作风刃，帮农户收割旱稻。

秦牧停下来观望，只见那几个武者修炼的是天魔教的法术，操控风帮几户人家收完旱稻后，便找农家结账。

其中一个女孩道：“今天不要晒稻谷，傍晚有雨。”

那几户农家连声感谢。

这几个武者见到秦牧立在农田边看，心中诧异。那个女孩上前，来到秦牧不远处停下，见礼道：“师兄，有事？”

秦牧温和地笑道：“你们是风堂的？”

那女孩心中一惊，不敢接话。秦牧笑道：“我刚才见你们用的法术是秋风贴地行，所以有此一问。教你们这一招的是风堂堂主？”

女孩迟疑了一下，道：“是风堂雷正隐堂主。”

秦牧好奇地问道：“风堂并没有教全这个法术？”

其他几个武者上前，其中一个少年摇头道：“雷堂主只是偶尔才传授我们几招，但往往只教一遍便不再教了，我们没有学全。”

秦牧运转青龙元气，笑道：“正好我还有时间，我来教你们。你们看。”

他在稻田旁边催动青龙元气，施展出秋风贴地行。只见一股股风如弯刀，如游蛇在田间穿梭，百十道风刃都贴着地面，似直奔敌人的脚踝而去。

“这一招不仅仅是刀刃贴地，也可以这样。”

秦牧突然脚尖轻轻点地，跳了起来，接着脚尖点在一道飞速旋转的风刃之上，被风刃载着向前。

他站在风刃上，一边施展法术，一边向前攻去，百十道风刃呼啸着席卷方圆六七丈的范围，向前斩去！

秋风贴地行虽然是一招普通的法术，但是威力并不小，仅此一招便可以彰显出《大育天魔经》的强大，还可以衍化出不同的打法。

秦牧落地，散去法术。

几个少男少女又惊又喜：“雷堂主还没有教过我们脚踩风刃！”

他们连忙请教。秦牧在田埂上坐下，细细为他们讲解这一招的法力运行奥妙，教他们如何细微地控制法力。

“这一招还有几种变化，风刃并非一定要贴地而行。”秦牧再次施展秋风贴地行，突然手指颤动，一道道风刃竖了起来，向上攻去。

他道：“法术其实与剑法和战技相通。秋风贴地行虽然是法术，但随时可以化作御剑术或者战技。”

他突然取出一颗刀丸，轻轻一振，刀丸中飞出一口口弯刀，施展出来的也是秋风贴地行，虽然招法变化不如法术，但是威力提升了数倍。

秦牧双手抄起两口弯刀，突然刀光大放。他双手翻飞，施展出的招法竟然也是秋风贴地行，威力比刚才强了几分！

秦牧收刀，一口口弯刀飞回，铮铮铮相继没入刀丸之中。

他回头看去，只见那几个少男少女都看呆了。

秦牧露出笑容，道：“你们看明白了吗？”

一个女孩喃喃道：“法术怎么可以化作御剑术、战技？雷堂主可能都施展不出来……”

秦牧循循善诱道：“谁规定法术一定要当成法术来使？当成御剑术来使未尝不可，当成战技来使也是合乎情理的。你们修炼法术的时候，不要墨守成规，不必拘泥于他人经验。”

几个少男少女若有所思。

秦牧将这一招的精要又讲解了几遍，待到他们将这一招学全了后，问道：“你们没有上学吗？我看你们年纪不大，为何不去小学求学？”

一个少年神色黯然，说道：“穷，哪里有钱上学？我们只有在农忙的时候能够赚些钱。圣教教我们法术、剑法、战技，是为了让我们有口饭吃，不至于饿死。”

“原来如此。”秦牧若有所思。

突然，一个熟悉的声音传来：“教得好，学得也好。”

秦牧急忙回身，见到说话那人，连忙见礼：“祖师、执法长老，你们何时来的？”

少年祖师不知何时出现在不远处，旁边还跟着执法长老。执法长老笑道：“来了一段时间了。我们路过此地，见你正在传授他们法术，便站在一旁听，没敢打扰。”

少年祖师赞道：“我现在觉得将《大育天魔经》给你是个无比正确的决定。别人修炼《大育天魔经》，学会便已经算是了不起了。一门法术，他们最多只能开发出一两种用法，而你却能想出这么多种用法，好，很好！”

秦牧纳闷道：“难道法术不应该这么用吗？”

少年祖师笑道：“应该。只是前几任教主太蠢，没有想到这种用法而已。我们走吧。”

秦牧答应一声，带着狐灵儿跟上他们，向雍州城走去。

“哎呀，忘记问他是谁了！”一个女孩惊叫道。

那几个少男少女呆呆地看着秦牧他们走远。一个少年喃喃道：“刚才他叫一人为祖师，叫那个老头执法长老，那么他会是谁呢？”

“他的见识比雷堂主还要高，一定是咱们圣教的大人物！”

路上，秦牧又看到有些天魔教弟子正在用法术挖渠，还有的在用法术犁地，也有用飞行法术飞到树上摘果子的。

不过这些弟子大多法术不精，多数法术都不曾学全。

这次秦牧没有停下脚步去传授这些天魔教弟子完整的法术。天魔教的弟子太多，遍布天下，他独自教，根本不可能教完，如果一个个教，不知道要教到猴年马月。

“雍州中，我圣教弟子比较多。”少年祖师微笑道，“你看此情形，有何想法？”

“祖师辅佐延康国国师开办小学、大学和太学，而我圣教弟子却无就学之处。祖师想起了天下，却忘了圣教。”秦牧摇了摇头，道，“祖师应该在我教中建小学、大学和太学，方能让我教弟子不落后于时代。”

少年祖师笑道：“这是教主做的事情，不是祖师做的事情。少教主，今后这便是你的责任。”

秦牧怔然，道：“四十年前，为何厉教主不做？”

“厉教主沉迷于女色，被教主夫人迷住了，眼中哪里还有天下人？”

秦牧咋舌，这又与司婆婆扯上了关系。当年厉天行教主一定是被司婆婆迷得神魂颠倒，才错过了这场举世瞩目的变法。

相比较来说，道门和大雷音寺都不好顺应延康国国师的变法。它们虽然是正道和佛道的圣地，但是走的都是师父带弟子的路子，一个师父只教几个弟子。

而天魔教不同，天魔教走的是堂主管辖的路子。堂主虽然是强者，但并不负责带弟子，只是偶尔会传授教众功法神通。

天魔教完全可以在教中仿效小学、大学、太学的模式……

“太学可以到太学院去。”秦牧盘算道，“从我教中选拔出类拔萃的弟子，然后让他们去参加太学院大考，让太学院帮我教栽培弟子。如此一来，天圣教想不兴旺都难！”

少年祖师看了他一眼，叹道：“恨你没有早出世四十年。”

他带着秦牧走入城中，城中百姓往来如织。秦牧不由得纳闷："难道我天圣教的总坛便设在城中？未免也太引人注目了吧？"

少年祖师带着他走向城主府，到了那里，也不通报，径自进入府中。府内已经聚集了不少天魔教的高层，有诸位堂主、护教长老、督查使、护法使、镇教天王等。

众人见到少年祖师和秦牧，纷纷起身见礼。

秦牧还礼。少年祖师轻轻颔首，道："人到齐了吗？"

一个护教长老道："还有教主夫人和圣女未到，镇教天王中的乾天王至今未归。"

少年祖师点头，道："既然如此，那就再等等。"

过了不久，一个甜美而充满诱惑的声音传来："牧儿和祖师到了吗？"

秦牧听到这个声音，只觉一腔血往头上涌。其他堂主、老人家也纷纷红着脸，很期待，仿佛听到这个声音便见到了梦中情人一般。

少年祖师也有些心猿意马，脸色微变，喝道："司幼幽，庄重一些！"

门外传来司婆婆的声音，道："真没趣儿。"

少年祖师飞身出门，向外冲去，他的声音传来："谁让你现出真面目的？你现出真容，会让这次登基大典变得一团糟……当然是怎么丑怎么来……是你养大的孩子要成为教主，你也想让他……这才对嘛。进去吧。"

秦牧松了口气，城主府中的众人也都松了口气。几个白发苍苍的长老和镇教天王抹去额头上的冷汗，定了定神。

门外，少年祖师和司婆婆走了进来。小老太婆还有些不太满意，四下瞥了一眼，见到秦牧后才露出笑容。

"婆婆！"秦牧连忙走上前去，拉着司婆婆的手，低声笑道，"婆婆，我知道你在太学院中，你连姓都没改……"

司婆婆纳闷，道："我没有去太学院，我只是远远地观察你。再说了，太学院中有祖师在，我根本不担心你的安危。"

秦牧笑道："婆婆还装？你已经被我识破了，你就是太学院中的司……"

“圣女到了！”突然，一个嘹亮的声音响起。

秦牧正要说出司芸香的名字，突然看到司芸香从门外走了进来，耳边传来司婆婆的声音：“圣女与教主还是同学呢，同时考入太学院的。”

秦牧错愕，看了看司芸香，又看了看身边的司婆婆，头脑有些蒙。他一直以为司婆婆就是司芸香，现在偏偏又有一个司芸香跑了出来，而且她就是天魔教的当代圣女！

第165章 三不朽

秦牧觉得脑袋很乱。这个当代圣女姓司，所以他有了先入为主的想法，一直试探她是不是司婆婆，还故意调戏过她几次，想看她会不会害羞。

直到上一次司芸香试探他，他才确认司芸香就是司婆婆，而现在……

“这一代的圣女比上一代的圣女可安全多了，上一代圣女就是个妖孽。”一个白发苍苍的老人家长吁道，“虽说她们都是司家的，但这一代圣女就不祸害咱们圣教。”

司婆婆怒目而视。

那个老人家别过头去，装作没有看见。

司芸香上前，来到秦牧身边，依旧带着几分羞涩，款款施礼：“少教主，圣女司芸香见过少教主。”

秦牧连忙还礼，道：“师妹客气。”

“这一代圣女落落大方啊。”那个老人家感慨万千地说道，“哪像上一代，做妻子的竟然杀了圣教主。”

司婆婆大怒，喝道：“老娘还在这里，臭老头你想怎样？”

那个老人家连忙闭嘴，不敢与她争执。

圣女司芸香并非省油的灯。秦牧目光闪动，看了看身边这个看似柔弱娇羞的女孩儿，心道：她心机深沉。击败佛子的应该是她。那日她是来向我炫耀，试探我的深浅的。她早已知道我是少教主，却还在我面前炫耀、试探，为的是什么？

司婆婆笑道："芸香是我司家的，祖师亲自教导了几年。祖师寻到她之前便已经寻到了你，待遇到她之后，还感慨说倘若早些遇到她，便不会选择你了。"

秦牧向司芸香看去，刚好司芸香也向他看来，两人目光相遇，秦牧从她看似温柔的眼眸中看到了不服气。

秦牧微微一笑。

司芸香应该是少年祖师按照教主的标准栽培出来的，祖师让她和秦牧在同一年参加太学院的大考，应该也有考验两人的意思。

秦牧一直不知道，自己与这个女孩之间竟然还有着一场比试。

怎奈秦牧在大考上表现得太惊艳，把凌云道人一下打到了皇帝面前，司芸香之后无论怎么做都无法超越，不可能比他做得更出彩。

而之后的祖师大考考验的是秦牧作为教主的能力。考试之后，少年祖师"心有所属"，他心目中的人选并不是司芸香。比起她，秦牧更适合做圣教主。

但是，司芸香并不服气，所以才在战胜了佛心佛子之后向秦牧炫耀。

少年祖师环视一周，道："乾天王还未到？"

"还没有到。"

少年祖师皱眉。

乾天王一向是雷厉风行的性子，无论遇到什么事，都是冲在前头的。他现在还未到，说明他已经来不了了。

什么事会比教主登基更大？

乾天王没有按时来参加教主登基大典的原因只有一个。

"少教主，你今后要善待乾天王的后人。"少年祖师悄声道。

秦牧心头微震，正要询问，少年祖师沉声道："三百六十堂，展旗，回圣临山！"

唰！

一面面大旗展开，将整个城主府遮得严严实实。大旗一展一收，雍州城的城主府凭空消失得无影无踪，原来的城主府此刻只剩下一片空地。

待到笼罩在他们头顶的大旗消失不见，秦牧四下看去，心头大震——他们已经离开了喧闹的雍州城，来到了一个不像是人间的地方。

这里头顶是天穹，脚下为岩石，是一座耸立在虚无缥缈之地的山峦，上不着天，下不着地。

这座山，好像不在人世间一般。

这里就是圣临山？

秦牧四下张望，但见层峦叠嶂，有宫殿藏在山林深处，应该是圣教建立的殿堂。不过，少年祖师没有带着他们前往那座殿堂，而是来到一株柏树下。

那柏树郁郁葱葱，已经存在于世不知多少年。柏树下是一间草庐，草庐很干净，并没有随着岁月流逝而露出腐朽的痕迹。

柏树下还有一块大石头。少年祖师来到柏树下方 ，三百六十堂堂主、十二护教长老、八大督查使、三大镇教天王、左右护法使，分坐左右。

少年祖师示意秦牧上前，道："这座山，原本在人间。当年我天圣教的开山祖师来到这里，见一樵夫在砍柴，砍的便是这株柏树。樵夫挥斧砍柏树，章法有序，似乎有无穷妙理蕴藏在其中，而柏树吃了一斧，便恢复如初。开山祖师知道自已遇到了圣人，于是向那樵夫请教。那樵夫就在这株柏树下向他传道，一讲便是数十年。开山祖师得到了无尽的启发，犹不满足，于是问樵夫如何成为圣人。"

秦牧仔细聆听，少年祖师顿了顿，继续道："樵夫说，若要成圣，须立德、立功、立言，三立三不朽。开山祖师又问如何做到三不朽。樵夫说，明理、明知、明教，三明万人师。于是开山祖师大彻大悟。"

少年祖师抬头，看着这株历经沧桑的柏树："开山祖师知道，若要成为圣人，须得先做到三明。于是他整理了圣人训，将其汇编成篇，编撰成册，也就是《大育天魔经》。

"开山祖师写出了《大育天魔经》，做到了明理。

"而后他游历世间，历经几百载，将圣人所传的道理传给其他人，其他人听后便内化成自已的道理。彼口说与汝耳，汝口说与他听，这便是知。开山祖师做到了明知。

“至于明教，开山祖师立下教派，感念砍柴樵夫曾指点迷津，于是将教派命名为天圣教，并立下教义。圣人之道，无异于百姓日用，凡有异者，皆是异端！率性所行，纯任自然，便谓之道，此乃我教的教义本源。”

下方，各堂堂主、护教长老虽然都是天魔教的高层，但大部分人都是头一次经历教主登基，即便是护教长老、镇教天王，对这段历史也不是太了解。

他们原本以为，教主登基需要举办什么惊天动地的仪式，却不料少年祖师讲起了创教历史。

关于这位开山祖师的传奇故事，他们只在教中的古书中见到过一些记载，而且大多一笔带过，没有少年祖师说得细致、动人。

“明教，其中教的意思是传授、教育。开山祖师立教，便是要将圣人的教导传给天下人。他做到了三明——明理、明知、明教，做到了立德、立言，但是未能立功，所以没能成圣。”

少年祖师道：“他晚年时左思右想，不知功在何处。尽管开山祖师不曾成圣，但因立言开教，德行圆满，做到了三明两立，已经胜过碌碌之辈不知凡几。秦牧，你愿意继承开山祖师的德与言、理与知吗？”

秦牧躬身，双手抱拳伸向前方：“弟子愿意。”

少年祖师露出笑容，道：“那么教便是你的，你要将它担下。”

秦牧沉声道：“弟子担着。”

少年祖师微微一笑，道：“你坐到石头上来。”

秦牧走上前去，坐在柏树下的那块石头上。

少年祖师向下方看去，沉声道：“这块石头便是圣人石、圣人座。当年指点开山祖师的那个樵夫便是天上下来的圣人，与祖师没有血缘关系，没有利益关系，仅仅因为祖师求道，他便为祖师传授开山技业。坐在这块圣人石上的是教主，也是我教的圣师。”

少年祖师的目光从一个个堂主、护教长老、督查使、天王和护法使身上扫过，沉声道：“你们执弟子礼见过圣师吧。”

三百六十堂堂主、十二护教长老、八大督查使、三大镇教天王、左右护法使纷纷执弟子礼，圣女司芸香虽迟疑了一下，但也只得执弟子礼。

“弟子参见圣教主！”众口同声，响彻圣临山。

少年祖师看向司婆婆，沉声道：“厉天行，新的教主已经登基，你还不现身？还不将我教功法相传？你是要将我教的圣功带到棺材里彻底埋葬吗？”

司婆婆身躯微震，口中传来一个苍老的声音：“弟子……遵老师法旨。”

她明明是女子，此刻说话却像是一个老男人，声音粗得很，而且带有一种极为霸道的威严，只是在少年祖师面前有所收敛。

司婆婆来到秦牧面前，秦牧正要站起来，司婆婆的手掌便已经贴在他的额头上。司婆婆的眉心有一缕缕金光穿梭着，与此同时，金光中响起各种声音，接着金光钻入秦牧的眉心之中、脑海之内。

“厉教主……”下面有人低声道。

此刻占据司婆婆身躯的，正是前代教主厉天行。他虽然被司婆婆暗害了，但是也将自己种在了司婆婆的道心之中，变成了司婆婆的心魔。他一直在等待时机，取司婆婆而代之，成为自己最爱的那个女子。

秦牧脑海中环绕着各种声音，像是有神在九天外讲法，有魔在耳边窃窃私语，有佛在心中诵经，有一种说不出的古怪。

圣人的声音？他心头微震，突然想到一个可能：这声音是那个樵夫的声音，厉教主传给他的是樵夫传法于开山祖师时讲的经文！

第166章 樵夫传功

京城，国师府。

主簿匆忙来报："国师，雍州城发生异动，天魔教高层云集雍州城，不久后，雍州城的城主府突然间凭空消失，不见了踪影，只剩下一片空地。"

延康国国师正在阅读皇帝命人送来的奏章，头也不抬地说道："知道了。"

主簿迟疑了一下，道："国师，这是天魔教，魔道的第一大派，在眼下出现这档子事，不得不防啊……"

延康国国师抬头，道："云阳，你知道天魔教的祖师是谁吗？"

云阳主簿摇头。

延康国国师面色平静地说道："你若是知道他是谁，便不会这么慌张了。他本是我太学院的大祭酒。"

云阳主簿心头大震，失声道："就是他？国师，天魔教的祖师竟然在太学院做了这么多年的大祭酒，这是要谋反呢！这么多年，他教导出多少官员、将领？他的势力，只怕已延伸到朝堂之中，甚至军队之中了！国师，此事不可不查，只怕我军中都是他的人了！"

延康国国师哑然一笑，摇头道："你想得太多了。天魔教祖师教导士子，士子就是他天魔教的人了？倘若那样的话，岂不是要把我也抓进去杀了？"

他站起身来，徐徐踱步，目光锐利，道："当年我云游四方，学习各派所长，目睹天下门派各自为政，敝帚自珍，天下道法神通难有进步，因此登门拜访，期望能够打破各大宗派之间的壁垒。我遇到的第一个人便是天魔教祖师。他是第一个抛开门派之见，全心全意教导我的人，也是给我指出一条明路的人。”

他眼中露出敬仰之色，道：“之后，他亲自举荐我，让我带着他的信去见道门的道主。道主因为他的信才对我另眼相看，青睐有加，许我参阅《道剑十四篇》。也是他，让我去大雷音寺见住持，得到住持传经。他虽然从未谈及他的身份，但是他知道这瞒不过我，也并没有刻意瞒我。”

云阳主簿心中的震撼无以复加。

延康国国师道：“我请他出山，帮我掌管太学院，是因为什么？不是因为他的本事，不是因为他是天魔教的祖师，而是因为他有这种胸怀。我是第一次见到有这么大胸怀、这么纯粹的人。能够掌管太学院的，唯他一人！他现在离去了，应该是为天魔教下一代教主的事情操劳去了。”

“下一代天魔教教主？”云阳主簿定了定神，道，“天魔教已经有四十多年没有教主，现在竟然选出了教主？国师，此事关系重大，是否要禀告皇帝？”

延康国国师道：“你去写本奏折呈给皇帝。至于天魔教祖师的来历，你不必多说。”

云阳主簿领命，又道：“太学院那边传来消息，皇帝下令，命顾离暖继任大祭酒之职。”

“知道了。”延康国国师摆了摆手，道，“我的势力太大，皇帝有所担心也是应当的，否则我便要心中不安了。只是，顾离暖的才学和德行都配不上太学院大祭酒这个职务。他做太子少保还可以，做大祭酒远远不够格。但在这件事上我不能多话。”

云阳主簿思索了一番，又道：“这次天魔教选出新教主，该如何应对？”

延康国国师淡然说道：“顺昌，逆亡。这件事无须你来考虑，我会亲自去见这个新教主。”

云阳主簿退出房去。

道门，道山。

丹阳子快步上山，来到圣殿，一个白发白眉老者正席地而坐，观面前的一池碧水。

丹阳子连忙道："道主，天魔教老巢发生异动，天魔教的高手云集雍州，大旗一卷，连同城主府一起消失不见了。"

那白眉白发老者睁开眼睛，徐徐地说道："看来天魔教有新教主了。天魔教虚构历史，假圣人之名，传伪道于天下，祸乱众生。其教内讧，圣女残杀教主，有违纲常；教主娶弟子，违背人伦；教众修炼邪法，用他人性命来修炼的也不在少数。他们四十年没有教主，而今选出一个新教主，只怕非苍生之福。"

丹阳子道："我道门该当如何？"

"找到这个新魔教教主，伺机除之。"

"领法旨。"丹阳子又道，"延康国国师以天魔教的教义为宗旨，延康国就是一个莫大的天魔教，我道门又当如何？"

道主目光深邃，静静地看着面前的一池碧水，不紧不慢地说道："延康国国师野心勃勃，但他的能力支撑不起他的野心。史上有比延康国更为强大的帝国，有比延康国国师更为出众的天才，但终归成了黄土，成了大墟。这世界要比他想象的复杂，他碰壁碰得粉身碎骨时会明白的。"

丹阳子不敢多言，躬身退下。

"启禀住持，天魔教的教众从雍州城中消失，连带着城主府也消失不见了。"大雷音寺，一个老僧到宝殿中求见住持，道，"那雍州的府尹便是天魔教的玉林长老，是个可怕的人物。雍州已经变成了天魔教的铁桶江山。还有人在雍州见到了击败佛子的那个女子，估计她也是天魔教的人。"

住持睁开眼睛，诧异地问道："那女子不是太学院的士子吗？为何是天魔教的人？"

老僧道："那女子名叫司芸香，今年才考入太学院，太学院根本没有来得及教她什么，她岂有能力击败佛子？此女来自司家，与天魔教上一代教主的夫人司幼幽是本家。司家在延康国也是一个世家。"

住持道："那么天魔教的新教主会不会便出自司家？"

“不知。此刻还不曾有消息传来。”

住持点了点头，道：“太学院用天魔教的人来战胜我大雷音寺的佛子，此事不能轻易放过。你且下去，继续让各个寺庙打探消息。”

那老僧答应一声，道：“还有一事，马王神从大墟中出来了。”说罢，他转身下山。

住持怔了怔。

圣临山，秦牧耳畔传来种种玄妙的声音。突然，他眼前一花，发现自己成了一个过路客，正在山间行走，远处传来了砍柴声。

他循声走上前去，只见一个樵夫正在砍一棵柏树。樵夫的斧头带着玄妙的力道落在柏树上，一下，又一下。他看得入神，只觉似乎能够从中领悟出什么。

他站在旁边怔怔地看着樵夫的斧子。那斧子砍在柏树上，将柏树砍出一道深深的痕迹，但是斧头抬起时，柏树上的砍痕竟愈合了。

樵夫伐树，每一斧给他的感受都不相同。

“过路人，你在这边看了这么久，看到了什么？”那樵夫收了斧头，回头看向他，道，“你家里的人早已经变成了黄土坟里埋着的枯骨，你的子女比你还要苍老，你的孙子现在已经成家，并有了自己的孩子。过路人，你在这里看了百年了。”

“求老师教我。”

……

秦牧看到这个樵夫坐在柏树下的石头上，向自己传道授业。

秦牧听得如痴如醉，万千妙理纷至沓来。他站在石头边，一听便是几十年，《大育天魔经》的大一统功法，就通过这奇妙的讲法传给了他。

那樵夫伸出手来，在秦牧的头顶摸了摸。秦牧睁开眼睛，看到司婆婆向后退去。

他还在圣临山，还在现在，并没有回到过去。

天魔教上一代教主通过灌顶将开山祖师当年所得灌输给下一代教主，如此代代相传，薪火不灭。

秦牧怔怔地坐在石头上。“圣人抚我顶，结发受长生。”《大育天魔经》的大一统功法没有化成文字，也没有化成图案，只能靠历代圣教主灌顶相授。

他的脑海中多出了许多繁复的信息，还不成系统。这次灌顶虽然没有提升他的修为，但是带给他的信息太多，还需要他来参悟。

他现在才知道，为何祖师说大一统功法只有教主才能传给教主。

这是因为，《大育天魔经》中根本没有固定的大一统功法！

或者说，大一统功法还不曾定型。

《大育天魔经》的大一统功法，就藏在樵夫的石上讲法之中，需要历代教主自己参悟。能够悟出多少，悟出来的是什么，要看每一个教主自己的悟性、才智、造化。

完全可以说，每一个天魔教的教主参悟出的大一统功法都不相同，或许有些理念会相似，但每一个教主修炼的大一统功法绝对不一样！

三百六十个教主，会有三百六十种练法。一万个教主，会有一万种练法。

秦牧的第一个念头就是：坑。

这也太坑了。传说中的大一统功法竟然不能直接拿来用，还需要自己去参悟。

第二个念头便是：这才是真正的传道授业，这才是圣师。

悟出来的，是自己的东西；学到的，是他人的东西。天魔教的传功，有着其他教派包括太学院无法媲美之处。

少年祖师舒了口气，看向司婆婆。司婆婆口中传来厉教主的声音：“老师，我已经不再是圣教主了，这是我破除心魔的机会，请老师不要拦我！”

第167章 送祖师

少年祖师目光闪动，摇头道："你将你自己化作心魔，种在她的道心之中，你应当知道，倘若她炼化了你，你将会为她做嫁衣。"

"无论是她炼化我，还是我占据她，我们俩都将会成就一个。"厉教主的声音传来，"无论好坏，都是我的选择。我在决定娶她的时候，便深深地知道，她是我的心魔，不得不除掉的心魔。除掉了她，我才可以全心求道。还请老师成全。"

秦牧心头一跳，看向少年祖师。

他早已知道司婆婆体内藏着一个大心魔，这个心魔极为厉害，甚至连大雷音寺的隙弃罗禅杖也无法将之炼化。

可他现在才知道这个心魔便是上一代教主厉天行。

司婆婆杀了厉天行，而厉天行却化作心魔种在司婆婆的道心中，两人争夺一具身体。

他自然是想要帮司婆婆炼化厉天行，不过少年祖师显然会一碗水端平，不会这么做。

过了片刻，司婆婆恢复如常，依旧笑吟吟的，似乎什么事都没有发生。

秦牧看得出来，其实天魔教的堂主、长老对司婆婆并不好，大概是因为司婆婆杀了厉天行，让圣教四十年没有教主领导，成了一盘散沙。

这次司婆婆前来参加圣教主的登基大典，主要还是因为秦牧。

她怕教中众人欺负秦牧，所以哪怕知道要忍受别人的白眼，也要前来为秦牧助阵。至于传不传大一统功法，她并不关心。

她只关心秦牧。

少年祖师叹了口气。红颜祸水说的就是司婆婆这种女子。她太美了，即便她不作恶，别人也会因为她而作恶。

这个世俗世界难以容下这样的红颜。

厉天行是世俗的，少年祖师也是世俗的，其他人更免不了俗。

她要想在这个世俗世界生存下来，便只能做司婆婆，不能露出自己的真容，甚至不可以用她真正的声音。

这场登基大典过后，少年祖师唤来秦牧，与他并肩而行，为他介绍圣临山的景致，嘴里念着这一处是忘情台，那一处是凤临阁，这一处是天下楼，那一处是观鱼池。

少年祖师说了很多，交代了许多天魔教的历史。天魔教的有些历史非常古老，倘若他不说出来，等到他死了，就无人知晓了。

"祖师，我们天圣教教主继任为何叫作登基？"秦牧问道，"'登基'不是皇帝才能用的吗？"

少年祖师看了他一眼，摇头道："我天圣教最辉煌的时候，下辖六个国家，六个国家的皇帝都是我天圣教的臣民。圣教主用'登基'二字，还真是看得起皇帝了。时过境迁，而今国家才是最大的门派。一个门派很难让辖区内的所有人都成为该门派的弟子，但是一个国家却可以让境内所有人都成为这个国家的子民。"

秦牧若有所思。

少年祖师引领着他向山上走去，道："圣临山是我教的总坛，进入总坛对你来说还是一件难事。你这次是通过三百六十堂的堂主催动传送旗进来的，但是身为圣教主，岂能没有独立进入总坛的手段？"

秦牧跟上少年祖师，少年祖师引领他走入山中的一个大殿。这座大殿外观只能算是普通，由青砖红瓦搭建而成，丝毫没有楼兰黄金宫的奢华大气。

殿内的布置也是普普通通的，仅仅摆了一尊圣人像。

少年祖师到圣人像前上了几炷香，秦牧也跟着他向圣人像拜了拜。少年祖师道："圣教的许多长老、天王都精通传送之法，可以借此回到圣临山。传送之法就刻在这座大殿的墙壁上，你慢慢参悟。"

秦牧向宫殿的墙壁看去，只见上面刻的是传送旗的炼制方法，以及炼制传送旗所需的神通、阵法、符文。

少年祖师道："我们圣教的每一座大殿都刻有不同的功法，并不禁止弟子去学，去修行。不必敝帚自珍，功法传出去，学会了就是自己的本事。你要有气量，有胸怀。"

秦牧称是。

少年祖师又道："《大育天魔经》中的东西都可以传出去，没有必要藏着。他们能够领悟出多少，是他们自己的造化。教中之事，小事有各个堂主打理，大事有长老打理，再大一些的，便交由教中的天王处置，还有督查使巡检各堂，执法长老执法，传功长老传功，需要你亲力亲为的事情并不多。你只需要掌控圣教的大方向即可。"

他看向秦牧，道："你成为圣教主之后，准备做的第一件事是什么？"

秦牧思索片刻，道："在各堂中开设小学，建立第三百六十一堂——学堂。延康国国师改革变法，开设小学、大学，让世间多出一种行当，所以我圣教必须要多出一堂。圣教有三百六十堂，我想建三百六十个小学，传授教中弟子修炼之道。"

少年祖师点了点头，道："这件事，你可以吩咐左右护法使，他们会与各堂堂主商议，选拔人才，组建学堂。这便是你掌握大方向，具体事宜放权给下属去做。倘若事事亲为，你没有这么多的精力，还会耽误修炼。"

秦牧叹服。

他突然有一个古怪的想法：天魔教不像是一个教派，而像是一个国家！如果说延康国是伪装成国家的门派，那么天魔教则是伪装成门派的国家！

天魔教与国家太相似了。

三百六十堂，各司其职，从事各行各业，各个堂口的弟子也做着各自的营生，还有督查使巡视各堂，护教长老和镇教天王负责管理抵御外敌的军队，左右护法使负责传承和保护天魔教的正法。天魔教教众数以百万计，相当于一个小国了。

“还有一件事。”少年祖师神色凝重地说道，“我知道你喜欢拆东西，我让霸山祭酒看住你，结果他还是没看住，你又拆了一遍士子居。士子居可以拆，不过咱们圣临山，你万万不能拆掉。这圣临山的一堂一殿，都是古迹，里面都刻有许多奇妙功法。”

秦牧脸色微红，讷讷地说道：“我也不经常拆。”

“我明白。你来到太学院不到八天，也就拆了两三次，然后便去楼兰黄金宫拆了。”

少年祖师走出大殿，执法长老正背着行囊在殿外等候。少年祖师向秦牧挥了挥手：“我要走了。教主，不必送了。此一别，即是永别。送得再远，也需要分别。”

秦牧摇头，执意道：“虽是永别，但我送你是我的心意。”

少年祖师点了点头，迈步向山下走去。

秦牧跟在他们的身边。

少年祖师与秦牧共处的时间比较少，而村里的其他老人是看着秦牧长大的。秦牧虽然与少年祖师只短暂相处过一阵子，但他从祖师身上看到了许多与残老村的老人们不同的特质。

秦牧学到了很多。

他在残老村，一直都是个孩子，是村长、司婆婆眼中长不大的孩子。

而在祖师身边，他学会了成长。

他现在长成了大人。

送君千里，终须一别。圣临山从山头到山脚没有千里，他们终于还是走到了尽头。

少年祖师转身，躬身道：“圣教主，留步。”

秦牧停下，心头突然有些无法抑制的伤感，躬身道：“恭送祖师！”

少年祖师纵身一跃，从山脚跳下，执法长老也随着他跃下，两人消失在茫茫云雾之中。

秦牧迟迟没有起身，过了良久，才缓缓直起腰，抬头看天。他知道，自己只怕再也见不到这个有着少年模样的老人了。

执法长老归来时，带回的恐怕只是少年祖师的骨灰。

死去何所道？托体同山阿。

或许少年祖师最后的愿望便是像这座圣临山一样。

天魔教的那句教义他算是做到了，并贯彻一生。

突然，圣临山上，一面面大旗卷动，三百六十堂堂主纷纷离去。秦牧唤来狐灵儿，回到那株柏树下。还有几个护教长老留在那里，见到他过来，纷纷笑道：“圣教主。”

秦牧还礼。圣临山上已经没有什么人了，也就这几个老头老太太。司婆婆也离开了，应该是去为少年祖师送行了。

秦牧寻到左右护法使，说起开办学堂一事。左右护法使是两个中年男子，一个黑衣，一个白衣。他们对视一眼，左护法使道：“圣教主打算让学堂传授什么？”

秦牧道：“《大育天魔经》中的所有功法神通都可以传授。还有，除了学堂之外，还要在圣临山上设下一个天录楼，搜集各派所学、所长，藏于楼中，方便弟子翻阅。最简单的办法便是将太学院天录楼中的古书抄录下来，送到我圣教的天录楼中。”

左右护法使记下。

秦牧又道：“教中是否有在延康朝廷中为官的兄弟？请他们将朝廷的功法也记录下来，送到天录楼中。”

“遵法旨。”

左右护法使询问过细节后，立刻起身，掀起衣袍，往身上一掩，转眼间人和袍子都消失不见，应该是出圣临山了。

“我圣教的传送法门，真是厉害。”秦牧赞叹不绝。

他带着狐灵儿快步向那座大殿走去，开始学习传送法门。不学会传送法门，他根本无法离开这里！

身为圣教主，他总不能拉下脸求别人带自己离开吧？

第168章 老头子们

大墟，残老村。

村长和往常一样，与药师一起瘫坐在村口的躺椅上，慢吞吞地喝茶。突然，药师侧身道：“村长，你这样瘫着好久了吧？好像最近两天你都是这样瘫着的，黑暗侵袭时也没有挪动，没有回房里睡觉吧？我今天早上起来，便见你瘫在这里了。”

村长懒洋洋的，眯着眼睛，道：“药师，你的心乱了。自从牧儿走了之后，你的心便乱了。”

药师冷笑道：“我的心乱了？明明是你的心乱了！你看，我每天还梳洗得干干净净的，倒是你，蓬头垢面的，只差没有死在躺椅上。”

村长道：“明明是你昨天早上把我搬到了村口，结果到了晚上忘记送我回屋。难道不是因为你的心乱了？你每天都做的事情，突然间便忘记做了。”

药师气极反笑：“我忘记送你回屋，你自己不会走回去？不会飞回去？你这通天彻地的修为要来有何用？”

村长沉默片刻，神色黯然地说道：“你也知道，我没有腿，还没有手……”

药师抓狂。这个死老头子昨天晚上被晾在黑暗中，黑暗都没有弄死他，他居然还有脸说自己没有腿没有手。

药师正打算据理力争，突然抬起头。村长也立刻兴奋起来，倍加精神，笑道：“有朋自远方来，不亦乐乎？道友，你一身轻松了。”

一老一少正从涌江下游来到村外，向村子走来。

村长看向药师，连忙道：“你的梳子呢？别藏了，我知道你身上经常带着梳子，就在怀里！快拿出来！我两天没有梳洗了，怎好见客？”

药师冷笑一声，不为所动。

村长赔笑道：“是我这两天懒得动，我的错。”

药师将梳子给村长，村长用元气控制梳子梳了梳头，整个人好歹看起来清爽了一些。

少年祖师和执法长老走来，停步见礼。村长笑道：“残缺之人，无法还礼，还请道友见谅。请坐。药师，看茶。”

少年祖师坐下，看了看站在身边的执法长老，笑道：“我已经不再是圣教的祖师了，没有那么多规矩，一起坐下吧。”

执法长老也坐了下来，将身后的竹篓卸下，放在一边。

药师取来茶具，新烧了一壶水，投入茶叶，焖了一小会儿后，为两人斟茶。

“药师是南方的喝法啊。”少年祖师笑道。

药师笑道：“我生在南方，喝惯了南方的茶。北方的茶嫩芽起落沉浮，南方的茶汤底清亮，照透人心，各有好处。”

少年祖师笑道：“难怪你们俩经常坐在这里。村长，我来投奔几日，你意下如何？”

村长还未来得及说话，药师拍手笑道：“好，太好了！自从牧儿走后，这老爷子险些把我闷死过去，天天瘫在这里，不说话，也不动弹。”

村长瞪了他一眼，向少年祖师道：“你现在清闲了，来住几日静静脑子也是一件快事。”

少年祖师道：“我对道兄十分钦佩，圣教主得到诸位栽培，真是能力卓越，非同寻常，因此想来请教。圣教主乃天生的霸体，而且修炼霸体三丹功，一身本领着实不凡。我见识浅，不知这世间还有霸体，这几日正好向道兄讨教……”

“霸体！”村长和药师对视一眼，突然笑喷了。

两个老头年纪都不小了，笑得嘴巴老大，笑得眼泪、鼻涕一起下，笑得喘不过气来。

“霸体……哈哈哈！”村长笑得打跌，从躺椅上滚了下去。

药师也笑得从躺椅上栽倒下来，双手捶地，爬不起来。

少年祖师和执法长老因他二人的笑而觉得莫名其妙。执法长老心里发怵：这两人平日里有多无聊？明明没有什么好笑的，偏偏笑得连气都快没了。我和祖师留宿在这里，时间长了会不会也变成疯癫模样？

村长消停了片刻，躺在地上呼呼喘气。药师指着少年祖师笑道：“我们把天魔教祖师也糊弄了！哈哈哈哈！”

村长又疯狂大笑起来，药师又在捶地。

过了良久，村长飘了起来，落回躺椅上，用元气卷着梳子梳理乱糟糟的头发。药师走远一些，拍了拍身上的尘土，又去洗了把脸，然后从怀中掏出另一把小梳子，整理了一番，这才回来，正儿八经地坐下，道：“两位道兄，村里只剩下我们俩，天天闷得要死，鸡婆龙都跑出去勾搭了一只公的，抱窝孵出了一堆小鸡婆龙。难得有人讲个笑话给我们听，所以难免有些失态。”

少年祖师向他们身后看去，只见一只一人多高的鸡婆龙带着一群小鸡婆龙正在村子里溜达，那只母鸡婆龙拍了拍翅膀，掀起一阵狂风。

“霸体到底是怎么回事？”少年祖师虚心请教，道，“还请两位不吝赐教。我确实眼界窄了点……”

“别说了。”村长忍住笑，“我告诉你们便是。”

过了片刻，得知真相的少年祖师和执法长老如被天雷轰了一百遍，又被蛮牛群践踏了一百遍，半晌回不过神来。

最强大的霸体，竟然就是普通人的身体；最强大的霸体三丹功，竟然就是普通人拿来强身健体的导引功！

但是偏偏秦牧还修炼了这种功法，并以为自己是霸体。

这还不是关键，关键是，对此深信不疑的秦牧，用凡体和导引功，把其他人才、大才、天才打得屁滚尿流，活脱脱一个真正的霸体！

村长和药师得意扬扬，对视一眼。村长悄声道：“你看他们的表情，和我想的一模一样。”

少年祖师吐出一口气，神色古怪：“原来如此，原来如此……霸体三丹功确实有问题，非常不凡。”

“霸体三丹功虽然是随处可见的导引功，但的确有问题。只是，能够将这门功法修炼到牧儿这种层次的，少之又少，可以说只有牧儿一个。”村长正色道，“至少我没有见过。我怀疑，这门功法是大墟变成大墟之前的功法，应该还不错，不知怎么流传下来后，便成了最普通的导引功。我不敢确定。谁也想不到，这门功法竟然有被人练成的一天。”

少年祖师目光闪动：“或许可以说，在大墟变成大墟之前，普通人也是可以修炼的，这霸体三丹功便是那时普通人的修炼之法。但是因为一场大变故，普通人便不能修炼了，四大灵体也是在那之后出现的。”

药师心头微动，道：“普通人无法修炼，那牧儿是如何修炼的？仅凭他比其他人用功百倍？这说不过去。这世上一定还有比他更用功之人。仅凭他花费的资源是其他普通人的百倍？这也说不过去。这世上肯定也会有人舍得花费许多的资源激发凡体。那么，他一定有与普通人不一样的地方。”

村长心中一惊，道：“或许他是大墟变成大墟之前的普通人。”

三人对视一眼，表示认同这个想法。少年祖师道：“那么，他这个灾变前的普通人是从哪里来的？”

村长和药师异口同声地说道：“无忧乡！”两人说罢，对视一眼，心里都有些震动。

只有执法长老云里雾里的，没能插上嘴。

“我觉得我的思维跟不上你们……”执法长老有一种被排挤的感觉。

“无忧乡？”少年祖师心中微动，道，“敢问这无忧乡在何处？”

村长微微一笑：“不知道。不过道友若是有兴趣的话，今天晚上我们可以出村去找一找。”

“出村吗？”少年祖师转头，看向无垠的大墟，心里突然有些紧张，又有些期待。

这次来对了。他心中暗道。

好久没有这种激动、兴奋的感觉了，残老村的老坏蛋们又让他有了少年时期冒险的冲动。

两个一只脚踏入棺材里的老头，再加上一个老人、一个半老不老的药师，一起去神秘莫测的大墟深处探险，而且是在黑暗之中，想一想还真令人兴奋呢。

圣临山。

秦牧吩咐道："灵儿，虽然这座山是我天圣教的圣地，但我也是头一次来到这里，不知道此地是否有危险，你不要四处乱跑，等我练成这面墙上的传送法门便带你出去。"

狐灵儿应了一声，转身跑出了这座宫殿。

秦牧在墙壁前坐了下来，细细打量墙上的传送法门。

这面墙壁上记载的是一种炼制宝物的法门，其中的各种符文、阵法、神通都不可以单独使用，必须用炼制成的宝物催发传送的效果。

天魔教的许多高层炼制了传送旗、传送衣，就是这个道理。

传送旗一卷，大旗遮住的东西，统统可以带走；传送衣遮住身体，可以将自己带走。

秦牧仔细参悟着传送法门的奥妙，不知不觉过了一天时间，总算将墙壁上的传送法门参悟透彻，心中开始盘算起来。

天魔教的传送法门是靠符文来激发阵法，以阵法来催动神通的，因为太过复杂，神通很难直接被施展出来，所以必须炼制出宝物，才可以进行传送。

倘若可以直接施展有传送效果的神通，肯定比使用传送旗、传送衣之类的宝物更加灵活。

而且，秦牧参悟这么久，发现这传送神通其实需要高明的计算技巧，在算法上的修为越高，就能越快掌握它。

我需要更为高明的术数典籍！

第169章 圣教主的癖好

传送神通，其实是一个由术数建立起来的神通。传送的方向不同，地点不同，距离不同，空间不同，因而需要计算不同符文的各种排列顺序与规则。

每确立一个传送点，都需要大量的运算。

何谓运？

运便是符文、阵法的序列演变、变化规律，有了符文、阵法的序列演变、变化规律，才有了算。而使用算盘是最为基础的运算方式，顶珠、下珠的移动代表着最为简单的序列、阵法。

炼制出宝物，便要靠烙印在宝物中的符文变化和阵法变化来推动计算，这比算盘的顶珠、下珠运算复杂千万倍。宝物相当于一个大型立体的异型算盘。

倘若自己要独立施展这门神通，便必须做到随时随地调整算法，从各种复杂的符文中找寻出传送的奥妙。

仅凭十册算经，根本推导不出如此复杂的运算公式，因此秦牧觉得自己需要更为高明的术数典籍，才有可能彻底学会传送神通。

“高深的算经，太学院的阵元殿应该会传授。阵元殿传授阵法，必须用到术数的运算。可能道门也有这样的算经，而且更加高明……”

秦牧突然想起道门道子林轩。林轩道子在施展出一点穿联浩动，两仪内反复阴阳时，就运用到了极为复杂的术数运算技巧。

两仪内反复阴阳，需要用到的术数运算极多，若没有强大的运算能力，林轩道子很难在短时间内算出招式的变化，算到秦牧弱点的准确位置。

“没有高深的算经，我不可能现在便学会传送神通。我现在只是知其然，不知其所以然，还是先炼一件传送之宝吧。”

秦牧定下心来，专心炼宝。无论是炼制传送旗还是传送衣，都需要布料，他身边只剩下一套锦衣，所以只能对锦衣下手。

他用自己的六翅金蚕丝锦衣炼制传送衣，还需要抽线——从衣裳中抽取几十根金蚕丝，利用金蚕丝在衣裳中编织阵纹，用元气烙印符文。

他自幼跟随司婆婆学习裁衣，自然对刺绣也有所涉猎，所以这对他来说并不困难。

“你们说，圣教主能够靠自己的力量离开圣临山吗？”

三大镇教天王还没有离开圣临山，便是因为担心秦牧被困在此地。三个老者看向浮光殿，陆天王捋着下巴上的那一缕山羊胡须，道：“炼制传送之宝，可不是那么简单的事情。我圣教的传送法门可以说是最让人头疼的神通之一。”

玉天王点头，深以为然：“传送法门对术数的要求太高，术数不精，难以学会。圣教主年纪还小，在术数上的造诣应该不高。”

“先让他参悟几日，不知难，不知进。知难而进，方显求道求学之心。”师天王最是稳重，道，“圣教主经历的挫折太少，一路顺风顺水地登上了圣教主的位子，不磨砺一番，难以成长。这也是祖师的意思。”

其他两个镇教天王连连点头，道：“我们要不要人为地给他制造点挫折？”

“不用。这次让他参悟传送法门，便足够让他知道什么叫挫折了。祖师的意思是，等到他实在无法离开这里时，我们再给他一面传送旗。”师天王微微一笑，道，“祖师的一举一动都大有深意。传送神通何其难学，你们又不是不知道。祖师留下他在这里学习传送法门，为的是什么？”

陆天王与玉天王眼睛一亮，齐齐拍手称妙。

虽说传送法门就在浮光殿中，教中的弟子都可参阅学习，但是能够学会传送法门的弟子寥寥无几。别看圣教的每一个堂主手中都有一面传送旗，其实这些传送旗并非那些堂主自己炼制的，而是四大镇教天王炼制的。

能够学会传送法门，并且炼出宝物的，整个天魔教也没有几人。即便是上一代圣女司幼幽也不曾学会，因为她在术数上的造诣并不高。

祖师的意思是，让秦牧去浮光殿学传送法门，等到秦牧发现修炼传送法门需要极高的术数造诣时，只怕已经过去了十几天。然后再过十几天，秦牧便会发现自己练不成这门神通，只能去炼制传送之宝。再过十几天，秦牧便会发现，连宝物他也炼制不出来。

这样便可以磨一磨这个年轻的圣教主的顽劣性子，让他知道天高地厚，他以后便不会再鲁莽行事了。

到那时，秦牧便会静下心来，先领悟天圣教的大一统功法。然后，三个天王便可以以长者的身份出现，给这个年轻的教主送一面传送旗。最后，圣教主顺利离开圣临山，皆大欢喜。

这便是祖师留秦牧在圣临山上独自参悟传送神通的深意。

玉天王神色凝重地说道："乾天王到底出了什么事？你们是否有消息？"

师天王和陆天王摇头。

师天王道："乾师兄只怕是已经遭遇不幸了。他最是热心，此次偏偏未到，估计敌人已向他下手，想要探明我教总坛所在，探明教主是谁，而以他的性子，是断然不会说的……"

陆天王心头一跳："乾师兄的修为那么高……"

"天外有天。"师天王沉声道，"朝廷的一品大员都是教主级的存在，道门、大雷音寺也不乏顶尖高手，其他宗派、世家也有隐藏的高手。盯上我们天圣教的势力有很多，外人都以为我天圣教这四十年没落了，谁不想趁着我教虚弱，啃一块肉？关键是，敌人是谁？"

众人沉默下来。

过了片刻，玉天王道："这次教主命左右护法使建立第三百六十一堂——学堂，是件大事。这个教主的能力要比厉教主胜出一筹。有这等眼光和魄力，不像是一个十几岁的小孩，甚至比活了几百岁的老人还要老到……"

"多半是祖师指点他了。"

“有可能……咦，圣教主出来了！”

三个天王遥望浮光殿，只见秦牧走出了浮光殿，穿在外面的锦袍敞开着。突然，这个少年圣教主掀起锦袍往自己身上一掩，唰的一声消失不见了！

三个天王呆了呆，只听轰隆一声巨响，不远处的凤临阁塌了半边！

“不好！”

三个天王心头一跳，连忙向凤临阁看去，只见倒塌了半边的凤临阁的破砖碎瓦中，一个少年站起身来，东张西望了一番，觉得没有人看到自己，连忙又掀起衣裳往身上掩了一下，再度消失不见了。

“凤临阁是第六代教主接待凤凰之地，凤凰降临我天圣教圣临山，这是何等的光辉……”玉天王的小腿打战，他喃喃道，“现在塌了一半，如何向列祖列宗、向教中弟子交代？”

师天王也变了脸色，沉声道：“凤临阁中只有一篇第六代教主所写的《凤栖梧记》，只是一篇传记，不是功法。我早将《凤栖梧记》背得滚瓜烂熟。我们去将凤临阁修缮妥当，再找书堂堂主模仿第六代教主的笔迹，补全《凤栖梧记》，保管其他人看不出来！

“圣教主好像已经炼成了一件传送衣，只是操控起来还有些不太熟练。”

陆天王吃惊地问道：“他竟然能炼出传送之宝！这怎么可能？”

正在此时，又是轰隆一声巨响，三个天王连忙循声看去，脸色铁青。

三王殿的殿顶塌了。他们的少年圣教主还是没能操控好传送衣，将自己传到三王殿上空，没有来得及平稳落在殿顶上，直接把三王殿砸出一个大窟窿。

三王殿是为了纪念三位圣教主所建的大殿。这三位圣教主活在同一时代。那时，宗派间的争斗还非常惨烈，道门为正道领袖，集结天下正道，攻打天魔教。当时老教主战败，临死前将教门交给了当时的四大镇教天王之一青天王，青天王将《大育天魔经》传给了当时的圣女后率众应战，战死在碧波潭。圣女继任教主之职，再度出战，杀得道门坚持不住，不得不退。圣女回到圣临山，传功之后伤势恶化，坐化身故。

后来的圣教主为感念这三位教主，修建了三王殿。

刚才秦牧传送失败，撞坏了凤临阁倒还罢了，这次砸坏了三王殿就有些过分了！

突然，又是唰的一声，秦牧再次掩衣而去。三个天王都吓了一跳，连忙追赶过去，叫道：“圣教主，小祖宗！不能再拆了！”

三个天王修为高，而且也修炼了传送法门。师天王的传送之宝是一面旗子，旗面铺开，一卷，身体消失；陆天王炼制的则是一面镜子，镜面当空一照，连人带镜一起消失了；玉天王炼制的是一枚玉佩，佩带在腰间，轻轻一拍，玉佩光芒爆发，将他带走了。

他们三人在传送之法上不知下了多少功夫，虽然未练成传送法门，但是操控传送之宝要比秦牧这个新手来得熟练和灵敏。

三个天王技巧精深，看出了秦牧要传送的目的地，立刻前往那里。不料，他们起步慢了一下，扑了个空，一起跌入了观鱼池中。

池中的几条鱼龙凶恶得很，刚才秦牧跌入观鱼池时，这几条鱼龙便馋得张开大口扑来，不料扑了个空，接着三个天王便跌了进来。

三个天王再次消失，让那几条大鱼龙又咬了个空，尖牙利齿碰撞，火花四溅。几条大鱼龙晃了晃脑袋，悻悻地游走了。

三个天王在半空出现，他们伸手向身在半空、正掀起锦衣的秦牧抓去，三只手却紧紧握在一起——秦牧已经在他们伸手抓之前离开了，他们抓到的只是残影。

“祖师临走前吩咐过，这个少教主有着奇特的癖好，喜欢拆东西，若是抓不到他……”

第170章 大一统功法

三大天王再度催动传送之宝，只听噗噗噗三声，三人眼前一片黑暗，身体被束缚得紧紧的。他们心知不对，急忙运起元气，将周围的东西震碎，这才发现，他们竟然跟着秦牧将自己传送到了几株大树的树身中。

“圣教主呢？”师天王问道。

这话刚刚说完，他们便发现了秦牧。只见从一株两人才能合抱住的大树树身中探出一个脑袋——秦牧的身子陷入了树身之中，挣脱不得。

那树是铁树，质地比钢铁还要坚硬。

陆天王喝道：“教主，你怎么不跑了？”

“天王，你们还没有走呢？”秦牧赧然道，“我的元气耗光了，身子被这株铁树困住了，没办法掀起衣裳。天王帮我一把吧。”

三个天王哭笑不得。师天王将铁树砍断，把秦牧救出来，道：“教主，你毕竟是我圣教的圣教主，位高权重，在这圣临山可不能胡闹。圣临山上的建筑都是古迹，都有意义。”

陆天王道：“教主，你又不是小孩子……”

说到这里，他又觉得不妥：他们的这个圣教主可不就是个小孩子？

陆天王讷讷地说道：“我在圣教主这个年纪时还在玩泥……不，那时候我已经去收稻谷了。不过教主，传送法门很危险，若是稍有不慎，将自己传到某个禁地，那就连神仙也救不回了！咱们圣临山可是有不少禁地的！”

秦牧毛骨悚然，心想：倘若我把自己传到某个禁地之中，可能就死无葬身之地了！

三个天王对视一眼，压下心头的震惊。师天王道：“教主，施展传送法门，都需要定位，如何确定传送的准确方位是关键。你炼了传送衣，还不曾掌握准确传送的方法，非常凶险。传送，首先要确定自己身在何处，而后确定要去何处，在即将到目的地时，要立刻收回元气，否则便会撞到什么东西。第一次试的时候，不要去太远，要近一些，近一些才方便随时停止。”

秦牧眼睛一亮：“我再试试！”

三个天王立刻愁容满面。

玉天王连忙道：“教主，你现在元气耗尽，没有必要急于一时。而且祖师留你在这里，也并非为了让你在这里学习传送法门，而是要你静下心来，参悟大一统功法。圣临山很宁静，没有外界世俗的打扰，你若是离开这里，只怕一两年都未必能将大一统功法参悟透彻。”

秦牧心中一动。

少年祖师留他在这里的确大有深意。

他这两天都在想着早日炼成传送衣，离开此地，却没想过少年祖师的本意是什么。

“是我急于求成了。”秦牧坦然，躬身称谢，“多谢诸位天王指点迷津。”

“不敢！”

三个天王肃然，连忙还礼。

师天王道：“教主才智过人，在这里多留几日，定然会大有收获。”

秦牧静下心来，走向那株柏树，坐在石头旁，用心参悟。

三个天王松了口气。师天王喃喃道：“祖师将圣教主留在圣临山，想磨一磨他的心性。圣教主的性子的确顽劣得很，但只怕祖师也没有想到，圣教主会这么快将传送法门练到这种程度吧？”

其他两个天王也神色古怪。虽然少年祖师的想法是好的，但是谁也没有料到，他前脚刚走，秦牧后脚便意识到传送法门现在不可能练成，因为必须要精通术数。

而且更让人震惊的是，秦牧立刻意识到可以先炼一件传送之宝。

现在才第二天，他便捣鼓出一件传送衣，传送来传送去，把三个天王也折腾得够呛。

陆天王摇头道："祖师是何等智慧，岂会想不到？他一定早就预料到了这一点，所以让我们三个守在这里。"

过了片刻，三个天王异口同声地叹道："祖师绝对没有想到！"

三个天王心中发愁、发怵。这个圣教主顽劣不堪，但偏偏又如此聪慧，当真是想磨一磨他的性子都难。

按照秦牧这个速度，只怕再练习几次，他便可以掌握传送衣的运用技巧了。到那时，他们还怎么把他留下来，磨他的顽劣性子？

过了片刻，玉天王笑道："我们有些钻牛角尖了。"

其他两个天王向他看去，露出询问之色。玉天王笑道："圣教主这么聪慧，喜欢折腾便由他折腾，性子顽劣便由他顽劣，毕竟他是教主。我们不管别的，只管给他擦屁股，这是我们的本分。"

师天王道："也只能如此了。话虽如此，教主若是折腾的话，我觉得还是让他早点离开圣临山，回到太学院比较好。"

三个老者来到凤临阁，把凤临阁修缮了一番，然后又去三王殿，将殿顶修补好了。

陆天王出了一趟远门，过了两日，将书堂堂主带了过来，请他将《凤栖梧记》写在墙壁上。

一切处置妥当之后，三个天王都松了口气，对视一眼："圣教主这次参悟，可以让我们轻松半年了吧？"

"以圣教主的性子，难。"

柏树下，圣人石旁，秦牧枯坐了几日，饿了渴了的时候，狐灵儿便会带着不知从哪里摘的果子跑过来，秦牧便与狐灵儿一起吃果子。

秦牧参悟了十多日，将樵夫所言来来回回地体会了十多遍，始终觉得难以参悟出大一统功法，心中不觉渐渐焦躁起来。

“今天不吃果子了，天天吃果子，嘴里着实无味。”秦牧从圣人石旁起身，向狐灵儿道，“今天吃肉。灵儿，山间有没有可以吃的？”

狐灵儿欢呼一声，道：“山间有兔子！我见到了一群兔子，早就想下手了。只是这里是圣临山，我不敢乱动。”

秦牧兴奋地喊道：“咱们去打几只来！”

过了不久，一人一狐开始烤兔子肉。狐灵儿从自己的小包袱里取出一些盐巴、孜然，撒在肉上，肉顿时变得香喷喷的，令人食欲大增。

他们着实馋了，将几只兔子吃得干干净净。

狐灵儿仰面躺着，揉着鼓胀的小肚子，很满足。秦牧也撑得慌，起来走动了两步，催动霸体三丹功，加速消化。

他越走越快，不知不觉间又按照自己在残老村的修炼方法来修炼，奔走如飞，又突然施展出雷音八式，雷声轰鸣。

他又以手为锤，施展出哑巴的锤法，敲动下来，空气如同大鼓，而他仿佛巨人，低沉的声音轰得山林间的树叶哗啦啦作响。

秦牧再度变化招式，施展出腿法，再变枪法，变剑法，变刀法。

他越走越快，竟然聚元气为笔，在空气中作画，放浪形骸，纵情恣意。

突然，他又施展出行雨诀，一根根雨线如剑如弦，雨声中夹杂着琴音。

而后他换作奔雷炎火诀，屈指连弹，雷声轰鸣，团团火焰四下爆开。

秦牧手中升起一个火球，火球越来越红，如同西山的夕阳，一道道火焰、剑气向四面八方射出，这是秦牧在施展落日剑法。

而后他的元气一变，身如白虎奔腾，爪子摧山裂石。

他又施展出七种造化玄功——造化灵功化形，造化天神功化功，造化天魔功化表，造化人王功化龙，造化鬼神功化魄，造化地元功化神，造化先天功化婴。

他又施展出《大育天魔经》中的各种拳法、剑法、刀法。

不知不觉中，他陷入一种奇妙的状态。他的脑海中，那樵夫的声音断断续续地响起，时而洪亮，时而低沉。

种种玄妙奥义纷至沓来，塞满他的脑海，又从他的手中流出，变成了奇妙的招法。

他心中只觉欢喜，尽情施展，不再管什么法术神通，什么招式剑法，统统施展出来，也不管先后，不问顺序。

他只觉自己的一颗心变得癫狂起来：倘若《大育天魔经》的功法运行不畅，那就改动；倘若霸体三丹功运转涩滞，那就顺其自然，调整元气运行的方向。

率性所行，纯任自然，便谓之道。此时此刻，他终于对这句话有了深刻的体会。

不必管前人所言，不必管是《大育天魔经》还是霸体三丹功，怎么顺畅便让元气怎么运行，元气怎样会变得磅礴便怎样运转它，不管什么标不标准。

越是这样，他越能领悟出樵夫讲法的奥义，参悟出更多的奥义。

三个天王被惊动了，连忙出来张望。

圣临山的山林中时不时亮起电光，响起雷声，地面震颤，空气波动，树木倒地。

三个天王脸色大变，师天王叫道："不好，圣教主奔着圣树去了！"

三个老者连忙腾空而起，落在柏树下。只见秦牧如癫如狂，恣情放纵，随意施展着各种神通，元气显化出各种神魔之状。

无论是白虎灵体独有的神通，还是玄武灵体特有的防御手段、青龙灵体的风雷、朱雀灵体的真火，在他手中统统得以展现，得到尽情挥洒，看得三个镇教天王瞠目结舌。

"大一统功法……"师天王喃喃道，"他悟出来了，悟出来了……"

第171章 狐狸尾巴

《大育天魔经》的大一统功法只有一个要求，那就是能够统一《大育天魔经》中的一切法术、剑法、战技，以及造化七篇等玄功。

只有做到这一点，才可以称得上大一统。

天魔教的历代教主得到樵夫的讲经之后，都必须参悟出自己的大一统功法，参悟出才能坐稳教主的位子。否则，像天魔教这种并不介意属下干掉教主的门派，换教主便会变成很平常的事情。

能够成为天魔教教主的人，都是才华横溢、称得上天才的人。即便是被人诟病沉迷于女色的厉天行厉教主，那也是超群绝伦的存在，否则也不能在司婆婆的道心中种下心魔，此心魔连村长、哑巴这等强者也无法破解。

只是，让三大镇教天王震惊的是，秦牧参悟出大一统功法的速度未免太快了一些。这才短短十几天的时间，他便已经初步摸到了大一统功法的边缘，开始融会贯通了。

他们不知道的是，秦牧这个所谓的霸体的元气虽然没有任何属性，但是可以化作任何属性，而所谓的霸体三丹功也没有任何属性，同样也可以化作任何属性。

秦牧便是以霸体三丹功为根基，贯以《大育天魔经》的理念，融合石上传经中的奥妙，让自己的大一统功法初步成形。

率性所行，纯任自然，这句话被他领悟得很透彻。

他的大一统功法以霸体三丹功为根基，但霸体三丹功没有枝干，没有树叶，

《大育天魔经》中的功便成了枝干，法术、剑法、战技便成了树叶。

玉树妆成，功法成就，一切都顺其自然。

过了片刻，秦牧“杀”到柏树下。树下的三个镇教天王万分紧张，唯恐他将这株象征着圣教的古树给砍倒了。

秦牧没有继续向柏树“杀”去，而是在圣人石上跏趺而坐，入定下来。

他周身元气缭绕，灵胎动，五星摇，五行神各自腾空而起，落在五曜星上。

他眼观鼻，鼻观心，气息如同白光，目中蕴藏金光，枯坐不起。

陆天王正要说话，师天王连忙做出一个噤声的动作，蹑手蹑脚地走开。陆天王和玉天王也连忙放轻脚步，蹑手蹑脚地跟上他。

“这一代的圣教主，了不起啊！”师天王走远后，回头看了看秦牧，感慨道，“祖师的确有眼光。我圣教的未来就系在圣教主的身上了。这等才华、悟性，天下少有。”

“还是比不上五百年一出的圣人。”玉天王叹道，“延康国国师那样的存在，五百年一遇啊……”

陆天王看了看漫山遍野的狼藉之状，有些地方倒下的树木还在燃烧，噼里啪啦作响。

“天下少有自然是比不上五百年一遇，毕竟五百年才能出一位。咱们这个圣教主什么都好，就是太能折腾了。”陆天王感慨道，“我们圣临山只有在被道门和大雷音寺入侵时，才会被破坏成这个样子吧？”

“别说了，毕竟是祖师选的教主，再能折腾也得忍。走，去灭火！”

秦牧在圣人石上枯坐，又坐了半日之久，饿醒了，便唤来狐灵儿去打兔子。一人一狐生火烤兔子肉。这只兔子只吃了一半，秦牧与狐灵儿便都没了胃口。

“公子吃腻了吗？”狐灵儿百无聊赖地剔着牙道，“我见观鱼池里有几条鱼龙，养得很肥，很可口的样子。”

“我也见到了，的确让人胃口大开。”秦牧迟疑了一下，道，“只怕我打不过那几条鱼龙。不过药师爷爷说了，打不过就下毒。”

狐灵儿欢呼一声，欢呼到一半，连忙闭嘴。

三个镇教天王黑着脸站在他们身后。

秦牧起身，笑道："几位天王何时来的？"

"刚来，刚来。"师天王和颜悦色，"圣教主慢慢吃，不用急。对了，观鱼池中的那几条鱼龙是第十六代教主放养的。当年第十六代教主在池边为众弟子讲法，放养了几条鱼，借鱼化龙来点拨弟子，被传为佳话，于是这几条鱼龙便活了下来。圣教主有空去池边数一数，免得鱼龙溜走了都没人知道。"

秦牧脸色微红，心想：原来这几条鱼龙不能吃啊……

"教主，兔子味道怎么样？"陆天王笑道。

"一起坐下来吃吧。"秦牧邀请道。

三个镇教天王也不客气，各自席地而坐，分食兔子肉。玉天王舔了一下手指上的油，笑道："味道真不错！倘若我不知道这些兔子是上一代圣女放养的，我也早就吃了！"

"是司婆婆养的啊……"

秦牧脸色一黑。

这圣临山上还有什么东西是可以吃的？

陆天王看似不经意地说道："教主毁掉的那片林子是开山祖师时期栽植的，铁树生长缓慢，能长到那么粗，要好几千年。"

秦牧坐立不安。那片林地全被他毁了，只剩下几株被烧焦的铁树突兀地竖在那里。

"圣心殿门前花坛中的圣心花不知被谁摘了。"玉天王笑眯眯地说道。

秦牧看向狐灵儿，狐灵儿低头盯着一根兔子骨头，安静得出奇，连一向晃来晃去的毛茸茸的尾巴都没了动静。

师天王道："还有天趣楼的青灯，里面放着的是香油，也不知被谁偷喝了不少。"

狐灵儿感觉到秦牧的眼睛在盯着自己的尾巴，便偷偷地将尾巴藏到屁股下面坐着。

秦牧咳嗽了一声，道："灵儿，你的狐狸尾巴露出来了。"

“哪有？”狐灵儿惊叫起来，“我明明藏起来了！”

陆天王不紧不慢地说道：“药王殿前的药圃中有一株古药树，上面长着一株红铜色的九叶大灵芝，第九片叶子被啃了大半。那灵芝是用古药树栽培出来的，药力强劲，里面有很多孢子，四处乱飞。孢子会时不时地发芽，长成一株小灵芝。”

狐灵儿的脑袋上啵的一声冒出一片小小的灵芝叶，它抬起爪子佯装挠头，悄悄把叶子摘下来送入口中，自以为神不知鬼不觉，不料抬眼便看到秦牧和三个镇教天王都在盯着自己。

师天王道：“还有飘云阁的屏风上镶嵌的几颗云珠也不见了，多半是脱落了吧……”

狐灵儿紧张起来，连忙捂住自己背上的小包袱。

秦牧干咳了两声，起身道：“天王，我在圣临山待了很多天，突然想起来我还是太学院的太学博士，没有上过几堂课。我打算今天便离开圣临山，返回京城。”

三个镇教天王都松了口气。师天王道：“于情于理，我们都要留圣教主在此参悟，但毕竟圣教主的学业要紧，我们还是不挽留了。”

玉天王客客气气地说道：“圣教主，圣临山便是教主的家，一定要经常回家，不要把自己当成外人。”

“一定，一定。”秦牧客客气气地说道，“作为圣教主，自是应当常回来看看走走的。”

“需要我们送圣教主下山吗？”

“不用、不用。请留步。”

……

“公子，你好像被镇教天王嫌弃了。”狐灵儿眨眨眼睛，道。

秦牧盯着它，狐灵儿又悄悄藏起自己的尾巴。秦牧摇头道：“你虽然四处闯祸，但闯的都是小祸。我闯的祸也不少，而且比你的还大，我没脸训你。我只怕是天圣教有史以来第一个被属下嫌弃的圣教主。罢了，既然大一统功法参悟得差不多了，还是下山吧。”

狐灵儿连忙点头。

秦牧又试验了几次，自觉掌握了传送衣的使用技巧，便将狐灵儿抱在怀里，道：“我这次传送，心中还是没底。我的包袱里还有一些丹药，万一元气耗尽，也好用来补一补。”

狐灵儿紧贴在他的胸膛上，不敢放松。秦牧纵身一跃，从圣临山上跃下，耳边顿时传来呼呼的风声。

秦牧将锦衣一掩一收，人在半空飒然消失。

三个镇教天王连忙冲到山边，向下看去，却看不到秦牧的踪影。

“修罗血瞳，开！”

玉天王伸出食指，点在眉心，两只眼睛红光大放。他向下看去，搜寻片刻，终于寻到了秦牧的踪影，松了口气，道：“圣教主无恙，已经到了环绕圣临山的霄雷禁区边缘。过了那片霄雷禁区，便算是平安了。”

陆天王突然心中微动，急忙道：“两位师兄，你们有没有告诉圣教主，圣临山外有一层霄雷禁区？”

玉天王与师天王面面相觑，都摇了摇头。师天王讷讷地问道：“陆师弟没有向圣教主提起过？”

陆天王摇头：“我以为你们说过了……糟糕了！”

三个镇教天王脸色大变，急忙纵身跃下。霄雷禁区乃历代教主布下来用以保护圣地的，只要进入霄雷禁区，便会遭到碧霄天雷的轰击！

别说是秦牧了，就算是天人境界的强者，落入其中不死也要残！

像秦牧这等修为的人，肯定会被轰成灰烬！

三个镇教天王速度极快，闯入禁区之中救人。饶是三个天王修为高深无比，也被劈得头脸焦黑。

“那片雷区真危险。”霄雷禁区外，秦牧抬头向上空看了一眼，心有余悸地感慨道，“幸好我用青霄天眼发现了这片隐藏的雷区，直接把自己传送了出来。咦，雷区中好像有人……”

他来不及细看，身体已经从半空坠落，下方便是延康国的青山绿水，被片片云气遮住，很壮观。

第172章 坜州虫军

三个镇教天王费尽力气闯出了霄雷禁区，只看到秦牧连连闪遁，身影越来越小，距离他们越来越远。

三人都叹了口气。

“若是知道这个任务如此艰巨，我是断然不会接的……”陆天王抹去脸上的黑灰，喃喃道，“这一代的圣教主太出人意料了。”

其他两个老者也深有同感。师天王道：“好歹总算是结束了。圣教主年纪还小，但已经崭露头角，是我圣教之福。现在此间事了，我们该去查一查乾天王的事情了。”

陆天王心中一凛，正色道：“是要去查一查，看看到底是谁在向我们圣教下手！”

师天王神色凝重，沉声道：“我最担心的不是这个，而是我教的传送法门会泄露出去。多事之秋啊……你们看下面，好像是坜州地界！”

“坜州？我教圣地行到坜州的上空了？”玉天王心头微震，吐出一口气道，“坜州叛乱了，是皇亲国戚造反，而且势头还不小。圣教主落在坜州，只怕……”

圣临山隐藏在霄雷禁区之中，并非静止不动，而是无时无刻不在运动之中。圣临山上有一处地方叫作望渊，站在那里向下看，可以看到圣临山正下方的景色，连地上的蚂蚁都可以看得一清二楚。

不过这次他们都没有来得及去望渊查看，在圣临山来到坜州上空时，秦牧就下去了。

“但愿圣教主没有落入战场中。”陆天王喃喃道。

秦牧从空中坠落下来，狐灵儿催动妖风，秦牧踏风而行，没过多久，终于落到地上。

虽然他的元气损耗了大半，但好歹人算是平安了。

“好长时间没有去太学院了。我是第一个太学博士，又是皇帝封的官，却只听过一次课。”

秦牧四下张望，让狐灵儿从包袱里取出延康地图。

他分辨了一下周围的山势，从地图上寻到了相似的山。

“是坬州，不过距离城里还远。”

就在此时，他看到天空中有一艘楼船悠悠飞过，心中微动，立刻施展偷天神腿，沿着山麓向那艘楼船追去。

那艘楼船挂着商队的旗号，是一艘商客两用的船。现在兵荒马乱，但是商船、客船还是不少，即便是叛乱区也有楼船往来。

秦牧越跑越快，突然脚踏空气，如履平地，在天空中狂奔，几次呼吸间便追上了那艘楼船，身子一闪，落在了船上。

哗哗哗！拔剑声传来。他刚刚落到船上，便有几十把飞剑指着他的脖子，身前身后都是。

“诸位不要紧张，我只是想搭船。”秦牧连忙举起双手，小心翼翼地说道。

这艘楼船的甲板上有几十人，看模样多数是商贾和商贾雇佣的神通者，还有几个官员。用飞剑指着他的脖子的便是那几个官员和神通者。

“少年，你打算去哪里？”船老大光着膀子走来，身上遍布刺青，他上下打量秦牧，露出惊讶之色，询问道。

秦牧问道：“是去京城的船吗？”

船老大点头，道：“去京城，船费一百大丰币。”

秦牧吃了一惊，失声道：“这么贵！前阵子从江陵到京城才十枚大丰币，怎么眨眼就翻了十倍？”

“光景不好，天天打仗，沿途都不太平，船费自然也要涨。嘿嘿，十倍已经算是涨得少的了，这可是将脑袋拴在裤腰带上的活儿，总得多收些卖命钱。”

秦牧点头。

他如果自己走的话，现在兵荒马乱的，只怕要十几天才能到达京城。施展偷天神腿需要极为深厚的修为，他跑不了多久便会耗尽元气，所以还是乘船来得方便。

“天下不太平，听说林州的裘蝶衣也反了。”秦牧支付完船费后，听到几个商贾在闲谈，一个老先生道，“裘蝶衣非等闲之辈，在投靠朝廷前是离情宫的大宫主，修为惊人。离情宫的势力极大，宫中的弟子众多，很多都在边军做将军。离情宫的大宫主造反，嘿嘿，天下更乱了。”

“听闻离情宫是女子创立的第一大派，实力超绝，不比三大教派逊色多少。很多朝中的女将都出自离情宫。”

“三奇堡也造反了。三奇堡当年圣眷甚隆，车贵妃就出身于三奇堡，听说是三奇之一的车正理的孙女！这次三奇堡造反，车贵妃被直接打入了冷宫。”

“为何这么多门派造反？”

“你不知道吗？三个月前，道门的道子去太学院堵门，延康国国师前往太学院讲剑，被人看出身受重伤。听说国师的伤口已经发臭了，故意用香掩盖，但也盖不住。”

“原本这个消息传出来时，还有些门派不信，后来又出了一件事——驭龙门门主夜探国师府，与国师交手一番，竟然活着离开了！驭龙门门主的本事算不得绝顶，他养了一条蛇变的蛟龙，勉强能算是教主级的高手。国师连他也拿不下，可见伤势之重。”

“嘘，别说了，那几个官差看过来了。”

……

秦牧心中微动，回想起当日延康国国师在太学殿前讲剑的情形，延康国国师的确有些病态。不过秦牧本身精通医术，而且经常陪司婆婆买胭脂水粉，所以能肯定，延康国国师脸色潮红，并非由于伤病，而是涂了胭脂。

至于这几个商贾所说的香气和臭味，当时秦牧的确也嗅到了，但并未放在心上。他自幼跟随药师学习识药，知道它们都是普通的药物和香料的气味。

秦牧皱眉，心道：国师的伤已经痊愈了，却还借在太学院讲剑之机，让外界的人以为他重伤未愈，想着法子让那些想反而不敢反的人造反，这心机未免太恐怖了。

延康国国师在太学院讲剑已经是三个月前的事情了。三个月的时间里，时局越来越乱，到处都是门派造反、官员造反。秦牧觉得自己是越发看不懂、看不透这个国师了。

延康国国师将时局搅成这个样子，已经到了难以收拾的程度，即便他能够平息叛乱，也会让延康国元气大伤。

而且，西疆的蛮狄国、北疆的狼居胥国虎视眈眈，延康国内忧外患。

“难道延康国国师想要谋朝篡位？”他露出疑惑之色。

朝廷与叛乱者大打出手，两败俱伤，延康国国师正好可以趁机谋朝篡位，自立为帝。

秦牧对延康国国师并不了解，但觉得有如此心胸、气度的人不会用这种手段谋朝篡位。

突然，楼船剧烈晃动。秦牧心中一惊，他急忙趴在船舷边向外看去，只见这艘楼船驶入了一片战场之中。

这片战场在空中，除了一艘艘楼船、战舰之外，还有飞车、飞云、飞骑等稀奇古怪的飞行宝物和坐骑。

幸好他们的楼船处在战场边缘。船家一见不妙，立刻左满舵，楼船几乎倾倒过去，险之又险地避开了一艘战舰，从战场旁边划过。

秦牧站稳身子，免得掉落下去。

突然，一队骑兵驾驭着金翅雕杀来。

那队骑兵背后的剑匣中，一把把飞剑冲天而起，划出一道道弧线，向船上的众人杀来。

船老大连忙高声叫道：“我们是过路的商人，不是士兵！”

那一队骑兵置若罔闻，一把把利剑飞上甲板，向船上的众人杀来。还有几把剑斩向船帆，将船帆的绳索斩断了，楼船速度顿时大减。

船上的众人头皮发麻。这不是简简单单的小门派作乱，显然，厮杀的一方是延康国的平叛军队，另一方是地方上的叛军。

门派作乱，除了规模庞大的门派，大部分小派并没有能够与延康国军队抗衡的实力。

延康国国师变法，不仅创立了小学、大学和太学，还改良了军队。军队中的将士有着制式灵兵，单挑或许不是门派弟子的对手，但若是诸多将士联手，众人以气御剑，便能万剑齐发，威力惊人！

军队除了能联手攻击之外，还有地空组合、法术连横等各种打法，十个五曜境界的士兵联手能够轻松斩杀六合境界的神通者。

江湖上鼎鼎有名的门派，若遇到朝廷围剿，也往往没有反抗之力。在延康国的历史上，被这样灭掉的门派不在少数！

楼船上，秦牧稳住心神，正要催动剑匣，突然想起自己剑匣中的飞剑已经悉数毁在了楼兰黄金宫中，剑匣也被他扔掉了。

“用少保剑！”

秦牧闪身躲避一把把刺来的飞剑，将元气输入饕餮袋中。铮的一声脆鸣，少保剑出鞘，从饕餮袋中飞出，秦牧以云剑式轻轻一绕，四周刺来的飞剑统统被他斩断，剑身坠落在船上。

他剑法精深，少保剑又十分锋利，可以说相得益彰。

秦牧松了口气，突然看到那金翅雕背上的几个军士将腰间的布囊掀开，嗡嗡嗡的声音顿时传来，无数虫子从那些布囊中飞出，金光灿灿。

“是虫军！”楼船上的其他船客脸色大变，失声惊叫，“三奇堡的虫军！”

那几个军士伸手一指，无数飞虫结成队伍，如同飞龙般冲上船，见人就钻，见人就咬。

离秦牧不远的一个大腹便便的商贾修为不弱，但是被那些虫子钻入体内后，下一刻便突然像是泄了气的皮球一般，只剩下一张人皮。

人皮下，无数虫子蠕动，然后振翅嗡嗡飞起。

第173章 我改邪归正了

船上众人大乱。那船老大是个神通者，本事不凡，但是忙着操控楼船航向，顾不得众人。

三奇堡有三奇，一虫，二药，三美女。三奇堡的药术高，有很多名医，善于用蛊治病；三奇堡的女儿美，皇宫中的车贵妃便是个中翘楚。

而位列三奇第一的是虫。

三奇堡的虫军极为可怕。善用药者也善于用毒，三奇堡的毒虫便是一绝。朝廷将三奇堡收编之后，皇帝下令让三奇堡组建一支虫军，军队中多是善于操控虫子的高手。

而今三奇堡已经叛变，这场战斗便是朝廷的大军对阵三奇堡的虫军。

他们不慎误入战场，遭到三奇堡的虫军攻击，恐难善终。

“这种虫子让人防不胜防！用少保剑无法对付这么多虫子！”

无数金光灿灿的虫子向秦牧飞来，秦牧头皮发麻。他当即一心二用，以少保剑刺向其中一个军士；接着自身元气爆发，手中涌出的无数细如毛发的元气丝卷成一团，如同一轮火红的太阳。

他的元气丝又化成一把把纤细无比的元气剑，元气剑聚成一团，犹如一轮落日，嗡的一声浮在空中。

虞渊国学——落日剑法。

那火球飞速旋转，无数剑光顿时从这轮落日中迸发开来，每一把剑都刺在一只金色小虫身上。刹那间，秦牧周围便落了一地的虫尸。

与此同时，他的少保剑闪电般从一个军士的胸口穿过，那个军士便倒下了。

“好剑法！”

船老大赞了一声。他让副手来驾驶楼船，自己立刻腾出手来，取出一个火葫芦。他掀开葫芦嘴之后，一片火云从葫芦中飞出，化作一只九首火凤凰，张开九口，喷出熊熊烈火，将无数虫子烧死。

那九首火凤凰展开羽翼，覆盖楼船，喷出一道道火焰，几个三奇堡的军士还未来得及靠近，便被烧成焦炭。

“这个船老大的修为很高深，不逊于小秦将军秦飞月！”

秦牧心中微动。船老大是个中年汉子，身材魁梧，这一手火焰神通的确不凡，只怕是七星境界的强者。

就在此时，恐怖的金色虫潮如同浪涛般涌来，一个将军装束的女子身处虫潮中，伸手一指，虫潮涌动，扑向楼船。

“三奇堡的第一奇，果然不同凡响。”

船老大嘿嘿一笑，九首火凤凰唰的一声被收入火葫芦中。葫芦越来越大，化作五人高的庞然大物，葫芦嘴向下，产生恐怖的吸力，将扑来的虫子纷纷吸入葫芦中。

那船老大双手捏印，连续数十印拍在火葫芦上。那个巨大的火葫芦四周顿时浮现出各种瑰丽的符文，符文次第亮起，然后隐没消失。

葫芦中的虫子顿时被炼成了灰。

秦牧眼睛一亮。修炼就是在做学问，这个船老大在符文、印法上的学问很深。

三奇堡的那个女将军吃了一惊，脚下的虫潮停住。她站在空中，美眸眨动，道：“你是……火匪梵云霄？你何时从良，做起船老大了？”

船上的诸多商贾脸色大变。那几个官员也脸色一变，纷纷以气御剑，指向船老大。

那船老大呸呸两声：“什么叫从良了？”

三奇堡的女将军冷笑道：“听说你是道门弃徒，道门嫌你心术不正，将你驱逐后，你便做了匪盗，四下劫掠客商，朝廷通缉你不是一日半日了。现在你却做起了船老大，还不是从良？”

那船老大梵云霄笑道：“我是太平盛世做匪盗，抢劫钱财，但乱世哪里还能做匪盗？我乱世时做船老大，来钱比抢劫快多了。将军，行个方便？”

女将军冷哼一声，四下看了看，心想：三奇堡的虫军还在与官兵交战，现在与这个土匪交战，实在是吃力不讨好。梵云霄虽然是道门弃徒，但是本事极高，朝廷这么多年都没有抓住他，自己未必是他的对手。于是，女将军当即将虫云一卷，身子向后飘去。

梵云霄嘘了口气，命副手催动楼船离开。

船上的商贾惊恐万分地看着这个粗壮的汉子。梵云霄连忙道：“诸位大可以放心，现在我改邪归正了，乱世时是不抢劫的。几位官爷也请放心，这艘船还在京城备案了呢！”

一个官员冷笑道：“梵老大的这艘船，莫非就是从前在匪盗中臭名昭著的追云盗船？”

“见笑，见笑。现在追云盗船也改名了，叫作追云客船。等到天下太平时，我再继续打劫。”

梵云霄走到那个被虫子吃掉的商贾前，皱了皱眉，道：“你坐我的船，我本应尽心保护你，如今你遭了劫，这船费我不能收你的。”说罢，他取出一个钱袋，交给那商人的随行。

船上众人战战兢兢，只觉才出狼窝，又入虎穴。这个梵云霄为祸商队多年，四处劫掠，他们坐上了他的船，只怕凶多吉少。

“我改邪归正啦！”梵云霄团团作揖，道，“真的改邪归正啦！你们放心，我一定会将你们送到京城的。”

众人还是一脸惊恐。

梵云霄无奈，看向秦牧，笑道：“小哥儿剑法不错，是虞渊家的？”

秦牧摇头，道：“太学院秦牧。梵师兄的学问很高，令人佩服。”

梵云霄眼睛亮了，笑道：“还是头一次有人夸我学问好，你眼光不错。可笑的是许多人都闷头苦修，不知道做学问。他们不知道，修行就是学问，道门的绝学都是由学问堆砌而成的。没有学问，屁都学不会。”

秦牧深有同感。想要学会传送法门，需要极大的学问；要学会道门的道剑，也需要学问。刚才梵云霄使出的印法，其中蕴含着复杂的符文变化，没有深厚的学问，根本施展不出来。

“你若是不在太学院，而是去道门，道主那个老爷子一定会很喜欢你。”梵云霄回想往事，黯然说道，“我都不知道老爷子是哪只眼睛看出我心术不正的，我在道门时明明很乖巧。”

秦牧咳嗽了一声，道：“梵师兄是不是被逐出来之后就做了土匪？”

梵云霄重重地拍了下手掌，赞道：“还是老爷子高明！早就看出来我将来要做土匪，把我赶出来了！不过我在道门时还是很乖的，他是怎么看出来的？”

秦牧哑然，突然想起一事，道：“梵师兄，你的术数怎么样？”

梵云霄颓然，道：“原本很好，不过近些年做了土匪，便都还给道主了。道门中的《玄女算经》和《太玄算经》都很高深，不太好学，倘若能够全部学会，便可以学会《道剑十四篇》，我原本练到……”

突然，船舱下探出一个脑袋，叫道：“大王，咱们的炉子出问题了！刚才三奇堡的那个女人趁我们不备，往我们的丹炉里塞了几只虫子，虫子把丹炉啃坏了！”

“跟你们说过几次了，不要叫我大王，我改邪归正了！”梵云霄挠了挠头，环顾四周，道，“诸位，谁懂得炼器，能够修补好丹炉？”

就在此时，只听船舱中传来轰隆一声闷响，几个炼丹师从船舱中爬出来，一脸焦黑，道：“丹炉炸了！”

梵云霄脸色大变，咒骂道：“死女人，偷偷下狠手。弃船吧，大家一起跳下去！”

秦牧上前道：“我懂得炼器，也学过炼丹之道，先让我去看看。”

梵云霄将信将疑，带着他一起走入船舱。船舱里已经烧起来了，几个一脸横肉的匪盗正在灭火，已将火扑灭了大半。楼船因没有丹炉提供动力，速度开始放缓，随时可能从天上掉下去。

秦牧上前，看了看四分五裂的丹炉。这种丹炉是制式丹炉，与普通的炼丹炉不同。延康国有造船厂，无数铁匠日夜劳作，打造出一个个船上用的丹炉，给楼船提供动力。

这种丹炉烧的是灵石和几十种药材，能够将灵石和药材中蕴含的药力化作滚滚能量，通过管道输送到船尾的青铜兽那里，再化作滚滚火焰从青铜兽的口中喷出，让船升起来。

丹炉的构造极为复杂，是太学院的能工巧匠制造出的异宝，除了能用来炼丹之外，还能将药力转变为能量，因为炉中有类似人体的复杂的消化系统。

通常这种丹炉坏了之后，只能寻延康国造船厂的铁匠来修，或者换新的。

“还能修吗？”梵云霄紧张地问道。

秦牧查看了一番丹炉的构造，心中有了底，道：“我从前学过几年打铁，一炷香时间便能炼出一个新的。这艘船还能坚持多久？”

“我们用法力支撑的话，可以坚持一炷香的时间。”

秦牧当即开始重铸丹炉，将无数丹炉碎片凌空卷起，一只手以朱雀元气将碎片熔为铁水，另一只手则以玄武元气进行冷却，飞速锻造出一个个丹炉的构件。

众人看得眼花缭乱。突然，楼船轻轻一抖，开始下降。梵云霄顾不得看秦牧锻造丹炉，连忙冲出船舱，催动火葫芦，放出一只九首凤凰，托起楼船。

他虽是七星境界的强者，法力雄浑，但是扛着楼船飞行还是万分吃力的。

时间一点一点过去，梵云霄脸色通红，压力越来越大，楼船越来越难以支撑。船上众人惊恐万分：倘若梵云霄坚持不住，这艘楼船只怕要从千丈高空坠落下去，将他们摔得粉身碎骨！

梵云霄已经忍到了极限，再也坚持不下去了。突然，船尾的两只青铜兽口中喷火，火光大盛，楼船剧烈地震动了一下，速度提升，向前飞去。

梵云霄松了口气，收回九首凤凰，却发现这艘楼船的速度越来越快，比从前快了五倍之多！

他正惊疑不定，瞥见秦牧从船舱中走出，连忙道：“秦老弟，你炼制的是什么炉子？”

秦牧道：“我没有见过丹炉的构造图，所以只能按照自己的理解来炼制。现在的丹炉可能与原来的丹炉在构造上有所不同。我只学了几年的打铁功夫……”

梵云霄还未来得及说话，轰隆一声巨响传来，楼船破空而去！

“秦老弟，你跟谁学的打铁功夫？”梵云霄又惊又喜，“今后去抢劫，谁还能抓得住我？”

秦牧现在明白了，为何道门的道主会说梵云霄心术不正。

第174章 收养

秦牧背后包袱里的狐灵儿忍不住探出头，道："这位梵师兄，难道你没有想过，你现在的船比以前的快了五倍，用来载客的话，可以多跑好些趟，赚到更多的钱，没有必要去抢？"

梵云霄送狐灵儿一个白眼："费那劲干吗？我的船变快了，抢劫也就抢得更快了。从前一天只能抢一次，现在能抢三五次，赚的钱比载客多得多。太平盛世时，商船更多，所以抢劫；现在打仗了，商船少了，所以载客。小狐狸，你没有生意头脑。"

狐灵儿彻底无语了。

楼船速度太快，船体发出咯吱咯吱的声响，似乎有些难以承受因飞速前进带来的空气压力。梵云霄紧张起来，与几个匪徒一起加固楼船，将元气化作符文，烙印在楼船的船体上。

秦牧胆战心惊，也有些担心这艘楼船会随时垮掉，四分五裂。

好在这一路飞去，楼船始终没有在半空解体。

路上他们又遇到了几个战场，但是追云盗船速度太快，交战双方还没有来得及看清是什么东西，楼船便已经飞了过去，不免十分惊诧。

梵云霄也十分惊诧。秦牧炼制的丹炉实在太强了，按照这个飞行速度，原本七八天的路程如今只要飞一天多时间。

不过秦牧炼制的丹炉虽好，但消耗的灵石和药材多。

到京城时，已经是第二天清晨。楼船放慢了速度，船中的灵石和药材已经消耗得七七八八。

楼船徐徐下降，落在京城的车马市中。

车马市的官员上前查看，看到梵云霄后不禁脸色大变，正要喝令官差拿人，梵云霄连忙道："我改邪归正了，改邪归正了。这是小号的备案文录！"

那官员看了一眼，果然是正儿八经的朝廷备案文录，纳闷道："你这种杀千刀的应该拉去杀头，怎么还能许你做生意？"

梵云霄干笑道："这是朝廷恩典，小号感激涕零。"

秦牧下船，正要离去，梵云霄连忙跑过来，与他勾肩搭背，嘿嘿笑道："秦兄弟，你在太学院有什么前程？不如跟着我，咱们去做大买卖，一本万利！"

秦牧摇头："梵师兄，我在太学院可不像你在道门，你是心术不正，但我在太学院中风评好得很，是有口皆碑的好人。"

狐灵儿信心满满："'心术不正'这个词从来与公子无关。"

梵云霄只得作罢，嘀嘀咕咕道："以你的才能，不去做匪盗可真是屈才了。对了，我离开道门时偷了一卷《太玄算经》，你好像对术数有兴趣，送你了。"

秦牧精神大振，连忙接下他递来的《太玄算经》，道："这怎么好意思？灵儿，快收好。"

狐灵儿将《太玄算经》收进包袱里。

梵云霄道："《太玄算经》在道门是用来给弟子开智慧的，学得好才能去学《道剑十四篇》。当年我学得也不差，《道剑十四篇》学到了第五篇，第六篇还没有开始学，便被赶出去当土匪了。"

秦牧好奇地问道："一点穿联浩动，两仪内反复阴阳，这一招在《道剑十四篇》第几篇中？"

"秦兄弟知道这一招？"梵云霄惊讶道，"这招在《道剑十四篇》第一篇中，是十四篇中最简单的一招。越往后《道剑十四篇》便越难，其威力也越大。修成第十四篇，便天下无敌，成神做祖了。只是道门从未有人练成过。"

秦牧心头一跳，心想：《道剑十四篇》第一篇的威力便如此强大，第十四篇的威力该是何等惊人！

他与林轩道子交锋时，林轩道子用的便是这一招，虽被他用剑图的第一招剑履山河击败了，但林轩道子也算出了他的破绽的准确位置，将他击伤。

他不禁对《道剑十四篇》非常好奇。

他辞别梵云霄，向太学院走去，心道：梵云霄是个有趣的人，只是不知道这么有趣的人何时会被押到菜市口砍头。嗯，祖师辞官走了，不知道下一任大祭酒会是谁……难道是霸山祭酒？

霸山祭酒打算革除太学院的弊端，设立太学博士。在秦牧心中，他是下一任大祭酒的第一人选。

其他人只怕都没有他那么开明。

设立太学博士极为重要，是太学院胜过道门、大雷音寺等圣地的关键，只有让霸山祭酒成为大祭酒，才能继续推动这场改革。

秦牧来到太学院的山门前，刚刚走过山门，突然又退了回来，上下打量那头守在山门前的龙麒麟。

那头龙麒麟依旧趴在山门下，目视前方，一动不动，但是拴在它脖子上的链子不见了。

秦牧又上下打量了它几眼，它依旧目视前方，眼睛也不眨一下，看起来像是石头雕琢的一般。

“你瞅啥？”龙麒麟忽地大怒，扭过头来冲他吼了一嗓子。

秦牧好奇地问道：“你脖子上的链子没了，为何不走？留在这里作甚？”

那龙麒麟慢吞吞地说道：“我没地方去。这里每天有人送来吃的喝的，我为何要走？我舒服着呢。”

狐灵儿脆生生地笑道：“大个子，你的追求便是吃喝？”

龙麒麟瞥了它一眼，颇为不屑，道：“狐狸焉知麒麟之志？跟你说了你也不懂。”

狐灵儿向秦牧笑道：“公子，这龙麒麟天天蹲在这里都蹲傻了，咱们不用理会它。”

秦牧正要向山上走去，龙麒麟垂下头，目光呆滞，道：“我家老爷辞官了，带着一个老头子跑了，不要我了。我又没有地方去，只好留在这里看门，每天还要被一头牛欺负，现在又被一只狐狸嘲讽，这日子没法过了……”

秦牧向后退了两步，来到龙麒麟的面前，好奇地问道：“你是祖师的坐骑？咱们是同门，我是圣教的教主。”

龙麒麟警觉地看了他一眼，冷笑道：“我不认得什么祖师，也不认得什么教主。你将我迷昏，我还没有找你算账呢。”

秦牧笑道：“上次我来打道门道子，你不是看到我与祖师一起走过来吗？那时你便应该知道我与祖师的关系了。你没必要这么小心。”

龙麒麟冷哼一声：“然后你就迷昏了我。”

秦牧讷讷地说道：“谁让你蛊惑我去打那头牛的？我反倒被那头牛打了一顿。你根本没有告诉我那头牛的实力那么强。冤家宜解不宜结……”

龙麒麟再次冷哼一声：“然后你就报复，迷昏了我。”

秦牧试探道：“要不，我让那头牛过来，你揍它一顿？”

龙麒麟显然不信：“你还想再迷昏我？”

秦牧无奈，只得上山。这头龙麒麟有些死脑筋，只记着他迷昏了它。

突然，他停下脚步，回头看去，只见那头龙麒麟终于动了，跟在他的身后。见他停步，那头龙麒麟也跟着停步。

秦牧向前走去，那头龙麒麟也向前走去；秦牧在玉崖下停住脚步，回头看了看，那头龙麒麟也跟着停了下来。

秦牧纵身跳上玉崖，那头龙麒麟足下生出火云，跟着升上了山崖。

秦牧转身，笑道：“你跟着我作甚？我只是迷昏了你一次，取一些龙涎罢了，你至于如此记仇吗？”

“你迷昏了我，须得管我吃喝。”那头龙麒麟认认真真地说道。

秦牧纳闷，道：“你刚才不是说每天有人给你送吃送喝吗？你守在山门前便是。”

那头龙麒麟低头：“以前都是老爷给我送吃送喝，老爷离开后，就没有人管我了。我一个多月没有吃过东西了。新来的大祭酒以为我是块石头，其他监丞也以为我是块石头，我也不好意思讨吃的，拉不下脸。那头牛还仗着有霸山祭酒撑腰，欺负我，说我欺骗它的感情……”

秦牧见它委屈的样子，动了恻隐之心，道：“好了好了，别这么委屈。你以后跟着我，我管你吃管你喝，我有钱！你吃什么？”

“我每天只喝玉龙湖的水，只吃一斗赤火灵丹。”

秦牧捏紧拳头，狐灵儿也有些肝儿颤。玉龙湖就是山上那片由九龙之气凝聚而成的湖，湖水很多，可以让这头龙麒麟敞开喝，但是每天一斗赤火灵丹就要人命了。

“公子，咱们那点钱，只够它吃半个月的。”狐灵儿悄声道，“我觉得还是不要收留它了，否则它会把我们那点家底吃空的。”

龙麒麟听在耳中，连忙道：“我可以饿着，每天只吃半斗！要不，一升也行。一升，不能少了。”

秦牧摆了摆手，道：“我自己就是药师，自己配药炼制赤火灵丹，可以省些钱。吃的少不了你的，不过，我不能白养你。”

龙麒麟连忙叫道：“你迷昏了我！而且咱们是同门，你是教主，你有责任养我，我是你们家祖师的坐骑！”

秦牧头大，道：“你须得每日给我一些龙涎，否则我养不起你。”

“龙涎？”这头龙麒麟又警觉起来，显然想歪了。

秦牧道：“龙涎就是你的口水。”

龙麒麟松了口气，道：“那就好。对了，你刚才说可以让那头牛过来，让我揍它一顿？”

秦牧警告道：“不要得寸进尺，否则每日只给你半斗赤火灵丹。”

龙麒麟连忙闭嘴，一步步地跟着秦牧，生怕丢了这个饭主儿。狐灵儿不断回头打量这个庞然大物。这家伙站起来比秦牧要高出许多，秦牧勉强能够到它下巴垂下的龙须。若算上它长长的麒麟尾巴，这家伙只怕有四五丈长。

这头龙麒麟身上满是凸起的古怪花纹，像是天然的符文，看起来威风凛凛。

“难怪这么能吃，个头比牛二还要大一些，不知道现出真身之后有多大。”

狐灵儿暗暗吃惊。

秦牧带着龙麒麟上山，来到玉龙湖，先让龙麒麟饮水。他心道：我还不知道一小瓶龙涎能值多少钱。不过，这是治伤的灵药，价格应该不低吧？但愿能够赚回本钱买药材，否则便真要坐吃山空了……

第175章 战法相济

龙麒麟喝饱了水，看向秦牧："还有些饿……"

"我带你去炼药。"

秦牧带着龙麒麟向库府走去，打算先买一些炼制赤火灵丹的药材。玉龙湖对面有个道人正向这边张望，看着秦牧带着龙麒麟离去的背影，喃喃道："山门前的那头龙狮子活了？怎么跑到玉龙湖喝水了？那个少年是谁？难道不知玉龙湖的水是上贡给皇室的吗？罢了，只要没跳入湖中洗澡便好，喝几口水而已，不必理会。"

秦牧经过皇子苑时，只见许多士子围在那里，人群中传来阵阵喝彩声。

秦牧远远地看了一眼，只见士子居的士子也跑了过去，神通居的神通者也去了不少，将皇子苑门前围得水泄不通。

突然，只听轰隆一声巨响，一个身影被打得飞上半空，然后脑袋向下栽在地上。一个声音叫道："又败了一个！"

秦牧吓了一跳：被打得脑袋栽在地上的正是皇子苑的一个世子，世子是王爷的儿子，谁敢对他下如此狠手？

"我来领教！"人群中传来一个女孩儿的声音。

秦牧已经走远，突然又听得一声巨响，一个身穿绿衣的女孩儿倒飞而出，咔嚓一声将他前方不远处的含光殿墙壁撞穿，只剩下一双修长的腿露在外面。

好像是一个郡主……秦牧回头向人群看去，心道：这种招法有些熟悉，是霸山师兄的战法。

霸山祭酒开创出战法绝技，将战技流派的招式与法术神通结合，威力比单纯的战技或者法术都要厉害。正是这个开创之举，让霸山祭酒跻身教主级强者之列。当今世上，在战法绝技上，无人能够超过他。

战法绝技唯一的缺点便是招法没有单纯的战技或者法术那么灵活多变，这也是霸山祭酒虽然达到了教主级强者的高度，却没能更进一步的原因。

“难道是毓秀妹子？她怎么与世子、郡主打起来了？”

龙麒麟饿得打晃儿，肚皮干瘪。秦牧按捺住去观战的冲动，继续向库府走去。库府的药师将药材给他后才看到他背后的那个庞然大物，不由得看直了眼。

秦牧带着龙麒麟原路返回，半途中便将药材的药力析出来，炼成了一炉赤火灵丹。

龙麒麟连忙吃了，没有吃饱，眼巴巴地看着秦牧。秦牧只得又炼了一炉，总算将这个庞然大物喂饱了。

龙麒麟精神抖擞，跟在他的身边，赔笑道：“今后但凡有事情，只管说一声，我很能打的。”

秦牧摇了摇头，走向皇子苑。狐灵儿冷笑道：“连头牛都不敢打，你还敢说自己能打？”

龙麒麟顿时萎靡不振。

皇子苑前还是人山人海，只听有士子道：“皇子苑还没有人能击败她吗？自从七公主从外面历练回来，像是换了个人一般，进步飞速。”

“将法术和战技结合，再加上皇家的九龙帝王功，七公主基本上可以横扫皇子苑了。不知道她能否去士子居和神通居堵门？”

“神通居不知道，士子居只怕不成，毕竟士子居里面有那个魔头。”

“是。不过那个魔头有三个月不见了，多半是死在外面了，我士子居也算少了一大祸害。”

“那魔头不见得能胜过七公主。”

……

“闪开，都闪开！”

诸多士子只觉后面传来阵阵骚动，回头看去，不由得目光呆滞。只见一个半龙半麒麟的庞然大物挪动着身子，将堵住去路的士子挤到一边，有些士子被这头龙麒麟挤了一下便从人群中飞了出去。

这个庞然大物挤开众人，一路挤到皇子苑的门前，开出一条道路。一众士子看得呆了，不禁心生恐惧。

皇子苑中的皇族子弟纵然见多识广，在见到这头威风凛凛的龙麒麟时也不禁瞠目结舌，移不开目光。

龙麒麟晃了晃身子，抖了抖毛，回头赔笑道："公子，这些不开眼的已经让出一条路了。公子里面请。"

秦牧迈步走到皇子苑门前，责备道："太张扬了，太张扬了！以后不许这样！诸位师兄、师姐，得罪了，得罪了。"

众人面上的表情凝固了。

秦牧向皇子苑中看去，只见灵毓秀自封五曜神藏，正与闵月世子交手。闵月世子是霸山祭酒选中的另一个士子，两人交手没几招，闵月世子便抵抗不住灵毓秀那惊人的爆发力，被击飞出去。

灵毓秀冲开五曜神藏，身前身后九龙盘绕，当真是英姿飒爽，神采飞扬。

秦牧暗赞一声，灵毓秀历经楼兰黄金宫之行，实力进步飞速，只用了三个月时间她便远胜其他士子。显然，她在楼兰黄金宫之行后勤修苦练，将九龙帝王功练得更加精深，补了自己根基不稳的漏洞。

霸山祭酒因材施教，与太学院的监丞们不同，通过专门弥补灵毓秀弱点的方法来栽培她，终于让她获得快速的成长。

秦牧看向皇子苑，发现这里被这个公主拆了近半，不知她跟谁学的，变得如此暴力。

"放牛的！"灵毓秀见到秦牧，大眼睛一亮，向皇子苑的皇家子弟挥了挥手，笑道，"今日不打了，改日再论胜负。"说罢，她向秦牧走来。

秦牧赞道："毓秀妹子，这月余时间不见，你的本事越发厉害了。"

灵毓秀有些埋怨："你这些日子去哪里了？我非常担心你。"

她连忙补充道："霸山老师也很担心你呢！你不知道，大祭酒辞官了，新来的大祭酒不是霸山祭酒，是那个被我和小秦将军从大墟的涌江龙宫救出来的冰封人。"

"冰封人？"秦牧心中微动。

难道是顾离暖？

灵毓秀见这里依旧人山人海，士子们都在望着他们，还是脸皮薄，低声道："这里人多，咱们去我房里说。"

秦牧点头，跟上她，两人向皇子苑里面走去。突然，一道人影闪动，他们身边出现一个丰神俊朗的年轻男子。他沉着脸道："七妹，女孩子的房间岂能随便让男子进入？还是去我房里吧。"

灵毓秀脸色微红，低声称是。

灵玉书黑着脸道："秦士子，请。"

秦牧纳闷，不知自己哪里得罪过这个皇子，他看自己的眼神像是要吃了自己一般。

他们来到皇子苑灵玉书的住所，只见这里布置得像是一个江南园林，很雅致。假山虽无山之高却有潺潺流水，花园虽无林之大却也曲径通幽，比起士子居来要好了不知多少倍。

这里像是一个小皇宫，还有宫女往来穿梭，殷勤伺候。这些宫女多是神通者，不但长得好看，实力也很强。

灵玉书引领着他们来到凉亭下，此处风景颇佳，视野开阔。有宫女捧着香炉走上前来，放在亭边，点燃熏香后，香气袅袅。

又有琴声从不远处传来。这琴音缓慢而悠长，像是两个老叟在慢悠悠地下棋，隔段时间才弹出一两个音，让人的心很容易便平静下来。

"二皇子真是雅兴不浅。"秦牧赞叹道。

灵玉书神色稍稍缓和，道："七妹前往塞外的时候，多谢秦博士对她的照顾。七妹已经将你们在楼兰黄金宫的遭遇和我说了，你多次救护我妹，玉书心中感激不尽。"

灵毓秀笑道："放牛的很厉害的，当时我以为他死了，还在楼兰黄金宫的巫士面前哭了一场。"

灵玉书眼角一颤。

她为那小子哭了一场？这件事她可没说过。

没事，只是同窗之谊。我这个妹妹以前养的一只猫死了，她也哭了一场。灵玉书心道。

"我们还遇到了他的两位长辈，那两位长辈夸我懂事，对我很满意。"灵毓秀笑道。

灵玉书眼角又一颤。

他们已经见长辈了？这件事七妹也没有说过！

灵毓秀兴奋地说道："二哥，霸山祭酒的确厉害，这次带我们出门历练，我的实力大有长进，你也看到了。若是霸山祭酒能够多带我与放牛的出几趟远门，只怕到时连你也打不过我！"

灵玉书摇头道："我打听过了，霸山祭酒下次出远门会带其他几个备选士子。"

灵毓秀有些失望。

灵玉书看向秦牧，道："父皇任命了顾离暖为大祭酒。听闻你与顾离暖有恩怨？顾离暖成为大祭酒之后，也曾经向太学院的监丞打听过你。"

灵毓秀笑道："我知道他们之间的恩怨。顾离暖的少保剑被放牛的骗了去，因此他有些记恨放牛的。"

灵玉书道："秦博士最好将少保剑还给顾离暖。此人出身魔道，是魔道中的大宗师，小肚鸡肠。父皇任命他为大祭酒，我不便说什么。不过，我想提醒一句，他的胸怀与上一任大祭酒相比差得太远，难保他不会给你穿小鞋。我可以做东，让你与他会一面，化解你们之间的恩怨，料想他应该会给我这个面子。"

秦牧摇头道："按我们大墟的规矩，骗来的东西是不必还的。"

灵玉书似笑非笑地说道："但是这里不是大墟。他是大祭酒，想要拿捏你的话，很容易的。"

秦牧想了想，道：“我听顾离暖说，他是太子少保。太子少保应该是太子幼年时的老师吧？二皇子，你觉得顾离暖会给你面子？”

灵玉书心头微震。

秦牧继续道：“二皇子，倘若他肯化解恩怨，我坏了大墟的规矩，将少保剑还给他，自是无妨。不过我觉得，就算我愿意将少保剑还给他，他也不会给你面子，更不会放下恩怨。而且，二皇子怎么不担心他给你穿小鞋？”

第176章 顾大祭酒

灵玉书神色阴晴不定。

秦牧说中了他的担忧。

顾离暖是皇太子幼年时的老师，皇太子的年纪比他大，而且位居他之上。如果说皇子与庶民之间天差地别，那么太子与皇子之间也是如此。

顾离暖是不会给他这个面子的，非但不会给他面子，还会给他穿小鞋。

他现在便可以确定这一点。

“你与顾离暖的事情我不会过问了。”灵玉书拿定主意，道，“不过你自己须得小心，顾离暖处事不像上一代大祭酒，他可没有河汉江淮的胸怀。”

秦牧点头，道：“你放心。顾离暖最多只敢给我穿小鞋，不敢过分。”

灵玉书神色古怪。

秦牧这口气有些大了，他哪里来的自信?

灵玉书沉默片刻，道：“我打算离开太学院，前往边疆带兵。我是游骑将军，有官职在身，而且也到了外出带兵的年纪，只是我担心七妹……”

秦牧安慰道：“二皇子放心，有我在呢。”

灵玉书眼角一颤，心道：正是因为有你在我才担心。

秦牧与他们兄妹小叙片刻，便起身告辞，道：“我刚从外地归来，行李还未放下，须得先回一趟士子居。”

灵玉书将他送出皇子苑后，沉默片刻，向灵毓秀道：“秦博士不像是少年，看事情很准，将来必成大器。刚才他那一番话说到我心坎里去了。”

灵毓秀扑哧笑道："谁说他是大人了？明明什么都不懂，老说人家胖，有情趣的话都不会说。"

灵玉书摇了摇头，道："我最近便要上书父皇，离开太学院，不做士子了。顾离暖成为大祭酒，多半也不会给你好脸色，你若是在太学院待不下去，不如随我去边关。"

灵毓秀点头，道："二哥放心，我若是待不下去了，肯定会去边关找你。不过，我现在还想随霸山祭酒修行呢。"

灵玉书看了她一眼，对她的小心思心知肚明，但也不好多说什么，只能摇一摇头。

秦牧返回士子居，背后跟着体形庞大的龙麒麟，一路走来，诸多士子都在观望，非常羡慕。

云缺凑上前来，赔笑道："狐狸姐姐，我赚到赎金了！我可否将我那套衣裳赎回来？"

狐灵儿接过钱袋，掂了掂，点头道："你稍等一下，我取来给你。"

云缺感谢不已。

狐灵儿回屋取回他的衣裳，高声道："欠我钱的，都赶快拿钱出来，赎回你们的欠条。"

过了片刻，几个士子悻悻地走来，赎回了欠条。狐灵儿很满意，道："下次你们若再被公子打败，我可以给你们打八折。"

一个士子摇头道："太学博士是六品官，谁敢对他下手？"

狐灵儿怔了怔，转头向秦牧道："公子，咱们的财路断了，要坐吃山空了，真是养不起这个大个子了！"

龙麒麟缩了缩脑袋，讷讷地说道："每天一升赤火灵丹也是可以的，只要给口吃的……"

秦牧安慰道："放心，我能养得起你。对了，有口水吗？给我接一瓶，我拿去看看是否能够换钱。"

狐灵儿取来玉瓶，接了一瓶龙涎。秦牧收好瓶子，吩咐它们留在家中，自己则去了太医殿。几个老太医正在殿内研究单方，见到他很惊喜，笑道：“小神医可算回来了！这次打算炼什么灵丹？倘若是麻药、毒药，须得提前知会我们一声！”

秦牧向几个太医见礼，道：“这次来找几个太医试药。”说罢，他取出小玉瓶。

几个太医见到这小玉瓶，脸色大变。余太医颤巍巍地说道：“这瓶子我认得，莫非又是麻药？”

“不是，是疗伤圣药。”

秦牧刚刚说到这里，游太医取出一把小刀，迟疑了一下，然后在丁太医的胳膊上划了一刀。

丁太医大怒，正要发火，秦牧连忙上前，打开玉瓶，取了一点龙涎涂抹在伤口上。只见那伤口立刻开始愈合，几个呼吸间便恢复如初，不见疤痕。

几个太医惊讶万分，连忙凑上前来。余太医道：“这疗伤圣药可以治疗哪种程度的伤？可否接断肢？”

秦牧点头：“可以。有人的腰被斩断了，我用此药将他的腰接起来了。不过这药只能用以辅助，还需要连接筋肉、神经，极为考验手法。”

丁太医瞥见游太医又在举刀，连忙喝道：“你敢砍我，我毒死你满门！”

游太医下不去手，走向殿外。过了片刻，他带着一个士子走了进来，太医们连忙摇头。余太医跺脚道：“老游子，你疯了？就算要试药，你也不能砍了他的手脚！”

那士子听了，吓得连忙撒腿就跑。游太医想要将他捉回来，其他太医连忙将游太医挡住。一个太医劝道：“不可，万万不可。凌云道人的那只仙鹤前几日与霸山祭酒的青牛打斗，被青牛打折了腿。你去将那只仙鹤弄来，砍掉它的腿，再给它接上！”

游太医出门了。过了片刻，他便带着仙鹤回来了。曲太医捏住仙鹤的嘴，那仙鹤十分惊恐，挣扎不已，眼看着游太医将它的伤腿砍了下来。

几个太医清理好碎骨，等待秦牧医治。

过了片刻，凌云道人闯了进来，正要发火，却见秦牧正在为仙鹤接上断骨。

凌云道人一下子不敢说话了。等到秦牧接好仙鹤的腿，太医们才松开手。

那只仙鹤连忙站起来，活动了一番腿脚，惊讶不已，然后向秦牧款款见礼称谢，声音脆生生的，是一个小女孩的声音。

秦牧写下一个药方，交给凌云道人，道："你用这药方熬药，煮水泡一泡它的伤腿，可以通经活络，不留隐患。"

凌云道人见仙鹤恢复如初，不禁又惊又喜，连忙接下药方，连声称谢，笑道："你在皇帝面前败我脸面，我原本有些记恨，现在却有些感激。"

秦牧笑道："不打不相识。"

凌云道人总觉得这话有些别扭，用在此处似有不妥，却也顾不得细想，连忙唤走仙鹤，去库府取药了。

秦牧笑道："几位太医，这一瓶伤药值多少钱？我最近手头紧。"

太医们又惊又喜。余太医道："小神医要卖？那可价值不菲呢。这种伤药，对那些战场上的将士来说，比什么天材地宝都珍贵，估摸着少说也要上万大丰币！"

秦牧惊讶，道："比梵云霄抢劫还来得快！"

"什么？"几个太医没有听清。

"没什么。"秦牧笑道，"我每日可以炼出一瓶，以万金卖给太医殿，如何？"

几个太医眼睛一亮，相互看了一眼。余太医笑道："这自然是好。"

秦牧心满意足，告辞离去。几个太医白花花的脑袋凑到了一起。曲太医道："发财了！"

其他几个太医连连点头，激动不已。游太医道："还是老余头高明，这一小瓶伤药可不止万金！我们一转手，便可以多赚一半！"

秦牧出了太医殿，向士子居走去。突然，背后传来一个声音："小秃驴，你的隙弃罗禅杖呢？"

秦牧停下脚步，转过身来，看向身后的紫衣老者，面带微笑，躬身道："学生见过顾大祭酒。”

这紫衣老者正是顾离暖，身上的紫袍已经不见九纹章，显然是脱下了一品官服，换上了三品官服。

顾离暖微微一笑，迈步走到他的身前，悠悠地问道：“你骗走我的少保剑时，可知会有落在我手上的这一天？”

秦牧摇头，道：“大祭酒何出此言？”

顾离暖傲然一笑，伸出手来：“拿来！”

秦牧再次摇头：“我骗来的东西，从来不还。”

顾离暖目露凶光。秦牧丝毫不惧，道：“我现在是六品官，是太学院的太学博士。太后的病也是我治好的。你动我一下，皇帝杀你全家。”

轰隆！

顾离暖周身魔气动荡，身后化出一个百丈魔神，杀气腾腾。

那个百丈魔神的面孔看起来如午后骄阳晒焦的地面一般扭曲。

魔神恶狠狠地盯着秦牧。

秦牧微微一笑，道：“大祭酒还有事？”

顾离暖冷冷地说道：“我若是想杀你，无须亲自动手。”

“你也不敢。”秦牧还未说话，顾离暖背后传来一个声音，“你若动我师弟，无须皇帝杀你全家，我先杀你全家。”

顾离暖身躯僵硬，只觉仿佛有一口冰冷的刀正架在自己的脖子上。他呵呵笑道：“霸山祭酒，你想为这小秃驴出头？”

霸山祭酒敞着怀站在顾离暖的身后，背后的两口刀在刀鞘中丁零零响动不停。他面无表情地说道：“老顾，你两百年没有出现，道法神通已经落后了，要不要我指点指点你？”

顾离暖突然哈哈大笑，身躯化作一股魔气消失，声音远远传来：“指点我？换天刀来还差不多！”

秦牧转身，只见一道刀气破空而去，向那股魔气追去。

“霸山祭酒一向喜欢打架，也是见猎心喜，估计要与顾离暖斗一斗了。可惜我追不上。”

秦牧叹了口气，返回士子居。他刚刚进门，狐灵儿的声音传来：“公子，咱们家来客人了。”

秦牧进门，看到那个将双手负于身后等在院子中的中年男子，不禁微微一怔——

延康国国师。

延康国国师转过身来，目光落在他的身上：“没想到天圣教的圣教主是我太学院的第一个太学博士，真是一件趣事。”

第177章 知行合一

秦牧心神大震，走入院中，道："国师此次前来，不会只是为了说趣事吧？灵儿，看茶。"

狐灵儿连忙道："公子，咱们家没茶，你不喝茶的。"

秦牧哈哈一笑，道："今后买几两茶叶放着。既然没茶，那就看座。"

"士子居只有几个破凳子，哪里有座？"狐灵儿埋怨道。

秦牧有些尴尬。

延康国国师摆了摆手，笑道："别忙活了，我站着与教主说几句话便走。"

秦牧的目光落在他的脸上。这位震慑天下、素有"神下第一人"之称的延康国国师的长相说不上俊美，只能算是普通，但是他的面孔有一种说不出的味道，越看越觉得顺眼。

他的眼睛是他身上最为耀眼的部位，那是一双充满智慧的眼睛，似乎带着点点灵光，能够将天下的一切收入眼底，做出最为明智的判断。

对于这位延康国国师，秦牧颇有好感，心中也充满了对这位开拓者、破局者的敬意。

延康国能有今日，延康国国师的功劳要超过皇帝。

主持变法，改革军政，打破门派之见，打破三大流派之间的隔阂，建立小学、大学、太学，设立士子制度，这位延康国国师让这个时代变得异常精彩。

但是佩服归佩服，秦牧对这位延康国国师也颇有微词。

延康国国师是一个天纵之才，但也心狠手辣。

他征伐大墟，虽然知难而退，但是未必不会有下次。

他征讨各国，吞并各国，为了铲除异己，使诈让他人以为他身受重伤，引诱那些原本已经臣服的门派叛变造反，导致生灵涂炭。

这并非一个完美的人。

秦牧始终看不出面前这个人的追求是什么。这个人胸怀宽广，明明有包容天下之心，偏偏又要灭绝他国，攻占大墟，让延康国拥有更多的领土。

他明明对权势没有什么贪恋之心，但还是为了铲除异己而不惜掀起腥风血雨。

在秦牧看来，延康国国师像是一个矛盾体。他的真实想法到底是什么，旁人很难知道。

延康国国师也在打量秦牧。过了片刻，他声音温和地说道："天圣教的圣教主，出乎我意料地年轻。我得到消息，说圣教主竟然是我太学院的太学博士，吃了一惊。你见到我，好像并不感到奇怪。"

秦牧道："天圣教中各种势力都有，所以国师在天圣教的高层中安插几个人也是轻而易举的。国师这么快查出我的身份，不值得我惊讶。"

延康国国师点了点头："天圣教的圣教主应当有这种智慧。不过你见到我，为何没有丝毫惊慌？你不怕我是来杀你的？"

"国师若要杀我，我惊慌也无用。"秦牧道，"不杀我，天圣教不反；杀了我，天圣教必反。我的命，还没有天圣教那么贵重，国师不至于杀我，所以我无须惊慌。"

延康国国师微笑着说道："不要这么肯定。有智慧很好，但是太自以为是的话，很容易犯错。不过，你刚才的确打动我的心了。你说，天圣教不反，理由是什么？"

秦牧道："理念相同，无须造反。"

延康国国师道："听闻你成为教主后做的第一件事，便是设立第三百六十一堂——学堂？"

秦牧点头："我在效仿国师，改革天圣教。"

“天圣教本来便是披着门派之皮的国家，你效仿我，改革天圣教，岂不是要让天圣教变成我延康的国中之国？”延康国国师道，“太平时期，你们不会造反作乱；可如果天下大乱，你们为何不趁机而起，取正统而代之？”

“我天圣教之所以在这场动乱中不反，不是不想取正统而代之，而是因为现在的延康国就是一个大的天圣教。”秦牧笑道，“我们为何要反我们自己？”

“那么你们何时会反？”延康国国师来了兴趣，问道。

秦牧严肃地说道：“待到国师背叛了天圣教的理念，不再践行圣人之道，延康国也不再是天圣教的时候，我天圣教必反。”

延康国国师看了他一眼，赞道：“你好大的胆子。”

秦牧道：“不是胆子大，而是必须要实话实说，因为说假话瞒不过国师。”

延康国国师徐徐踱步，来到院中的井边，不紧不慢地说道：“你来自大墟，在天圣教中没有任何根基，我原本想掌控你，让你借我的力量在天圣教中站稳，可现在我没有了这个想法。”

秦牧走到延康国国师的身边。延康国国师继续道：“你这种人非常危险。拥有了理念的人往往非常危险，非常令人头疼，很难被说服。而说服一个人是最吃力的事情，还不如杀了简单。说服一个教派，那就更加吃力了，还不如灭掉简单。无论是道门还是大雷音寺，都有着自己的理念，很难被说服。天圣教也是如此。”

延康国国师沉默片刻，道：“好在天圣教的理念与延康国并不冲突。”

秦牧好奇地问道：“国师暂时不会动天圣教，那么道门和大雷音寺呢？”

“那要看他们怎么做了。”延康国国师认认真真地说道，“看看他们是否能够做到知行合一。倘若他们贯彻他们的理念，做到知行合一，那么我便会尽一切力量和手段除掉他们。倘若他们按我的理念来，存活下来也不难。”

秦牧心头微震，问道：“国师的理念又是什么？”

延康国国师摇头，道：“我不必告诉你。不要看我说什么，要看我做什么。我的理念会体现在我做的事情之中，这便是知行合一。年轻的圣教主，你还有很长的路要走。”

秦牧还是看不透这个人。

现在的他，还无法与延康国国师这个层次的人做理念上的辩论。延康国国师眼界太高，见识太广，城府太深，对道法神通的理解也达到了令人仰止的程度，而他还没有达到这个层次。

秦牧无法琢磨透延康国国师的心思，也不知道他将来是敌是友。不过在当下，身为圣教主，秦牧必须为天圣教的前途做出谋划。

“这次延康国内部门派叛变，我天圣教会全力支持国师。”秦牧谨慎地措辞，“但是我也需要国师的一个答案，那就是，平息此次叛乱之后，国师是否会清洗我教，过河拆桥？”

延康国国师转身看向他，道：“不会。”

秦牧露出询问之色。

延康国国师悠悠地说道：“我需要鞭策。留下天圣教，便是留下一把悬在我头上的剑。它可以鞭策我、警醒我，让我不至于犯错。”

他微微一笑：“我太强大了。我若是犯错的话，谁能奈何得了我？我需要一个能够在我迷失道心时杀掉我的势力，天圣教便是。倘若我违背了你们的理念，我等你来杀我。”

秦牧骇然。

延康国国师迈步离去。

秦牧吐出一口气，只觉自己的汗毛都快要竖起来了。

他心中只有一个想法：延康国国师不是人！

只要是人，便会有七情六欲，便会有自私之念，然而延康国国师却没有七情六欲，没有私念。没有了这些东西，人便不再是人，或者也可以称为圣人。

延康国国师会是圣人吗？

他定了定心神，驱散心中的杂乱念头。这时，院子里的龙麒麟瓮声瓮气地说道：“这个人非常可怕。他站在这里，我能看到他，却感觉不到他。”

秦牧微微一怔。刚才他没有用青霄天眼去看延康国国师，失去了一个机会。

他曾经以天眼去看村长，看到了一个身体完好、光辉伟岸的神，不知看延康国国师会看到什么。

士子居外，秦飞月正躬身等候。延康国国师走来，道：“回去吧。”

秦飞月不敢多话。走着走着，延康国国师突然道：“大祭酒的眼光很好。”

秦飞月笑道：“顾离暖虽然不错，但是被冰封了两百年，故步不前，只怕已经落后于时代了。”

“我说的是上一任大祭酒。”延康国国师回头看向太学院，道，“他选择的继承人很好，是个不错的苗子，只是与我很像。我看到这个人总觉得有些不舒服，想杀掉他。”

秦飞月不解其意。

延康国国师迈步远去，喃喃道：“我讨厌照镜子。镜子中的自己，始终不如理念中的自己完美。”

士子居中，秦牧总算可以安下心来了。他的大一统功法尚不完美，他还需要静下心来细细参悟。

延康国国师带给他的冲击很大，一个为理念而前行、奋斗的人，总有一些令人心折的魅力。

延康国国师说留下天圣教是为了留下一把悬在头顶的剑，他需要一个在必要时刻能杀掉他的势力。而对于现在的天圣教来说，想要做到这一步很难。

“国师如此豪情，必须要成全他。”

秦牧催动功法，在院子中慢慢行走，细细感受自己在霸体三丹功的基础上悟出的大一统功法，然后归纳整理，又时不时取出《大育天魔经》参悟一番。

过了良久，秦牧吐出一口气，突然加快速度，漫山遍野地狂奔，将自己参悟出的大一统功法施展出来。

第178章 九转三证

秦牧虽然是在飞速奔行之中，但头脑也在不断地思索。他与延康国国师这次会面，虽然谈的东西不多，但让他的大脑陷入了亢奋之中。

直面风华绝代的人，会刺激自己，压迫自己，提升自己。

虽然对延康国国师来说这只是一次普通的谈话，但对秦牧来说，这次见面意义非凡。单单是站在这位传奇人物面前，秦牧便需要巨大的勇气，与他对话，更需要运用自己所有的智慧。

与充满智慧的人交流，会让自己充满智慧；与庸凡者为伍，会让自己也变得庸凡。

秦牧便是借着这次与国师对话的契机，让自己的智慧处于巅峰状态，从而趁机完善大一统功法。

突然，秦牧的脚步放缓了，元气以经过改良的霸体三丹功为基础运行。现在的霸体三丹功就是他完善后的大一统功法，被他糅合了《大育天魔经》中的诸多功法的长处。

原来的霸体三丹功没有任何属性，是单纯用来催动其他功法的，在威力上不如与神通配套的功。

比如，雷音八式需要如来大乘经来催动才能发挥出全部威力；行雨诀需要玄武控水功来催发；奔雷炎火诀需要朱雀控火功催动，方能将雷火的威力完全发挥出来。

而霸体三丹功是功，没有与之配套的法术神通。

这一次秦牧参悟大一统功法，以霸体三丹功为根底，借樵夫石上传经所得，将霸体三丹功的各种特性激发了出来，让霸体三丹功能够催发出各种法门的威力。

原来的霸体三丹功没有任何属性，不能炼体，没有配套神通，不具备强大的攻击力。而这一次秦牧悟出大一统功法，总算解决了这些难题。

而今的霸体三丹功是兼容并蓄的，用它来催动其他法术、剑术、战技发挥出的威力，与用这些法术、剑术等配套的功催发出的威力相比丝毫不弱！

这就是《大育天魔经》所谓的大一统功法。

天魔教的每一个教主都有其独有的大一统功法。少年祖师原本的意思是让秦牧参悟出大一统功法后，同时修炼霸体三丹功，这样虽然修炼速度慢一些，但可以兼顾两种功法的优点。

少年祖师没有想到的是，秦牧直接改良了霸体三丹功，并没有参悟建立在《大育天魔经》基础上的功法。

秦牧也不知自己这么做是好是坏，是不是正确的选择。他自幼修炼的便是霸体三丹功，对这门功法最熟悉，因此下意识地就将霸体三丹功改良成了大一统功法。

最为关键的是，他解决了霸体三丹功在炼体等方面的不足。

他催动改良后的霸体三丹功。而今的霸体三丹功中融入了《大育天魔经》中的九转三证玄功，这门功法是《大育天魔经》中顶级的炼体功法。

秦牧对战技流派的炼体功法垂涎已久，不过马爷、屠夫、瘸子都没有传授他这方面的功法，所以他只能从《大育天魔经》中寻找。

催动功法后，秦牧顿时感觉到了改良后的霸体三丹功的不凡之处。他的元气飞速地运转，然后渗入他的肌肤、骨骼、经络、发丝。

从前，他的霸体三丹功只是在体内按照比较简单的路径运行，而现在的霸体三丹功改良后已经深入身体的各个部位！

改良后的霸体三丹功除了能炼体之外，还能炼魂、炼气。

秦牧越走越慢，逐渐平静下来，开始细细体会自己的功法还有哪些不足之处，并加以修正。

他的大一统功法的基本框架已定，现在有待完善的只是细枝末节。

他原本在炼体、炼魂上有着很大的不足，现在只觉自己的身体仿佛是干旱了半年不见雨水的土地，在疯狂地汲取雨水。

《大育天魔经》的九转三证玄功，是元气与肉身九转，体内骨骼三证，一证骨紧密，二证身如铁，三证如丘岳。

他现在还在第一转第一证的阶段。

不知不觉间小半日过去了，秦牧慢慢地走到了天录楼。天录楼门前，一个秘书监恰巧经过，看了秦牧一眼，脸色大变，连忙道："秦博士，你最好赶紧调理一下，否则命不久矣！"

秦牧纳闷，不解其意。突然，他被风一吹，顿时只觉头晕目眩，摇摇欲倒。

"糟了！"

秦牧吃了一惊，急忙抬起手，只见自己的双臂骨瘦如柴，又摸了摸脸，只能摸到几乎是贴在颊骨上的薄薄的脸皮。

原本很合身的衣服此刻变得很宽松。

他这才注意到自己这两个时辰间竟然变得瘦得可怕，像是干柴做成的人一样，肉身在枯竭之中！而且随着他催动霸体三丹功，这种枯竭速度在急剧提升！

肉身中藏着的能量耗尽之时，只怕就是他的死期。

他只顾着完善霸体三丹功，修炼炼体、炼魂的法门，没有关注自己的身体，现在知道时，自己几乎到了油尽灯枯的境地。

"改良后的霸体三丹功有着不小的隐患。修炼速度太快，我忘记了炼体消耗的是自身的能量，身体内的能量被消耗完，没有补充，会给身体造成极重的负荷！"

他现在已经到五曜境界了，修为深厚，但是修炼改良后的霸体三丹功，炼体、炼魂，体内的能量竟然连两个时辰都坚持不了！

秦牧立刻停止催动霸体三丹功，让自己保持神志清醒，大脑飞速转动，一边思索怎么才能配制出调理身体的良药，一边向士子居飞奔。

秦牧冲入自己的房间，取了钱就向太学院的库府奔去，将一脸纳闷的狐灵儿和龙麒麟丢在了身后。

他从库府买了药，来不及回到住所，便直接在路上炼药。还未回到士子居，他便已经炼好了一炉灵丹。

这灵丹刚刚炼成，竟然发出若有若无的佛音，仿佛每一颗灵丹中都有一个佛陀在诵经祈福一般。

秦牧张口一吸，一连串灵丹连成一线飞入他的口中。

他一边催动药力，一边向自己的院子跑去，刚刚来到门前，突然头晕眼花，一头栽进了院子里。

狐灵儿惊叫，连忙奔来。秦牧昏迷之前看到它来到自己身边，放下心来，道："助我催化药力……"

话还没有说完秦牧便昏迷过去了。

秦牧迷迷糊糊醒来时，只觉腹中灵丹的药力已化开，如同滚烫的洪炉，正在将热流送到四肢百骸，这才松了口气，心中一阵后怕。

改良后的霸体三丹功固然好，但也极为危险。如果他没有趁着清醒炼成补救的灵丹，只怕后果不堪设想！

"霸体三丹功在炼体、炼魂时会透支身体能量，倘若不能补回来，只怕会死。"秦牧睁开眼睛，静静地躺着，盘算道，"想要修正这门功法很难，牵一发而动全身，具体操作起来，只怕花费的时间极长。既然如此，不如不修……"

狐灵儿站在旁边，紧张兮兮地看着他；龙麒麟蹲在窗外，想把脑袋挤进来，看看自己的饭主是否还活着，只是它个头太大，窗户只能容纳它的一只大眼睛。

秦牧起身，发现自己躺在床上，猜测应该是狐灵儿用妖风把自己送上床的，笑道："不必担心，我已经没有大碍了。我将药力完全催化后，身体便会康复。"

狐灵儿松了口气，道："公子吓死我了。短短几个时辰，你便饿瘦了。刚才你倒下的时候，我还担心你起不来了……"

秦牧安心催化药力。

他暂时是死不了的，不过身体还是处于亏空状态。这是炼体、炼魂造成的内亏。体魄虽然强大了，但是没有足够的养分来供给，就像飞在半空的大楼船，如果给它提供动力的是一个小丹炉，它肯定会从天上掉下来，摔得粉碎。

他刚才便是这样。

炼魂损耗了他的精神，炼体损耗了他体内的能量，他炼制的灵丹补的是精神，他的身体还是处于严重的饥饿状态。

现在他的精神彻底恢复了，身体依旧是皮包骨头，瘦得吓人。

秦牧站起身来，道：“灵儿，有什么吃的没？我现在非常饿。”

“公子要吃青牛吗？”窗外龙麒麟的大眼珠子转动了一下，它喜道，“后山有一头野牛，抓来烤了给公子吃如何？”

这头龙麒麟不再挨饿之后便一肚子坏水，总想报复青牛。

狐灵儿笑道：“公子稍候！龙大，咱们去给公子弄点吃的！”说罢，它一溜烟跑出屋子，带着龙麒麟飞奔出了士子居。

“灵儿姐，咱们去哪里找吃的？”龙麒麟纳闷道。

“你会游泳吗？”狐灵儿询问道，“玉龙湖里有几条大鱼，好几丈长，我盯上它们很久了。”

龙麒麟喜道：“我也盯上它们很久了，只是老爷没有吩咐，不好下手。你放心，我游泳是一把好手，能在水中下潜数日不带换气的。”

狐灵儿大喜，与它来到玉龙湖边。湖对面有个道人，见到它们后露出诧异之色，还未来得及询问，便见龙麒麟一个猛子扎入了湖中。

那道人脸色大变，连忙高声喝道：“那狮子，不许在湖里洗澡！那狐狸，你给我拦住狮子！”

狐灵儿连忙道：“龙大，快点儿，快点儿！”

第179章 灵还丹大补功

龙麒麟潜入了湖中。湖岸上，那道人连忙赶过来，手里抓着一柄拂尘，对着湖面抖了抖，无数拂尘丝如同一张巨大的渔网冲着湖面盖去，试图将湖中的龙麒麟网住。

轰隆!

湖面剧烈抖动，那道人闷哼一声，手中的拂尘被炸得只剩下握柄。他自知不是这头龙麒麟的对手，连忙撒腿就跑，喝道："妖孽，你在皇家的玉龙湖中洗澡，还敢打我，等着杀头吧！"

过了不久，太学院的士子们纷纷走出纯阳殿，向士子居走去。今天是凌云道人授课的日子。纯阳殿传授的是炼气之道，凌云道人以修为精深著称，能将元气炼到纯阳的水准。

诸多士子还未回到士子居，突然纷纷停步，错愕地回头看去，一个个僵在当场。

只见一条大得不像话的红鱼从空中飞来。那红鱼身上长有红色的鳞片，头上长有龙角，因为长年累月吸收这里的九龙之气，鱼头有些龙化，像是半鱼半龙，满口利齿，极为凶恶。

此刻，这条大鱼被几道元气束缚着，动弹不得，一股妖风托着它直奔士子居，让诸多士子看直了眼。

这条大鱼后面还有一头体形庞大的龙麒麟，龙麒麟一边跑，一边抖着身上的水。一只白色的狐狸站在龙麒麟的脑袋上，鼓动妖风托着这条大鱼。

龙麒麟带着小狐狸呼啸着冲入士子居，然后将大鱼咚的一声扔入秦牧的院子里。小狐狸吱溜一声钻入院子中，掩上房门。

一个士子喃喃道："那鱼……好像是玉龙湖的鱼王之一，叫作红龙鲤，是皇帝在过年时宴请文武群臣的……"

旁边一个士子神情呆滞，喃喃道："我家老爷子去年承蒙皇帝恩德，得以在御宴上尝了口鱼汤，赞不绝口，至今还时不时对我说那是人间美味……但是那条红龙鲤只有一尺来长，这条……"

其他士子还未回过神来，却见秦牧的房门又打开了。那只小狐狸溜了出来，四下张望，然后跑到一株桑树前，口吐妖风，将那株桑树砍倒在地，又以风化刀将桑树斩成一根根木柴，送回了院子。

小狐狸来回几趟，将树干也搬回了院子中。接着，秦牧的院子里浓烟滚滚。显然，小狐狸和那头龙麒麟正在生火烤鱼。

众士子面面相觑。

瞿婷喃喃道："那是青阳殿的监丞青山上人种下的上进树，是为勉励士子求学上进种下的树……"

没过多久，鲜美的香味弥漫在士子居中。

众多士子大流口水。

这个来自大墟的弃民带来的狐狸和身边的那头龙麒麟，将皇家的玉龙湖的鱼王杀了，又将青山上人种的上进树伐了，然后生火烤鱼？

他这么不知死活，是要造反吗？

"公子，味道如何？"

秦牧的院子里传来秦牧与狐狸的对话，只听秦牧道："还行，就是没有腌，有些不太入味。鱼肉最好腌上一天一夜，吃起来才香嫩。这条鱼好大，从哪里弄来的？"

"湖里的。"

"原来如此。我曾经和大祭酒在湖边钓鱼，看到过几条大红鱼，不过只钓上来一条九龙鲫，很小的，但是汤的味道很鲜美。你用桑木烤鱼很好，这鱼有一股桑葚的酸甜果香味儿。”

……

士子居的士子们都是一副幸灾乐祸的表情。瞿婷低声笑道：“秦博士，死定了！”

院子里，秦牧拨动一根粗木桩，旋转红龙鲤，鱼下面是旺盛的火焰，将这条大鱼烤得外焦里嫩。

龙麒麟控火，让火气渗入大鱼的肉骨之中。桑木是青桑，带着水汽，因此燃烧后有些烟味儿，狐灵儿控制着风，让些许烟味钻入鱼肉之中。

他们又将许多桑叶、葱、姜塞入鱼肚子里。那鱼肚子里都是鱼油，烤着烤着鱼油便滴落在火中，燃烧后冒出的青烟飘至鼻尖，令人胃口大开。

待到整条鱼都烤熟了，狐灵儿立刻操控风刀，将鱼肚子上的肉切了下来——这里的鱼肉最肥美。

它刀工很好，每一片鱼肉都切得恰到好处。同时，它还控制着盘子，让切好的每一片鱼肉都落在盘子上。每一片鱼肉都晶莹剔透，像是一块块软滑的羊脂白玉。

秦牧按了按柴火，将火调小了一些，一人一狐一龙麒麟便坐在火堆旁吃着烤鱼。

秦牧心中微动，想起《人育天魔经》中一门叫作灵还丹大补功的奇怪功法，当即催动元气，运转这门功法，加速消化。很快他肚子里便空了，然后嘴巴不停，继续围着篝火吃烤鱼。

这门功法名字古怪，运转起来更是古怪。

灵还丹大补功的修炼方式主要靠吃。

这门功法能够将吃到肚子里的东西变成身体的能量或者元气，强身壮骨，提升修为，因此叫作灵还丹大补功。

秦牧现在身体瘦弱，正需要将肉身消耗的能量补回来。

这条鱼毕竟是异种，常年生活在太学院，吸收了九龙之气，一来味道美，二来是极佳的滋补品。秦牧正是身体亏空的时候，催动这门古怪的功法后，只觉吃到肚子里的东西很快便化作养分，被自己的四肢百骸吸收。

他干瘪的肌肉在慢慢地鼓起。虽然肌肉的生长速度很慢，但秦牧估计，自己吃完这条大鱼后，肌肉应该就会长回来。

狐灵儿实在吃不下了，龙麒麟吃惯了赤火灵丹，鱼肉不太合它的胃口，吃了几口便停了嘴，只有秦牧依旧坐在那里大快朵颐。

突然，外面传来敲门声，狐灵儿挺着圆鼓鼓的肚子跑去开门。卫墉走了进来，鼻子耸动，笑道："正是吃午饭的时候，我嗅到秦兄弟这里的香味，所以来讨口饭吃……嘿，山门口的那头石龙狮子活过来了？小狐狸，你怎么吃得比我还胖？"

狐灵儿哼了一声。

卫墉又看到了坐在火堆边的秦牧，大吃一惊，失声道："秦兄弟怎么瘦成这样？"

秦牧请卫墉坐下来。

卫墉不跟他客气，撕下一大块鱼肉，尝了口，鲜嫩细腻，只觉舌头都差点滑到了肚子里，不禁又惊又喜，赞叹了一声，瓮声瓮气地说道："你这几个月没有去听讲，几个监丞都有些不爽，说什么太学博士不学无术，皇帝不该给你升官。对了，你怎么回事？身体怎么变得这么瘦？"

"我练功出了差错，差点把命丢了。"秦牧道，"好在发现得及时，现在正在补身体。"

卫墉笑道："你胆子真大，竟然敢胡乱练功。我现在是太学士子了，在国公府也有点地位，你需要什么丹药，我可以去国公府里拿，给你补补身子。"

秦牧摇头，道："等我吃完这条鱼，身体便可以恢复过来了，用不着再服用灵丹。"

"你知道吗？霸山祭酒和顾大祭酒打起来了，两人在京城外打得头破血流，连皇帝都惊动了。"卫墉打了个饱嗝，道，"我家老爷子去劝架了，其他一品大员也去劝了，这才将他们劝解开来。刚才我出门打听，听说皇帝将他们都叫了过去，狠狠地训斥了一通。我打听完消息，这才回来，到你这里蹭口饭吃。你回来之前，霸山祭酒便找到了我，说是要带我出去历练，我估摸着……”

“卫兄，食不语。”

没多久，卫墉这个肥圆少年便又圆了一圈，实在吃不下了，却见秦牧还在大口吃肉，而那一块块鱼肉仿佛没有进到他的肚子中，他一口接一口，并不知饱。

卫墉惊诧，待看到秦牧又干又瘦的身体竟然像充了气一样鼓起来，一捏都是肌肉时，不由得更惊讶了。

等到这条大鱼被吃完，只剩下一副长达三丈多的巨大鱼骨时，秦牧的身体恢复如初，似乎比从前还要强壮几分，让卫墉羡慕不已。

“这么好吃的鱼，哪里买的？”卫墉嘴馋，还想吃，只是现在吃不下了，“我在京城的菜市还未曾见过这么大的鱼，也没有吃过这么好吃的鱼，改日一定要买几条开小灶！”

秦牧漫不经心地说道：“从玉龙湖里捞出来的。”

卫墉瞪大了眼珠子，连忙道：“哪个玉龙湖？”

“咱们太学院的那个。”

卫墉打了个哆嗦，颤声道：“咱们太学院的玉龙湖？这条鱼是玉龙湖里的鱼王之一？”

秦牧看了看狐灵儿。狐灵儿点头，道：“我让龙大挑了个大的捉，捉到的这条是最大的。”

卫墉面如土色，瞥见院子里到处都是散落的桑叶、桑枝，颤声道：“刚才我看见士子居的上进树只剩下一截木桩，难道……”

“那株大桑树叫上进树？”狐灵儿惊讶地问道，“树还有名字？”

卫墉脸色苍白，颤巍巍地向外走，失魂落魄地说道：“砍了上进树，还用上进树来烤玉龙湖中的鱼王，就算有几个脑袋也不够皇帝砍。我没来过这里，没有来过……”

第180章 穿小鞋

“一个狐狸精和一头龙狮子大闹玉龙湖，非但在湖里洗澡，还将你打了一顿？”顾离暖刚刚从皇宫回来，看守玉龙湖的道人便前来告状，顾离暖不禁心头大震，失声道，“红龙鲤中的鱼王也被那头龙狮子抓走了？谁家的狐狸精、龙狮子这么大胆？我上任不过月余，便出了这档子事，这是谁想给我穿小鞋？”

他还未来得及消化这个消息，又有人来报：“大祭酒，士子居的太学博士秦牧家养的狐狸精，砍了上进树，用来烤鱼。那条鱼……像是玉龙湖中的鱼王！太学博士秦牧和太学士子卫墉此刻正在收拾鱼骨，企图毁灭证据。”

顾离暖不禁又惊又喜，笑道：“这小子，正愁没有拿捏他的法子，他倒是自己送上门来了。这件事足够他杀头一百次了。现在霸山那个蠢货应该没话说了吧？”

他精神抖擞，立刻起身，道：“走，立刻随我去拿人！物证、人证都要，直接押送到大理寺，让大理寺卿审问，定他个满门抄斩！再送一本奏折入宫，禀告此事！”

“那个叫作卫墉的士子……”

“也拿下，一并问罪！”顾离暖笑道，“我刚才还说是谁想给我穿小鞋，现在看来，这双鞋不小，刚刚合脚。”

顾离暖等人闯入士子居，发现秦牧不在院子里，只看见一只狐狸和一头正在打盹的龙麒麟。顾离暖唤醒这头龙麒麟，道：“姓秦的小子去哪里了？”

龙麒麟抬头瞥了他们一眼，慢吞吞地说道：“刚才还在，宫里来人将他请走了。”

“难道皇帝已经知道了此事，所以要把他拉入宫中问斩？”顾离暖呵呵一笑，“这小子身上还有我的少保剑，问斩也是便宜他了。你们愣着做什么？将狐狸和龙麒麟拿下！我进宫面圣，一定要亲眼看看这小子是怎么死的！”说罢，他急匆匆地去了。

随他来的几个祭酒和那看守玉龙湖的道人连忙催动一条锁链，将龙麒麟锁住了。狐灵儿正想跑，也被抓了起来。

顾离暖风风火火地赶到宫中，求见皇帝。过了片刻，侍卫通报道：“陛下在御花园，请顾大人过去。”

顾离暖惊讶：“要在御花园斩首姓秦的？陛下是真的动怒了。”

他来到御花园，只听笑声传来。他惊疑不定，走到跟前，却见延丰帝正搀着太后娘娘，身后跟着几个官员，秦牧在太后娘娘左后方，不知说了什么，逗得太后娘娘笑了起来。

延丰帝瞥见他，摆了摆手，唤他上前，温言道：“爱卿此来有事？”

顾离暖迟疑了一下，道：“秦博士纵容一头龙麒麟跳入玉龙湖，抓了鱼王，将鱼王烤了吃了。玉龙湖是皇家供水之地，红龙鲤更是皇家的御膳食材，秦博士胆大妄为，这是死罪。臣不敢隐瞒，因此前来禀告陛下。”

“竟有此事？”延丰帝看向一旁的秦牧，道，“秦爱卿怎么说？”

“小臣是化外之民，不知京城的规矩，因此行事莽撞了。”秦牧道，“我原不知玉龙湖是皇家之物，也不知湖里的鱼不能吃，如今深感罪责深重，请陛下发落。”

“这是死罪。”延丰帝瞥了他一眼，道，“虽然朕很赏识你，但是律法就是律法。你让朕如何发落你？”

顾离暖赔笑道：“陛下，按律当满门抄斩……”

太后娘娘笑道：“皇帝，哀家也以为小神医当斩。”

延丰帝微微一怔，笑道：“母后何出此言？”

太后娘娘不紧不慢地向前走去，悠然说道：“当然应该斩了。不斩了小神医，天下人怎么知道皇帝贵鱼而不贵人？不斩太学博士，天下人怎么知道皇帝贵水而不贵人？斩了他，天下人才知道皇帝因为一口水、一条鱼，杀了誉满天下、医治好哀家的神医，才会知道皇帝是昏君嘛。”

延丰帝哈哈大笑，挥手道：“顾大人，区区小事，你还来烦朕，退下吧。”

顾离暖错愕：“这……”

“下去下去。”延丰帝挥手，道，“你没有看好玉龙湖，朕不治你的罪，毕竟你刚刚到太学院。你今天做的事已经够让朕头疼了，与霸山祭酒打了一架，让朕大丢脸面。倘若你打赢了倒也罢了，你还偏偏没赢。大祭酒打不过祭酒，朕的脸面都被你丢尽了。回去好生反省。”

“遵旨。”

顾离暖心中委屈不已，正要离去，秦牧道：“顾大人，我家的狐狸和那头龙麒麟，还请不要为难它们。”

顾离暖心头一跳，只听太后娘娘笑道：“谅他也不敢。对了，皇帝，小神医医治好了哀家，你还没有赏赐他呢。”

“母后，他已经是太学博士了，六品的官，不能再提拔了。毕竟年纪还小，等过几年再说，免得朝臣说朕偏袒他。”

“小神医，你再与哀家说说你小时候的趣事儿……”

顾离暖出了皇宫回到太学院，一肚子闷气无处发泄。那看守玉龙湖的道人连忙上前，道：“大祭酒，贼人已经处斩了吗？”

“都是你多事，看好你的湖！偏偏惹出这档子事，害得我惹了一身腥臊！”顾离暖瞪了他一眼，喝道，“把那狐狸和龙麒麟放了！”

那守湖道人心中委屈万分，不知自己哪里招惹了他，只好将狐灵儿和龙麒麟放了。守湖道人又道：“大祭酒，我们已经派人去捉拿卫墉了，只是卫墉一直跟着霸山祭酒，霸山祭酒不让我们拿人。你看这事……”

“卫墉什么来头？”

“卫国公家的……”

“不要没事找事！”

御花园中，太后娘娘与秦牧说了一会子话，秦牧又为她搭了搭脉，开了几服药，道：“太后娘娘恢复得很好，没有留下隐患。”

“好。”太后娘娘笑道，“有劳小神医了。”

秦牧起身告退。延丰帝笑道：“爱卿且慢，朕有些话要对你说。”

秦牧停步。延丰帝走到他的身边，挥手让太监、侍卫和宫女退下，向御花园外走去，笑道：“朕的太学博士，天魔教的教主，大墟的弃民，玉面毒王的弟子，秦爱卿的身份有些多啊。”

秦牧微微一怔，不觉放慢了脚步。延康国国师能够知道他是天魔教的新教主，延丰帝自然也有手段知道。

延丰帝已经走远了，回头笑道：“爱卿为何不跟上来？”

秦牧快步跟上，笑道：“陛下洪福齐天。”

延丰帝哈哈笑道：“天魔教作为魔道的第一大派、第一圣地，教主成了天子门生，朕的确洪福齐天。但这可能是洪福，也有可能是心腹之患。秦爱卿，你觉得是哪个呢？”

秦牧微笑着道：“陛下，倘若道门道主向陛下投诚，陛下会封他什么官？”

延丰帝严肃地说道：“道门道主，天下正道牛耳，朕将封他为正一品官，让他称王，代代世袭！”

秦牧又道：“倘若大雷音寺的住持向陛下投诚，陛下会封他什么官？”

延丰帝道：“住持乃佛道魁首，他若是肯入朝为官，朕封他为正一品官，让他做祖！”

秦牧道：“延康有三大圣地，道门和大雷音寺的宗主投诚，陛下都封他们为正一品官，让他们称王做祖；天圣教也是圣地，而天圣教的教主主动投诚，陛下却只封了个寒酸的六品官，还要责问他是洪福还是心腹之患，岂不是让忠臣义士寒心？”

延丰帝微微一怔，颔首道：“算你说得有理。不过，朕不能立刻升你的官。

你年纪太小，直接升官会惹人非议，多半还会暴露你的身份。”

秦牧称是。

延丰帝沉默了片刻，道：“朕知道你与顾离暖有嫌隙，也知道你拿走了他的少保剑。你是天魔教的教主，要大度，不要总是给他穿小鞋。他是朕放在太学院里的，你让他太难堪，朕脸面上也过不去。”

秦牧有些委屈：“陛下，臣哪里敢给他穿小鞋？”

延丰帝似笑非笑地说道：“今天你不就给他穿了一双小鞋，让他下不了台吗？你大可以放心，论胆大，没有人敢说自己能够超过国师。朕敢用国师，也敢用你，你心中不要有什么疑虑。好了，你可以下去了。”

秦牧走出皇宫，只觉神清气爽，吐出一口气，完完全全放松下来。

延康国国师知道他的真实身份，倘若延丰帝不知道，他便会有些担心，现在看来，皇帝和国师都知道，他反而就安全了，不必担心这两大巨头会对他下手。

十多日后，秦牧的西屋里堆满了用龙涎换来的大丰币。霸山祭酒要带卫墉和闵月世子出门历练，到秦牧的西屋抱了几袋子钱走了，秦牧也不以为意，毕竟他现在可谓财大气粗。

他这几日一有空便炼制赤火灵丹和另一种补充精神的灵丹。炼制后者时他用了佛门的手法，灵丹炼成后会发出佛音，因此秦牧称这种灵丹为灵佛丹。

他这些天去库府购药，几乎将几十种药材买光了。最近太学院会有一次大规模的历练——由各殿的监丞带领众士子前去平定叛乱。

秦牧也被顾离暖点名了。顾离暖说秦牧一定要去前线，而且因为秦牧是有六品官职的太学博士，待遇与监丞几乎一样，所以顾离暖还派给秦牧几个士子，让他带队。

第181章 《太玄算经》

分配给秦牧的几个士子都只有五曜境界，没有多大的战力，虽然都是选拔出来的，是士子居中顶尖的人物，但与皇子苑、神通居选拔出的士子相比，那就逊色太多了。

太学院中强者如林，本事高强的多得是，现在顾离暖让秦牧带队历练，显然是公报私仇。

跟随秦牧前往前线历练的几个士子与秦牧也是熟人：沈万云、云缺和尚、带着狼奴的越青虹、司芸香，还有秦钰。

不过秦钰是京城秦家的子弟，背景很强大，寻到顾离暖说了一声，便从秦牧的队伍里调离出去，到了一个由监丞带队的队伍，避开了秦牧的这支“必死小队”。

秦牧炼好了一炉赤火灵丹，舒展了一下腰身。这几日他都在炼丹，怕到了前线龙麒麟没有吃的，所以他无暇去见那几个士子。

云缺和尚寻到沈万云、越青虹等人，商议道：“这次大祭酒让秦博士带我们历练，而且是去叛乱之地，估计是有去无回，必死无疑了。我们的队伍里连一个神通者都没有！”

沈万云摇头道：“有。”

几人向他看来。沈万云淡然说道：“我这些日子一直在压制境界，你们可以放心，我随时可以突破，成为六合境界的神通者。”

越青虹道：“我听说这些叛变的教派已经在向南方聚集了，他们要在南方彻底驱除延康国的势力。许多门派原本在京城附近活动，现在都不见踪影了。比如驭龙门，便迁徙到南方去了。现在涌江之南已经完全是叛军的领地！叛变的各门各派聚集在那里，神通者何其多，就你一个神通者，半点用处也没有。”

沈万云皱眉：“秦博士的阅历太浅，他才几岁？走过几次江湖？由他带领我们，凶多吉少！就算我有再高的修为也无可奈何。司师妹，你一直没有说话，有什么看法？”

司芸香羞涩地笑了笑，摇了摇头，没有说话。

众人沉默不语。

云缺和尚叹息道：“还是去天录楼中选一两门能用来逃命的神通吧，说不定能用到。”

终于到了出发的日子。太学殿前，几百名士子云集，一个个监丞在检查自己的队伍，然后一艘艘楼船飞来，降落在太学殿前，监丞们各自带队登上了各自的楼船。

“秦博士，你们没有雇一艘楼船吗？”顾离暖走过来，笑眯眯地问道，“这次路途颇远，倘若走过去的话，需要十几天。你是太学博士，不会连这点钱也不舍得出吧？”

秦牧气定神闲，笑道：“有劳大祭酒过问。我穷得只剩下钱了，所以花大价钱雇了一艘快船，很快便到。那艘船上的丹炉是我炼的。”

沈万云等人对视一眼，心道：果然小气，连丹炉都是自己炼的，估计是一艘小船。不过，他竟然懂得炼器！他没有去过神工殿，从哪里学来的炼器法门？

太学院中有神工殿，教的便是炼器、炼宝之术。神工殿的监丞同时也在朝廷任职，船舶督造厂、武备督造厂的要职都是由神工殿的监丞担任的。

秦牧自从进入太学院以来，一次也没有去过神工殿，不可能从那里学到炼器的知识。

过了不久，一艘艘楼船起飞，驶离太学院。云缺和尚等人正等得心焦，突然看见一艘破破烂烂的楼船在空中摇摇晃晃地驶来，晃晃悠悠地落在太学殿前。

“我们的船到了！”秦牧笑道。

沈万云、云缺、越青虹等人大皱眉头，只见这艘楼船已经千疮百孔，四处漏风，而且桅杆也被砍断了，连个船帆都没有。

楼船上出现了一个光着膀子的大汉，面目凶恶，浑身上下都是刺青，一看便不是什么好人。他冲秦牧招手，哈哈笑道：“秦老弟，来迟了，来迟了！”

秦牧带着狐灵儿和龙麒麟走上前去，笑道：“迟一两日也是没有问题的。你的这艘船怎么了？我上次见到的时候还是好好的，为何破成这样？”

“别提了，跑了趟生意，又碰到三奇堡的那群人，放虫害我！我的宝船速度太快，撞到了虫群，差点被打成筛子。”

梵云霄看了看沈万云等人，嘿嘿笑道：“诸位士子，将来做了官差一定要多多照顾小号，俺最近改邪归正了。”

云缺喃喃道：“这艘船如此破烂，不会飞到空中便解体了吧？”

秦牧也有此疑虑。这艘追云盗船实在太破了，一副随时可能散架的样子。

“不会，不会！”梵云霄大打包票，用力拍了拍胸脯，“小号的兄弟早就用符文加固了船体，坚固得很。秦老弟，有空的时候能帮我打造一艘铁壳船吗？你帮我多炼两个炉子，用玄铁打造船身怎么样？木头实在有些脆。”

秦牧思索了一番，道：“那需要大价钱的。单单玄铁都是一笔不小的开支。你能拿出这么多钱吗？再说，你有图纸吗？”

梵云霄用力搓手道：“我这些年四处打劫……呸呸，四处做生意，攒下了不少钱，全部家底加在一起应该可以造一艘铁壳船。至于图纸，那就不好弄了……诸位，请登船，咱们上船之后再谈。”

众人登上了这艘船。越青虹四下看去，只见船上的伙计都是一身刺青，凶神恶煞的，有的身上还有长长的刀疤，有的缺鼻子少眼，一身煞气，一看便不是好人。

这艘破船慢悠悠地升空，向京城外驶去。

众人看到这种情形，更加垂头丧气。沈万云低声道：“这艘船上的人都不是好人，是打家劫舍的凶徒，实力极高，大半是神通者。秦博士阅历浅，估计是中了匪徒的奸计。咱们路上一定得小心，免得被他们打劫……”

他刚刚说到这里，破船突然猛地加速，发出凄厉的呼啸声，破空而去。

剧烈的震动传来，破船瞬间便飞出里许之地，船上的几个酒桶被甩飞出去，在半空炸开。

众人连忙站稳身子，骇然看向四周，只见这破船很快便超过一艘艘已经飞了半日的光鲜的楼船，将它们远远地抛在身后。

这艘破船的速度快得令人无法相信。以这个速度，也就一两日时间，他们便可以到达涌江！

秦牧早已经见怪不怪，毕竟丹炉就是他炼的，没什么好惊讶的。

“没事，没事，不会解体。”梵云霄安慰众人道，“我原本以为会散架，不过载了几次客一直都没散架，这次也多半散不了。”

呼——

一块甲板被狂风掀起来，哗啦啦地向后飞去。

梵云霄信心满满地说道：“放心，散不了！老二，扛块板子上来……多扛一块，又吹飞了一块！放心，放心，我有经验。”

突然，楼船驶过一片雨区。这艘船从瓢泼大雨中穿过，梵云霄被雨水淋得花花绿绿的。

狐灵儿惊叫道：“老霄，你的刺青被雨冲花了！”

追云盗船上其他匪盗的刺青也被淋花了，有个伙计叫道：“大哥，我的疤被雨冲掉了！”

梵云霄有些尴尬，道：“等下船后找画师再给咱们画上。不过咱们都改邪归正了，好像不必再画刺青了。老二，快把你的眼罩摘掉！你看，吓到几位士子了。”

船副摘下眼罩，露出完好的眼睛。

云缺和尚喃喃道：“这几个土匪模样的人好像有些不太靠谱……”

秦牧与土匪头子很热络，取出一本算经，向梵云霄讨教。狐灵儿则找了一块帕子，在梵云霄背上的龙头图案上擦了一下，龙头顿时没了。

“狐狸，别闹。”梵云霄摆了摆手。

狐灵儿撇嘴：“我还以为是真的文身，原来是画上去的。”

梵云霄干笑了两声，讷讷地说道：“那多疼！身体发肤，受之父母，岂能乱刺？”

秦牧道：“梵师兄，这《太玄算经》中的个、十、百、千、万都好说，亿、兆、京、垓、秭、穰、沟、涧、正、载、极这些数未免也太大了，是用来计算什么的？为什么需要这么大的数？”

“我曾问过道主，道主说是用来做无量计算的。”梵云霄道，“万与亿之间是万进制，万万为亿，亿之后是亿进制，亿亿为兆，亿兆为京，亿京为垓。除此之外，数除不尽时，个数之后用的是分、厘、毫、丝、忽、微、纤、沙、尘、埃、渺、莫、模糊、逡巡、须臾、瞬息、弹指、刹那、六德、空虚、清净，用的是十退位。分为十分之一，厘为百分之一，以此类推。”

秦牧惊讶地道：“这空虚、清净，又是用来计算什么的？”

“用来计算元气最小粒子。”梵云霄道，“《道剑十四篇》第十四篇，需要在元气最小粒子上烙印符文阵法，不经过计算便无法练成。”

秦牧骇然，看了看《太玄算经》，有些头疼。

“你锻造各种宝物，也需要用到这些计算，差之毫厘，谬以千里。”

秦牧称是，赞道：“道门的术数造诣真是非凡！”

梵云霄已经练成《道剑十四篇》第五篇，在术数上的造诣极高。秦牧虚心请教，梵云霄知无不言。

第182章 南疆水太深

追云盗船飞行了一日半时间，终于到了涌江，驶向江岸边的营地。

丽州府沿江一带已经被重兵把守，大军连营两百多座水寨，兵马众多。他们来到这里时，一场恶战已到了尾声，江面上漂着一艘艘楼船，有的船被打破，桅杆和甲板着火，冒着滚滚浓烟。

河面上漂浮着一具具尸体。

楼船上有士兵在撒渔网，打捞尸体，捞起来后将尸体用钩子钩住，挂在船尾，准备拖上岸掩埋。

秦牧睁开青霄天眼向江对岸看去，对岸有一座残破的城，那里还有人在战斗，因为城中尚有神通发出的各色光芒。不过战斗规模已经很小了，应该是延康国的军队正在剿灭城中的敌人。

梵云霄操控楼船缓缓向军营降落，有士兵飞上楼船询问，得知是太学院的士子，便立刻挥旗，让下方的弓箭手放下弓箭。

楼船降落在军营中。梵云霄看向对岸，随后又瞥了沈万云、云缺等人一眼，摇头道："秦老弟，这几个士子只会拖你的后腿，帮不上忙的。大规模的战斗，你们这几个士子根本派不上用场，很难保住命。我走啦，等我弄到足够的玄铁和宝船图纸便来找你！"说罢，他让船上的盗匪启动丹炉，扬长而去。

云缺等人备受打击。沈万云冷笑道："这个人的实力不错，但是眼光很有问题。"

一个将领走来，道："是不是太学院的士子？"

秦牧点头，道：“丽州府少尹虞渊初雨是否在前线？劳烦通报一声，便说堤江县秦牧求见。”

那个将领有些惊讶，不敢怠慢，连忙去了。

过了不久，只听甲胄的碰撞声传来。众人循声看去，但见一个身穿铠甲、腋下夹着头盔的女将军走来，英姿飒爽，模样也极美，黛眉红唇，令人过目难忘。

她应该是刚从战场上下来的，身上还有血迹。

“原来是秦牧阿弟。”虞渊初雨目光落在秦牧身上，眼眸一亮，“几个月前从堤江县走出去的那个小阿弟，而今闯荡出名堂了。我听兄长说起过你的事，你现在也算是出人头地了，我心里也为你高兴。”

“姐姐说笑了。”秦牧赧然道，“以前瞒着姐姐，没有说我来自大墟。”

虞渊初雨道：“你走后我还在想，堤江县何时有一个秦家，能够教出这么出色的子弟。后来兄长传信过来，说起了你，我才知道原来你来自大墟。”

云缺、越青虹等人心中震惊。丽州府是所有出门历练的太学士子的落脚点，没想到秦牧竟然与丽州府少尹熟识！

丽州府少尹乃地方大官，本身便是封疆大吏，来历更是不凡——乃当年的虞渊国公主，她的兄长虞渊出云原是虞渊国太子，在京城做了大将军。

秦牧明明只是大墟来的弃民，怎么会与虞渊初雨扯上关系？

“初雨姐姐，尸仙教如何了？”秦牧问道。

“尸仙教已经被我平了，但还有些余孽逃去了南疆。”虞渊初雨带着他们来到城墙上，道，“南疆现在聚集了各路叛军，还有各路造反的门派，势力混杂。沿江各城都已经屯兵了，不日便将攻入南疆。只是这水太深，目前局势还不明朗。”

“水太深？”众人都是一怔。

虞渊初雨微笑：“而今的世道，你知道谁是忠的，谁是奸的？比如我，我是虞渊国的亡国公主，你们焉知下一刻我不会反？”

沈万云等人额头冒出冷汗，他们很担心这个英姿飒爽的女将军下一秒便翻脸杀人，宣布造反。

虞渊初雨淡然说道：“朝廷与从前的时代联系太紧密了，朝廷中因循守旧的人也很多。国师想要在这个基础上创造出一个全新的时代，但是他所能用的，往往都是旧时代的势力。他的新时代无法完全摆脱旧时代的影响，所以谁知道下一个叛变的会是哪个门派、哪个权臣？”

云缺和尚哆哆嗦嗦地问道：“但是少尹大人不会叛变，对不对？”

虞渊初雨看了看他，脸上露出令人不寒而栗的笑容，轻声道：“你猜，猜对了你可以不死。”

云缺面如土色。

虞渊初雨这等封疆大吏，养得一身好气势。她虽是女子，但是脸色一寒，也可以将人吓得崩溃。

虞渊初雨轻笑一声，唤来一个将领，吩咐了一句，那将领立刻调兵遣将，召集了一支千余人的军队。

虞渊初雨走下城楼，迈步走在江面上，身后千余名将士也脚踩江面，向对岸走去。

秦牧跟上她，脚步落在江面上，脚底元气迸发，将他稳稳托起。

秦牧笑道：“姐姐不要吓他。”

沈万云等人也连忙跟上来，各自催动元气，不让自己沉入水中。他们可以在水上奔跑，但是在水上不紧不慢地行走便有些吃力了——这般行走除了需要懂得控水之外，还需要雄浑的元气。

虞渊初雨饶有兴味地问道：“阿弟认为我不会反叛朝廷？”

秦牧摇头：“这场叛乱，本身便是国师肃清朝野的局。姐姐是聪明人，看得很准。若是姐姐蠢一点，早就叛变了，也不会等到今日。”

虞渊初雨笑道：“你说得对，也不对。我之所以不反，并非单纯因为我够聪明。前来劝我反的人不在少数，都满怀信心而来，以为一定能够说服我造反。不过他们都料错了。我虞渊家看重的并不是皇位，而是虞渊的百姓。当年虞渊国还在时，延康国逐渐发展壮大，随时可能打过来。我父知道，若是开战，必然国破家亡。彼时，国师进入虞渊，与我父论道，他们论的是治国之道和民生之道。文武百官都在，我和兄长也在朝堂上。然后，我们败了。”

她神色平静，道：“无论是在治国之道上，还是在民生之道上，都一败涂地，心服口服。我父让我兄长继任皇位，我兄长不受，将位子传给我。我……”

她露出一丝笑容，不知是在自嘲还是真的在笑：“我对延康国国师说：‘治国我不如你，改善民生我也不如你，虞渊国我便交给你了。倘若将来你治国和改善民生不能令我满意，我便反你。’国师答应下来，让我治理虞渊，也就是现在的丽州。”

“原来如此。”众人恍然大悟。

狐灵儿惊讶地感慨道：“姐姐，原来你还是一位女皇帝呢！”

虞渊初雨笑道：“女皇帝也做过，没什么乐子。倘若你想做皇帝，随便找个地方自立为帝便是，无非是管辖的人多少的区别。”

她看向江面上的滚滚烟火，随后收回目光，向沈万云等人笑道：“你们能够跟随阿弟，真是你们的幸运，他的本事很不凡。”

越青虹与云缺面面相觑，不知这个女将军从哪里看出秦牧本事不凡的。

虞渊初雨想起在虎阳县北寻到的漫山遍野的红尸蛰和一具尸体。那尸体上的血肉都已经化去，只剩下骨头和衣裳，从衣裳可以推断出这是尸仙教的一个高手。

虽然这个尸仙教高手是谁已经不可知，但是从他操控红尸蛰的手段和数量来看，他只怕已经达到了七星境界。

尸仙教以驱尸和用毒见长，要是有人与尸仙教的人交手，即便修为和战力比他们高，也很难胜过他们。

这个尸仙教的高手偏偏是中毒而死的，而毒死他的，恐怕便是她身边这个看上去忠厚老实的阿弟。

这个阿弟当时把她都骗过去了，她还给他写了通关路引，介绍他去京城。

在虞渊初雨看来，沈万云等人能够跟随如此狡猾的家伙出来历练，甚至比跟随监丞还要安全。

他们到了江对面，只见江对面的这座城已经被打得城楼坍塌，不知死伤了多少人。

虞渊初雨率军进入城中，道："我刚才说水深，除了那个原因之外，还有一个原因。你们看，我打下鹿县并不吃力，很轻易便攻占了这里，叛军未免太弱了吧？"

秦牧微微一怔："诱敌深入？"

"不只如此，主要是因为老狐狸都没动。"虞渊初雨目光闪动，"击伤国师的那三个老怪物至今没有出现，旧时代的老怪物只怕不止他们三个。离情宫宫主裘蝶衣、三奇堡的三个堡主、叛变的大行台尚书，还有驭龙门的龙王，以及其他教主级的强者，一个也没有现身。其他大大小小的教主、门主也都安静得很。而且……"

她低声道："谁知道旧时代是否还有神活下来？"

秦牧连打几个冷战。

沈万云等人毛骨悚然。

虞渊初雨显然知道很多旧时代的事情，却没有深谈，她道："你们放心，这些老怪物不会轻易对付你们这些小辈，他们的目标是国师，是朝中的一品大员。盘踞在鹿县的是个比尸仙教大不了多少的门派，叫作九幽门。鹿县刚平，还有些九幽门的余党在四处逃遁。我给你们个轻松的差事——剿灭九幽门余党。"

她明亮的目光落在秦牧等人的身上，道："九幽门善于装神弄鬼，说是能够请来鬼神助战。你们提前准备一下，待到其他士子赶来，一起去剿灭他们。"

第183章 阴间突袭

“善于装神弄鬼？能请来鬼神助战？”

秦牧微微一怔，突然想起了牵魂引和调鬼遣神符字令。这两门法术便是关于魂魄和鬼神的，是他在天录楼的第一层寻到的。

调鬼遣神符字令是洪山派的，至于牵魂引，正是来自九幽门。

这两门法术都被放在天录楼的第一层，因为属于法术中比较偏的门类，很少有人会修炼。

它们属于魂魄类的法术，但是偏偏又没有多少攻击力。尤其是调鬼遣神符字令，这门法术宣称可以调遣鬼神，但是秦牧试验过几次，发现它顶多与《大育天魔经》中的五鬼搬运术差不多。

秦牧寻到这两门法术之后，曾想让霸山祭酒指点他，可霸山祭酒也嫌这两门法术冷门，没有研究过，所以丢给他，让他自己参悟。

调鬼遣神符字令虽说与五鬼搬运术差不多，但是其符文要明显复杂许多，而且需要炼制符宝。

其符宝甚至比秦牧在楼兰黄金宫中见过的那个符宝复杂，是一种不规则球体，有一千零二十四个不规则的面，每一面上都有一个复杂的符文，而楼兰黄金宫的符宝只有十四面。

秦牧正是因为看到调鬼遣神符字令太复杂，所以认为这门法术很厉害，没想到效果只相当于五鬼搬运术。

他认为洪山派可能有所隐瞒，而这个门派已经从世间消失，不复存在了。

九幽门的牵魂引秦牧也修炼过，至于能不能成功将亡者的魂魄从地府牵引回来，他还不知道。

两门法术中有些符文相似，应该是因为魂魄类的法术都有相似之处。

秦牧从城中购买了一些黄表纸、朱砂，用了两天时间炼出了调鬼遣神符字令的符宝，然后又花费了一天时间将牵魂引的符文默写下来，两相对照。

对比了一番后，秦牧终于可以确定，天录楼中的调鬼遣神符字令和牵魂引都有错误，其中某些符文被故意写错了。

这些门派不甘心将自己门派的法术交给朝廷，所以故意在上缴的经卷中弄错几个符文，让法术的威力大大降低，甚至根本发挥不出来。

调鬼遣神符字令需要的符文数量极多，其中的错误多达十几个，不过由于符文的基数大，所以正确的符文也多达千种。这是巨大的知识宝库。有了这个宝库，秦牧便可以修改牵魂引中的错误符文。

牵魂引的符文排列有六百余种。秦牧将看出的错误符文修改了一番，觉得应该没有错误的地方了，便找来一个军士，道："城中是否还有尸体？我想试验一下法术。"

那军士道："大人需要九幽门门徒的尸体试验法术？九幽门门徒的尸体都被埋起来了，需要的话，还要再挖出来。"

秦牧脸色微变，急忙问道："埋到哪里了？"

那军士道："堤江县旁边的乱葬岗埋了一批，还有便是鹿县旁边的鹿山。前几日打捞尸体时，哪里近便埋在哪里。"

秦牧心有不安，连忙道："少尹何在？快去通知少尹，让她下令全军戒备，再派军士去乱葬岗和鹿山将那些尸体烧掉！"

那军士不解其意，不过还是说道："少尹去了对面的堤江县抚慰百姓，我这便去通知她！"

说罢，他连忙跑了出去。

"初雨姐姐在堤江县？糟了！"

秦牧又唤来一个军士，让他通知守城军戒备，然后又立刻找来沈万云、越青虹等人，飞速地交代道：“九幽门有可能卷土重来，速速戒备！”

沈万云、越青虹等人都纳闷不已。云缺和尚道：“九幽门的人都被杀得差不多了，只剩下一些阿猫阿狗四处逃窜，这点人还需要戒备？”

“他们诈死！”

秦牧刚刚说到这里，突然，若有若无的歌声从江面上传来。那曲调古老，仿佛是阴间的神在呼唤亡者还魂，给人一种一个身影模糊而伟岸的神打开了一扇门，正将亡者的魂魄从阴间接回来的感觉！

秦牧脸色大变，飞一般奔行，呼啸破空，落在城北门的城楼上。城北门只有寥寥几个军士在巡逻。丽州府的大军经历了一场大战之后，大部分都在休养。

秦牧向江面上看去，只见涌江中心，一个头戴草帽的道人站在一根桅杆上，正在江中作法，一个个巨大的符文散发出绿色的光芒，像是无数发光的绿蛇在空中扭动。

云缺和尚等人连忙跑过来，站在秦牧身边，向江面上张望。沈万云道：“发生了什么事……？”

他话音未落，突然神色呆滞。只见江中一片黑雾涌来，笼罩的范围越来越大，黑雾中似乎有一座门矗立在江心，漂浮在水上！

眨眼间，天色便暗下来了。秦牧向对岸看去，隐约看到几艘士子乘坐的楼船驶来，然后便见黑暗将那些楼船淹没了。

还有一艘士子乘坐的楼船已经驶到了涌江上空，也被黑暗笼罩，船上传来一声声怒喝和惊叫，显然船上的人遭遇了意想不到的怪事。

秦牧转头向县城左侧的鹿山看去，只见鹿山突然崩裂，一个个细小的身影冲上半空，向这边扑来。

鹿县西门几个正在看守城门的军士还未回过神来，便被飞扑而来的身影用黄符定住了身子，当场被斩杀了！

轰隆！

西城门大开，一具具尸体冲入县城，向还未来得及整顿的守军大开杀戒！

那些尸体的确是尸体，只是尸体中还有着死者的魂魄。江中的那个道人作法，用牵魂引将九幽门所有死者的魂魄召唤回来，回归身体，发起了对鹿县守军的突袭！

这些尸体有的破破烂烂，有的脑袋与脖子只连着一层皮，个个面目恐怖、狰狞。

他们的确死了，但是魂魄被道人用法术从阴间拉回来了，实力还如同生前一般。

沈万云都看呆了，站在城楼上手足无措。

秦牧又看向对岸的堤江县，那里已经被黑雾笼罩了，隐隐约约有神通爆炸声传来。

“弃城，走东门！”秦牧断然说道。

沈万云等人心中一惊。秦牧在城墙上飞奔，高声呼喝，唤来龙麒麟和狐灵儿。鹿县城中已经一片大乱，被那些尸体杀了个措手不及。

延康国的军队修炼的是合击之技，将士们修炼同一种法术或者剑术，三五成群，只要十多个士兵密切配合，甚至可以越级斩杀对手。

这种战法在大规模作战中极为有用，能以摧枯拉朽之势击杀敌人，将那些反抗的门派杀得落花流水。

但是鹿县县城中的这一战，也让这种战法的弊病暴露出来了。

九幽门复活的尸体杀入城中，城中的军士还未来得及整顿好便被冲散，各自为战。因为单个士兵的实力比江湖门派的弟子逊色许多，所以士兵们几乎是一击即倒，毫无抵抗之力！

天色越来越黑，那些九幽门弟子的尸体在黑暗中如同在白昼中一般，能够清晰视物，悍不畏死。

他们本来便是死尸，感觉不到疼痛，无须提防对方的招式，直接扑过来杀人便是。

而且九幽门中不乏高手，这些尸体中甚至有天人境界、生死境界的强者。

这种复活并非真正的复活，只是亡魂暂时归来，而这些亡魂终将回归阴间。但是归来阳间的这段时间已经足够他们将鹿县的守军横扫一空！

“鹿县的守军完蛋了。”

秦牧看到狐灵儿和龙麒麟赶来，这才松了口气。众人立刻跳下东城门，在黑暗中向城外奔去。

身后，东城门轰然崩塌，被九幽门天人境界的强者打成了废墟。

秦牧回头看去，只见几个道人走在空中，正催动着一张张黄表纸。秦牧心一沉。那几个道人是尸仙教的余孽。尸仙教与九幽门联手，一个控尸，一个控魂，城中的将士，能够逃出来的恐怕不多。

“秦博士，我们应该过江，回堤江县！”沈万云沉声道。

秦牧摇头：“沉在江中的尸体也有不少，我们过不去了。”

他刚刚说到这里，江边突然传来水声。黑色的雾气中，一具具尸体水淋淋地从江底走上岸，看到了他们，突然向这边狂奔。

“我们只能去南疆，再寻找机会返回北方。”

秦牧表情没有变化，抬手在腰间拍了一下，饕餮袋中飞出一道剑光，剑光旋转，将几个奔来的九幽门弟子尸体的脑袋切下了。

那几个变成无头尸的九幽门弟子立刻俯下身子，将自己的头颅捡起，夹在腋下，犹自向他们杀来！

一个尸体腋下的头颅张开大嘴，尖声叫道：“快来人，这里有几条漏网之鱼！快来人啊！”

饶是云缺和尚、越青虹和沈万云他们见多识广，也没有见过如此邪门的法术。倒是一向羞涩胆小的司芸香镇定自若，丝毫没有惊慌。

秦牧五指叉开，猛然一捏，少保剑的剑光立刻以绕剑式向那些头颅杀去。他沉声道：“快走，免得被九幽门的高手追上。”

几人快步向黑暗中奔去。云缺和尚回头看向火光冲天的鹿县，心中有些惶恐和悲凉：“去南疆吗？那里是敌人的巢穴……”

第184章
调鬼遣神

黑雾越来越浓，现在是白天，却像是夜晚一样。秦牧等人还能勉强分辨出方向，抬头看天，还能够看到太阳。不过那光一点也不刺眼，像是黑暗中圆形的浅色光晕，比月亮的光芒暗淡许多。

他们四下望去，只能看到青山变成了朦胧的黑山。

后面传来嘈杂的声音。有人叫道："逃出去几个……你们别走啊，把我的头捡起来！快回来——"

秦牧心中微动，看向沈万云。

沈万云会意，剑匣中的飞剑出鞘，飞速地在地面上挖了个长长的洞，仰面躺入洞中。他初次遇到死者复活这种怪事，因此一开始有些惊慌失措，现在已经平静下来了。

秦牧挥了挥袖子，卷起旁边的土，将沈万云埋在土下。

众人向前走去，没走出多远，背后传来几声惨叫。

"有人藏在土里伏击我们！"

"我的头被砍掉了，谁看见了我的头？"

"闭嘴，笨蛋！你的头不见了你怎么说话的？"

"原来如此。难怪我找了半天也没有找到。"

"哪位师兄看见我的腿了？劳驾劳驾，感激不尽。"

……

秦牧让龙麒麟停下脚步。沈万云立刻追来，道："应该没有追击者了。咱们快走。”

突然，雾中隐隐约约传来歌声。这歌声比刚才从江面上传来的歌声还要诡异，声调没有抑扬顿挫，很生硬。

秦牧让他们暂且停下，悄然潜过去，然后看到了那几个正在吟唱的歌者。

那几具尸体在唱歌、施法，在黑暗的山林中施展牵魂引。他们的身躯破破烂烂的，看上去很诡异。

“死人作法？”

秦牧微微一怔，突然想到九幽门的神通，觉得这场面有些突破了生死界限的味道。倘若将这一类神通研究到极致，是否可以打破生死界限，达到永生不灭呢？

九幽门的神通现在还远远做不到永生不灭，他们只是将死者的魂魄从阴间牵引过来，让魂魄暂居各自的身体之中。他们必须不断地催动牵魂引，倘若停止施展牵魂引，还魂者的魂魄便会被拉回阴间，也就真的死亡了。

难怪那些尸体也在施展牵魂引。秦牧心道：必须不断施展牵魂引，才能让他们继续行动。这几个死者修为不弱，最好还是避开。

他没有惊动这几个死者，又悄悄退了回来，道：“我们换个方向。”

没有走出多远，他们又遇到另一拨正在作法的九幽门弟子。除了这些已死的九幽门弟子之外，他还看到几个尸仙教的弟子，他们也在操控尸体，四下围捕从城中逃出的军士，在空中脚踩黄表纸飞行。

秦牧皱眉，又换了一个方向：“咱们去鹿山，九幽门弟子的尸体埋在那里。他们从那里复活，然后杀入县城，现在那里一定空虚！”

众人心中万分紧张。现在黑雾之中到处都是九幽门和尸仙教复活的人。尸仙教被虞渊初雨铲除了，估计这个教派弟子的尸体也被埋在附近，九幽门这次顺带着连他们也一起复活过来了。

显然，九幽门这次是有备而来，打了虞渊初雨一个措手不及。照这种情况发展下去，只怕丽州也危险了。

秦牧心道：九幽门背后肯定有个心狠手辣的家伙，为了胜利，不择手段，甚至连九幽门这么多弟子都可以牺牲!

他们来到鹿山，这里果然没有什么人，黑雾也淡了许多。

沈万云、云缺和尚等人渐渐放下心来。只要翻越这座山，走出黑雾笼罩之地，他们便算是暂时安全了。

突然，山中传来抑扬顿挫的吟唱声。众人心中又紧张起来，看向秦牧。

秦牧微微皱眉，低声说道："这吟唱声不对啊，不是牵魂引，而是另一种法术。"

越青虹等人没有研究过九幽门的牵魂引，听不出这歌声与之前的歌声有什么不同，秦牧则研究过这门法术。

"你们留在这里，我去看看！"秦牧吩咐一声，便悄无声息地向那吟唱声发出之地靠近。待来到吟唱声附近，秦牧的脚步越来越轻，但见前方的山坳处有个祭坛，祭坛上有十几个道人正在作法。

那祭坛是用一根根骨头搭建而成的，长宽等同，各有三丈六，坛上则是用骨头铺成的地面，东、南、西、北四角各插着一面白幡，白幡上有红色的符文。祭坛的中心矗立着一尊八臂魔神雕像，这雕像一条腿曲蹲，另一条腿盘在曲蹲的那条腿的腿弯处，八臂两两合十，有四张面孔，每张面孔上有三只眼睛。

这些道人各自催动着一个符宝，符宝飘浮在空中。符宝有许多面，每一面皆有一个符文。随着这些道人的吟唱，符宝上的符文不断亮起，点亮的符文恰恰照耀在那魔神雕像的身体上。每照亮一个地方，那魔神雕像上便有一个符文亮起。

符宝不断转动，将雕像上的一个个符文点亮。

此刻，这魔神雕像身上的符文已经被点亮了大半。

调鬼遣神符字令！秦牧心头微震。洪山派的道术！他们是已经被灭门的洪山派幸存的弟子!

这十几个道人都是神通者，看情形已经在此地催动秘法，调鬼遣神一段时间了。显然，洪山派在被灭门之后图谋反击，与九幽门和尸仙教联手了!

秦牧再回想九幽门发难的时间，发现那时太学院的士子恰恰在丽州和鹿县之间。这说明，有人清晰地了解太学院士子的动向，甚至连太学院士子来到这里的时间也在他们的掌握之中。

太学院士子这次出来历练，被挑选出来的都是各个境界的精英，将来这些士子是要承前启后，成为延康国的官员的。

现今延康国的官员多数属于旧时代，而太学院士子则是属于新时代的。倘若秦牧他们这一批士子被一网打尽，那么延康国国师的新时代便会少一批中坚力量。

“这次士子出来历练是皇帝下的旨，提前知道这件事的除了顾离暖之外，只有几个位高权重的一品大员。”

秦牧目光闪动。这几个一品大员之中，肯定有人叛变了。

他很想继续看这些洪山派弟子如何施法唤来魔神，不过等到魔神被洪山派弟子唤来，只怕他们的死期也到了。

秦牧悄悄退了回去，将自己的所见向沈万云等人说了：“十三个神通者，本事都不弱。他们唤来魔神后，谁也逃不出去。必须在他们唤来魔神之前破坏祭坛，除掉他们！谁敢与我一起去杀掉他们？”

“杀掉神通者？”云缺和尚和越青虹都吃了一惊，道，“而且是十三个神通者！”

秦牧瞥了他们一眼：“你们不敢？”

云缺和尚讷讷地说道：“不太敢。人家是神通者，而且有十三个之多。”

秦牧沉声道：“不杀他们，等到他们唤出魔神，非但我们要死，整个丽州的人只怕要死绝！”

沈万云沉吟一阵，问道：“洪山派是法术门派？”

司芸香紧了紧背上的剑匣，道：“我听长辈说过洪山派。这个门派精修魂魄类的法术，在剑法和战技上的造诣不高。当年国师灭洪山派，只带领了一些专修剑术的神通者！洪山派被灭掉之后，散落在外的弟子修习的法术未必是正宗的，他们在战技和剑法上的造诣也不可能太高。”

秦牧道：“国师用剑术杀他们，我们不用剑术，用战技。用剑术，我们比不过他们的法术，但是近战之下，修炼法术的神通者占弱势！万云、云缺、青虹，你们的战技我见过，都不弱，有没有胆量？”

沈万云沉声道：“你敢，我便敢！”

秦牧看向司芸香。司芸香怯生生地说道：“芸香唯太学博士马首是瞻。”

秦牧又看向越青虹。越青虹眼中光芒闪动，难以压制住兴奋：“我还从未遇到过这样的事情，岂能不参与？狼奴，你也准备好！”

秦牧的目光落在云缺和尚的身上。云缺和尚迟疑了一下，咬牙道：“我不入地狱，谁入地狱？跟着你干了！”

秦牧道：“待会儿我第一个冲出去，杀到祭坛上，为你们开路。你们跟在我身后，近身格杀，速战速决，绝不可拖延时间！祭坛长、宽各三丈六，空间狭小，你们想好自己要施展的招数，在脑子里先过几遍！”

越青虹激动得双手发抖，低笑道：“看来跟着你也没那么坏，第一战便这么令人兴奋。我已经有些等不及了！”

秦牧猫腰前行，沈万云等人跟在他的身后。待来到山坳处，只见那祭坛上的魔神雕像身上的符文已经亮得七七八八了。那十三个道人还在催动符宝，围绕着祭坛不断走动，口中似乎吟唱着一种古老的祭祀文。

秦牧心头微跳，压下想要立刻冲出去打断祭祀的冲动，低声道：“你们观察一下地形，观察好了，我们便出手。灵儿，你带着龙麒麟去另一边，发出动静吸引他们的注意。”

狐灵儿连忙带着龙麒麟悄悄绕过祭坛，向右侧走去。

过了片刻，越青虹低声道：“观察好了！”

秦牧挥了挥手，狐灵儿立刻从草丛里跳了出来，龙麒麟则在它的后面咆哮，向它追去，似乎在捕猎。

祭坛上的那十三个道人心中一惊。待看到狐狸和龙麒麟后，一个道人笑道：“原来是一头大狮子在捕猎……”

他话音未落，便见刀光一闪，秦牧已经登上了祭坛，手持两把杀猪刀，刀起人头落！

战技，横竖一线天！

第185章 唤魔

这座不大的祭坛上，横、竖两道刀光亮起，横的刀光斩落了那个道人的头颅，竖的刀光从另一个女道人的头顶处切下。

那女道人乃六合境界的神通者，虽然没有修炼过战技，但是额头上挂着一条金链。这条金链中央有一块宝石，突然光芒大放，将秦牧这一刀挡住。

秦牧挥刀，那女道人头破血流，立刻元气爆发，另一只手中的拂尘仿佛无数朵花一般绽放开来，千万根拂尘丝向秦牧刺去。

她刚刚发动攻势，无数刀光便将她淹没。

夜战连城风雨。

秦牧脚步交错，避开刺来的拂尘丝，绕到女道人的尸体后。那女道人的尸体未倒，背后是另一个道人。

那道人已经回过神来，腰间的囊中飞出一张张黄表纸。却在此时，秦牧抛去双刀，并指点去，指尖的元气化作锋利无比的剑光，将那道人的眉心洞穿。

秦牧身后，龙象飞腾，云缺和尚缠龙踏象而至，向另一个女道人杀去。轰隆一声巨响，他将那女道人撞得贴在了魔神雕像上。

那女道人吐血，元气爆发，将他弹飞，正要痛下杀手，一道剑光突然闪过，抹在她的咽喉处，发出当的一声轻响。这女道人元气浑厚无比，竟然以元气生生挡住了这一剑。但是下一秒，沈万云出现在她的身边，抓住剑柄，爆发出所有力量，将她压在魔神雕像上，用力抽剑，血花四溅。

狼奴一闪，纵身跳到雕像头顶，两口魔刀神出鬼没，向下砍去；越青虹则站在狼奴肩头，背后的剑匣中一把把利剑飞出，以钻剑式向下方的一个道人刺去！

那道人反手抓起插在祭坛边的一面白幡，白幡震动，幡上的符文亮起，如同一条条红色怪蛇从幡中游出，挡住两口魔刀。然而，越青虹的利剑却将白幡刺破，钻入他的眉心。

与此同时，另一边的司芸香鬼魅般闪动，以一种奇异的印法连续轰击，将另一个女道人震得骨骼尽碎。

沈万云看得心头一跳："司师妹深藏不露，这身修为强悍得很！"

他向另一个道人扑去。那道人突然纵身跳下祭坛，撒腿狂奔，身后一张张黄表纸齐刷刷地向祭坛飞来。沈万云急忙去追。突然，一张张黄表纸接二连三地爆炸，将他狠狠炸飞。

另一边，云缺和尚横身挡在那道人身前，轰出大力五台印，挡住了那道人的去路。

那道人冷笑一声，五指叉开，掌心雷霆爆发，将云缺和尚轰得魂不守舍。

那道人放下心来，厉声道："一群连六合境界都没有达到的小辈，竟然也敢来……"

他刚刚说到这里，突然后心一凉，低头看去，只见一把剑从他的胸口穿出来，而背后那人是何时接近他的，他竟没有察觉。

秦牧拔剑。

那道人声音沙哑地说道："好身法！"说罢，跌倒在地，气绝身亡。

祭坛上的越青虹、狼奴和司芸香正欲击杀其他道人，绕了一圈，只见魔神雕像周围横七竖八地倒着一具具尸体，有的被钉在雕像上，有的则被挂在白幡上。

三人心中大惊。司芸香神色凝重，仔细检查每一具尸体，发现这些人都是在一瞬间遭到秦牧的攻击，一身神通尚未来得及发挥出来便一命呜呼了。

基本上没用两招，多数是一招毙命。她心中暗道，抬眼向秦牧看来。

十三个神通者尽管近战能力不强，但神通者毕竟是神通者——尽管大家都说被战技流派的强者近身攻击，法术流派的强者只有死路一条，但倘若隔着境界的差距，战技流派的强者也可能无法破开对方的防御法术。

这次虽说他们杀了对方一个措手不及，但秦牧的战力未免也太强了，速度未免也太快了。

秦牧抖动少保剑，抖去剑上的血迹，还剑入鞘，道："清扫战场，立刻毁掉魔神雕像！"

他话音刚落，突然只听轰隆一声巨响从不远处传来，黑雾之中血光迸发，将漆黑的雾气染得血红。那血光高达数百丈，站在山坳处也能清晰地看到。

一股股恐怖的力量从另一个世界涌来，轰向那血光迸发之处。

接着，滚滚雷声传来，血光四周雷霆交加，那是被可怕的力量挤压出来的。倘若力量太强，震荡的力量便会挤压空间，导致空间不稳。空间不稳，藏于空间中的雷霆便会迸发。

众人神色呆滞，只见血光和雷霆汇聚之地，一个庞大无比的身躯在缓缓站起。

那是一尊头上生角的魔神像，长有四臂四足，虽是个雕像，但此刻如同降世魔神一般散发出强大的气势！

这尊魔神像比他们所在的这座鹿山还要高，周身浓烟滚滚，浓烟之中带着火光和雷光。血光冲天，悬于魔神像的头顶。

"还有一个地方也有洪山派的神通者在唤魔……"

秦牧手足冰凉。另一处的洪山派神通者施法成功，将魔神唤来了。

那尊伟岸的魔神目光如同雷电，目光扫过之处，树木山石统统嗞嗞啦啦地灰飞烟灭。

秦牧吐出一口气，低声道："扒衣服！"

众人都微微一怔。

云缺和尚喃喃道："又要脱衣服啊……"

司芸香反应过来，立刻去脱地上的死尸身上的衣服。其他人也立刻明白了秦牧的意思，连忙把那几个洪山派神通者的衣服脱掉。

秦牧穿上洪山派弟子的衣裳，低声道："将那些白幡也拔起来，符宝捡起来备用。"

沈万云等人上前，拔起白幡，捡起一个个符宝。众人穿戴整齐，只见那尊魔神冲着江面咆哮，震得涌江大浪滔天。

众人脸色大变，龙麒麟赶过来，秦牧飞速地说道："我们速速撤离此地！这里已经不是我们这等五曜境界的士子所能立足的地方了。你们身上还有什么能够代表太学院士子身份的东西吗？统统交给我。"

云缺和尚取出腰牌、书牌，喃喃道："真的要去南疆送死吗？"

秦牧将众人的腰牌、书牌收起，放进饕餮袋中，道："我们只是从南疆绕道，绕过这片战场，渡江到了江北便算安全了。"

他吐出一口气，正要下令离开，突然瞥见那个尚未完成的魔神雕像，心中微动，将这个雕像扛起，绑在了龙麒麟身上。

"走吧，去南方。"

众人心情沉重，跟上他的脚步，沿着山麓向南走去。

走了约十里地，他们总算走出了黑雾笼罩的范围。又向前走了十多里，秦牧回头看去，只见黑雾如同一口无比巨大的锅，倒扣在涌江附近，将两岸笼罩在其中。

黑雾中电闪雷鸣，隐约还可以看到一些神通轰击发出的光芒。那黑雾之中矗立着一扇巨大的门，打通生死之境、连接阴阳两界的门。

丽州，不知道能有多少人存活下来。秦牧心道。

没过多久，秦牧突然停步："军队过来了。"

云缺和尚心中一喜："军队？我延康的军队？"

秦牧摇头，指向前方："叛军的军队。"

众人向前看去，只见数十艘楼船向这边驶来，船上旌旗招展。一艘艘楼船四周还有一些飞行的异兽，千奇百怪，种类繁多。

而在空中大军的下方，则是一列列由武者、神通者组成的队伍，士兵之中还有一些身上挂满圆石头的巨兽。那些巨兽高数十丈，如同移动的山丘，迈开脚步，踏得大地颤抖不已。

秦牧与众人站在一旁，让这支赶赴涌江战场的大军通过。其中一艘楼船上站着的一个将军，目光如电般扫来，从秦牧等人身上一扫而过。他询问身边的将领道：“那几人是什么来头？”

他身边的一个将领扫了秦牧等人几眼，道：“像是洪山派的弟子。我下去问问。”

这将领从楼船上跃下，每踏出一步，脚下便生出金色莲花。他一步步从空中走到秦牧等人面前，看得众人心惊肉跳。

这是一个七星境界的大高手，步踏虚空，若想要杀他们，简直是轻而易举，不费吹灰之力！

那将领扫了龙麒麟背上的魔神雕像一眼，冷冷地问道：“洪山派弟子，不战而逃，该当何罪？”

秦牧躬身，不卑不亢地答道：“我们洪山派尽力了，已经召唤出一个魔神助战，非但没有罪，反而有功。”

那将领冷哼一声：“但是你们从战场逃脱，这就是死罪，要就地斩首！”

秦牧一脸悲愤，反驳道：“我们遭遇偷袭，十三个兄弟姐妹，死伤惨重！我们拼命的时候，你们在哪里？我洪山派已经被灭门，只剩下我们了，难道要我们统统拼死在那里吗？将军，给我们洪山派留点后人吧！”

那将领迟疑了一下，抬头向上看去。

空中那艘楼船上，那个将军沉声道：“洪山派的人已经很少了，不必过分追究。他们召唤出一个魔神助战，便是立了大功。让他们施展一下法术，验明真身，便放他们离开吧。”

沈万云、云缺和尚等人额头冒出冷汗——他们都没有修炼过洪山派的法术。

秦牧催动一个符宝，那将军的声音传来：“不是符宝，是法术。”

秦牧运转元气，元气化作一道符文，照在那尊魔神雕像上，魔神雕像上有一个符文亮起。

那将领躬身道：“孝义将军，的确是洪山派的调鬼遣神符字令。”

楼船上的那个孝义将军挥手道：“放他们走吧。大军开拔，攻克丽州……慢着！”

孝义将军的目光又落在秦牧等人身上，嘴角露出一丝笑容：“送他们去天波城，让他们在那里也召唤出一个魔神。”

第186章 秦牧唤魔

“天波城？”秦牧等人脸色微变，只觉才出虎口，又入狼窝。

孝义将军微笑着说道：“洪山派的调鬼遣神符字令的确厉害。天波城也在攻打对岸，倘若有魔神助阵，天波城的将士便会少些伤亡。林定，你随他们一起去。”

那将领连忙领命。

孝义将军挥手，让大军继续前进。秦牧等人躬身而立。等到这一路大军走过，那将领林定笑道：“几位师弟，咱们前往天波城吧。”

秦牧面色如常，道：“林统领请。”

林定笑道：“你们洪山派立大功了！虽然只剩下区区几人，但可以唤来魔神助战，将来一定会重立山门，大放异彩。你们虽然年纪不大，但这出神入化的本事着实令我钦佩。”

秦牧哈哈大笑，红光满面：“借林统领吉言。对了，林统领，看你年纪不大，修为却很高深，敢问林统领而今达到什么境界了？”

“七星境界巅峰，想修炼到天人境界却始终难有进步。”林定感慨道，“天人艰难啊！而今天下动乱，我等要替天行道，整肃朝纲，铲除国师逆贼。这倒是个机会，说不定我可以趁此契机，有所突破。诸位虽年纪小，但也要抓住这个机会。”

他见众人有所不解，严肃地说道：“自古以来，乱世出英雄。为何？因为强者争锋，理念碰撞，各种道法神通层出不穷，可以开拓眼界，增长见识。强者的压力、生死的压力会让你锐意进取，不断进步。比如说你们洪山派的调鬼遣神符字令，在太平年代，谁会施展这种法术？因为有了战乱，所以它才有机会被施展出来，才会进步。”

沈万云等人觉得他的话大有道理。

这次，调鬼遣神符字令这种冷门法术着实令他们大开眼界。洪山派被灭门之后，残存的弟子竟然还能召唤来一个魔神助战，而那个魔神的战力是何等惊人。不起眼的法术，竟能爆发出如此惊人的威力，着实将他们震撼到了。

而牵魂引本来也是不起眼的法术，没有什么威力，平日里他们即便在天录楼中见到它，也是看过一眼便丢到一边，不会深入研究。

论法术的威力，天录楼中有万千种法术远胜它。

但偏偏就是牵魂引这种看起来低级的法术改变了战局，让虞渊初雨这等封疆大吏都吃了个大亏。

牵魂引和调鬼遣神符字令根本没有多大威力，但用对了地方，这种冷门法术便胜过千军万马！

这个林统领的眼界、见识要超过他们。

这也让他们倍感压力。

林统领不仅眼界、见识超过他们，实力也高过他们，路上若是发现了什么蛛丝马迹，只怕他们都将死无葬身之地！

而且，就算林统领没有发现什么破绽，到了天波城，他们唤不出魔神，还是要死。

就算他们唤出了魔神，屠杀延康大军，回到京城也是要死的。

怎么看这都是必死的局。

“倘若我们几个突然发难，全力一搏，不知是否能够除掉这个七星境界的高手。”

秦牧暗暗盘算，觉得胜算渺茫——除非能够让龙麒麟出手，而以龙麒麟这种逆来顺受的性子，让它去拼命估计有些困难。

“我们可以靠突袭除掉十三个神通者，还奈何不了一个七星境界的高手？”

秦牧目光闪动。

他们走出十多里地，突听喊杀声传来，原来是一群山匪杀来了。这些山匪的实力不弱，山匪头子是个神通者，其他的都是武者、武师。

众人正欲厮杀，林统领笑道："无妨。区区蟊贼而已，让他们过来。"

那些山匪杀来，林统领抬手一掌拍出，掌心雷霆爆发，轰隆一声巨响，一道白光闪过，那十几个山匪一命呜呼。

"战技流派的掌心雷！"

秦牧心头一跳，顿时感觉到问题很棘手。对付战技流派的强者，偷袭几乎没用。他们几人都是五曜境界的武师，就算偷袭，也只是给林统领挠痒痒，很难伤到他。

秦牧等人心中惴惴不安，只能跟着这个林统领向天波城而去。

秦牧问道："林统领，敢问孝义将军是什么来历？"

林统领露出敬仰之色，道："孝义将军是存义国太子。存义国被延康国吞并之后，皇帝被封为异姓王，孝义将军则被封为孝义世子。而今国师乱天下之法，是为魔道，倒是孝义将军的机会，说不定可以复国。天波城就在前方。"

前方，涌江岸边山峦陡峭，迫使涌江蜿蜒曲折地流过。天波城便建在群山之中，下方是悬崖峭壁。涌江在这里变得湍急，滔天大浪拍击山崖，发出惊天动地的巨响。

被打碎的浪头高高升空，像是白云中有无数白玉珠纷纷从空中坠落。

波浪滔天，直上云霄，这也是天波城名字的由来。

此刻的天波城中到处都是叛军，与延康国的大军隔江而望，随时准备出击。

林统领带着他们来到天波城，道："镇守此地的是一个教主级的人物——驭龙门的龙王！你们听说过吧？龙王虽然本事不是太高，但是养了一条蛟龙。这条蛟龙便厉害了，搏杀生死境界的强者都不在话下。咦，前面便是龙王的公子龙娇男。"

天波城城门的守将是一个身穿花花绿绿的袍子、涂脂抹粉的妖艳男子，很惹眼，正是驭龙门的少门主龙娇男。

林统领带着秦牧等人上前问讯，龙娇男向他见礼，突然看到秦牧，微微一怔：“这人好像在哪里见过……”

秦牧心中一惊，低头见礼。

他初入京城那次，与卫墉乘坐从江陵前往京城的楼船，龙娇男骑着一条巨蟒飞在半空，追杀士子。仓促之中，龙娇男有可能见过他的面孔。

“这几位是洪山派的弟子。”林统领介绍道，“他们在鹿县唤出了魔神，因此孝义将军让他们也在天波城作法，唤来魔神助战。”

龙娇男想不起在哪里见过秦牧，眼睛一亮，咯咯笑道：“召唤魔神？这倒好玩了。你们几个需要什么法器？我为你们准备。”

秦牧连忙道：“只需要一座白骨祭坛，长三丈六，宽三丈六，用骨架搭成，坛面用骨头铺就。”

“真麻烦。”龙娇男妩媚地笑道，“不过，乱世就只有尸骨多。你们稍候，我命人准备祭坛。倘若骨头不够，便杀些人来凑数。这天波城的百姓命不值钱。”

秦牧道：“我们施展秘法，不能被人打扰，所以龙将军……”

龙娇男向秦牧抛了个媚眼，秦牧一身鸡皮疙瘩都起来了。龙娇男笑道：“我懂，你大可以放心，我让军士守在祭坛外面便是。不过你们若是唤不出魔神，戏耍人家，人家可饶不了你们。”

沈万云、云缺和尚和狼奴只觉毛骨悚然，越青虹和司芸香倒是感觉还好。

没过多久，龙娇男便已经命手下在天波城中搭建好一座白骨祭坛。这座祭坛就设在城主府中。龙娇男屏退左右将士，让人守在四周，并命令下属不得观看秦牧等人作法。

秦牧四下看去，只见有百十个军士守在外面，想要离开也不太可能。

“怎么办？”

祭坛上，众人齐齐看向秦牧。沈万云低声道：“我们现在深入龙潭虎穴了！秦……秦师叔，你拿个主意！”

他终于改口，称秦牧为师叔了。云缺和尚和越青虹虽然诧异，却没有多问。

秦牧沉声道："当然是作法唤魔，将魔神请来。"

云缺和尚吓了一跳，失声道："我们又没有学过洪山派的法术，怎么召唤魔神？"

"我学过。"秦牧搬来那个魔神雕像，放在祭坛上，并将四面白幡插在四角，道，"我来唤魔，将这个魔神调遣过来。洪山派用十三个人来施展这门法术，我觉得我一个人同样可以施展出来，只是稍稍麻烦一些。"

云缺和尚迟疑地说道："唤来魔神，屠杀延康国大军的话，我们都要被诛九族……"

"放心，召来魔神后肯定有什么技巧，不可能让魔神胡乱攻击，否则连召唤魔神的人也要死。"秦牧目光闪动，吐出一口气，"倘若唤来魔神，让魔神攻打天波城，我们便可以趁乱杀出去……你们守在四周，提防动静，我来作法。"

众人连忙守在祭坛四周。秦牧取来符宝，将一千零二十四个面上的符文看了一遍，记在心中，然后去看魔神雕像上的符文，一一对照，沉吟片刻，然后作法。

他的元气迸发，元气丝将十三个符宝托在空中，环绕在魔神雕像四周。他口中涌出晦涩、深奥的古老语言，元气开始催动符宝变化，让符宝上的一个个符文亮起，照耀在魔神雕像上，点亮了魔神雕像周身烙印的符文。

沈万云等人诧异万分。秦牧口中传出的语言不是他们平日里用的语言，倒与洪山派弟子唤魔时用的语言有些类似，但似乎更加深奥。

"是魔语。"司芸香低声道。

这个魔神雕像身上的符文一个个亮起。同时操控十三个符宝，需要记忆一千多种符文和符文位置，秦牧虽然尚未完全参悟《太玄算经》，但在记忆能力上已经有了进步，操控起来从容不迫。

半个时辰过去了，这个魔神雕像身上的符文被他点亮了大半。与此同时，他念诵魔语，只觉自己通过这个雕像渐渐与时空深处另一个黑暗世界中的某个存在建立了联系。

而在此时，十几个道人带着另一个魔神雕像赶到了天波城。林统领见到这十几个道人，连忙迎上前去，笑道：“洪山派的各位来得正好，你们的几位师弟、师妹正在城中唤魔，已经有一段时间了。”

第187章 魔王降临

为首的那个洪山派道人闻言惊讶地说道：“几位师弟、师妹？这位将军有所不知，我们洪山派弟子分成两拨在鹿县请魔神，我们侥幸成功，请来了一个魔神，而另一拨弟子则统统遭人毒手，魔神雕像和符宝都被抢了，甚至连衣裳也被扒了！”

林统领脸色大变，失声道：“正在作法唤魔的不是你们洪山派弟子？那还能是谁？”

那道人眼中光芒一闪，听着城主府中传来的若有若无的吟唱声，冷冷地说道：“我也想知道他们是谁……不好，正在唤魔的那人已经与魔域的魔神建立了联系！咱们快点过去！”

林定眼角乱跳，连忙飞一般向城主府赶去，厉声道：“少门主，快快下令，处死城主府中的那几个妖道！”

城主府中，秦牧感觉到自己的意识似乎通过这个魔神雕像深入了另一个世界之中。他的意识在黑暗中穿行，然后突然停下。

在他面前的是无尽的黑暗空间。

接着黑暗中一只巨大的眼睛睁开，眼睛中满是赤红色的火焰。他在这只眼睛面前渺小得像是一粒尘埃。

嗡——

秦牧的左侧，又有一只巨大的眼睛睁开。然后，在这两只眼睛的上方，又有一只眼睛睁开。三只眼睛的眼瞳在收缩，眼瞳徐徐移动，目光落在秦牧的身上。

“卑微的存在啊，你在唤醒我，唤醒统治都天无边疆土的都天魔王。”

那三只眼睛在徐徐上升，距离秦牧的意识越来越远，但依旧显得无比庞大。秦牧这才注意到自己身边还有亮光，像是黑暗中的一盏灯光。

他看到自己站在祭坛上，祭坛发出白色的光，在黑暗中显得无比渺小，微不足道。

祭坛与祭坛上的他仿佛来到了另一个世界。

“你在唤醒我的力量！”那三只眼睛之间传来了声音，高且远，轰击着他的意识，来回震荡，“你在召唤我去你所在的世界！去杀戮，去战斗！”

秦牧谦卑地说道：“伟大的都天魔王，我祈求你降临。我将献祭给你万千强大的生命——天波城的所有神通者。”

那三只眼睛突然熊熊燃烧，惊天动地的声音传来：“如你所愿！”

秦牧脚下的祭坛突然明亮起来，光芒向四周扩张。顷刻间，整个天波城出现在他的眼中。

秦牧四下看去，心中悸动。他将天波城的全貌收入眼底，天波城中的所有人都落在他的眼中，这些人的衣着，这些人的一举一动，一览无余。

接着，一个个人影从城中相继消失，只剩下神通者。

这个都天魔王在确定自己的祭品！

从城中消失的是那些不曾达到六合境界的武者和普通人，这些人并没有真的从天波城中消失。

秦牧急忙指向祭坛边的龙麒麟，道：“这头龙麒麟，并非献给伟大的都天魔王的祭品。”

“聒噪！”那三只眼睛间传来阴森森的声音，这三只眼睛背后又有三只巨大的眼睛旋转过来，“你没有任何资格命令都天魔王做什么！我要借你的意识降临这座城！”

秦牧猛然觉得自己的身体僵硬得无法动弹，一股股无比可怕的能量从另一个世界滚滚而来！

轰隆——

祭坛四周发生剧烈的震荡，一道血光冲天而起，高达数百丈。秦牧沐浴在血光之中，感觉到那一股股可怕的能量顺着他的意识降临到了这个世界，涌向了那个魔神雕像的体内。

魔神雕像表面的符文一个个大放光芒，如同一只只怪眼在疯狂地吸收从另一个世界涌来的能量。而后，魔神雕像表面不断龟裂，崩开的木片四下纷飞。

这个魔神雕像越来越大，龟裂之处透出强烈的光芒，隐约可以看到木质的魔神雕像内部竟然有血肉在生成！

眨眼间，祭坛上的魔神雕像便高达数十丈，而且还在不断地生长。

秦牧只觉自己的意识仿佛要炸开一般。那都天魔王不仅仅让能量降临了，也让意识降临了。都天魔王的意识冲击而来，那是阴暗、可怕而又暴躁的意识，秦牧的意识在这股恐怖的意识面前显得微不足道，似乎随时可能会被压碎。

这个魔王性情极为狂暴，不管秦牧死活，将自己的意识和能量透过遥远时空传送过来，涌入那个魔神雕像之中。

魔神雕像还在膨胀、变大，所有的木片都已经炸开了，那雕像完全化作了血肉之躯！

咔嚓！咔嚓！

祭坛四周雷霆滚滚，无数雷光劈来劈去，迫使沈万云等人不断后退。龙麒麟和狐灵儿也在不断后退，那个魔神雕像的狂暴气息逼得龙麒麟也无法站稳。

而在魔神雕像脚下，秦牧身躯颤抖，眉心裂开一道口子，刺啦刺啦的电光从他的眉心射出，照耀在魔神雕像上。

电光中是都天魔王的意识，他的意识如此之强，几乎要将秦牧的意识摧毁。

秦牧的额头血流不断，还有烧焦的味道传来。他动弹不得，突然猛地咬紧牙关，强行催动霸体三丹功，守护自己的意识。

他的思维已经停滞，好在霸体三丹功一运行便让他的压力减轻了不少。突然，他感觉到霸体三丹功运行时自己的体内多了一些东西。

外面杀声震天，一个个灵兵如同雨点一般向这边轰来，让他顾不得多想。

他的耳边突然传来一声震动，魔神那条像悬起来的腿放下，震得城主府无数房舍哗啦啦倒塌，那一个个灵兵还未来到他近前便齐齐爆碎！

“退魔令！”

外面冲进来十几个道人，为首的道人见到这幅景象，不由得目眦尽裂。十几个道人急忙一拍腰间的符囊，无数黄表纸从符囊中飞出。

这些黄表纸上面画着古怪的符文，与调鬼遣神符字令的符文又有所不同。无数黄表纸相连，在半空结成了一块巨大的黄幕。

黄表纸上数不清的符文竟然首尾相连，组成了一个无比巨大且复杂的文字。

洪山派的秘术——退魔令！

那十几个洪山派道人齐声叱咤，催动元气，将黄幕上的这个复杂文字激发，退魔令亮起，向都天魔王照去。

这退魔令刚刚照到都天魔王的身上，都天魔王就睁开一只只眼睛，目射雷光，将退魔令撕得粉碎，退魔令下方的那十几个道人也一下化作了飞灰！

不过退魔令照在都天魔王身上时，秦牧顿时觉得眉心猛地一轻，如释重负，身体又恢复自如，他急忙飞身后退。

他心中有些不解——他召唤来的这个魔神似乎有些不同，根本不听他的，甚至不管他的生死，凶残至极，只怕不是什么普通魔神！

“我们退走！”秦牧飞速来到众人身边，喝道，“龙大，现出真身，带我们杀出城！”

龙麒麟咆哮一声，顿时气浪翻涌，将越青虹、云缺和尚掀飞出去，沈万云和狼奴脚步不稳，连连后退，司芸香晃了晃，但并未后退。

龙麒麟的身躯膨胀，越来越大，周身燃烧着熊熊真火。顷刻间，它化作体长四十多丈的庞然大物，个头比城楼还高，身躯一动，周遭的空气像是皮球被挤得发出了巨响！

秦牧飞身而起，闪电般来到越青虹、云缺和尚身边，将两人抓住，脚步闪动，又回到龙麒麟身边，纵身跳到龙麒麟背上。

沈万云和司芸香也纷纷纵身跳上来。秦牧喝道：“跑！跑得越快越好！”

龙麒麟足底生出火云，腾空而起。就在此时，他们背后传来都天魔王的声音，震得空中发出嗡鸣：“跑？往哪儿跑？终于有人召唤我了，不枉我将都天的法术传出来。我要在这里打造一座祭坛，建立一条通道，召唤我的本体，召唤我都天的众生！哈哈哈，你们都是我祭坛上的骷髅！”

他的大手抓来，四周的空气几乎凝固，将正在奔跑的龙麒麟定在空中。龙麒麟催动法力，足底火云翻腾，却还是飞不动。

眼看这个都天魔王要将他们抓在手中了，一声龙吟突然传来——一个中年男子驾驭着一条蛟龙，恶狠狠地扑了过来。蛟龙盘绕在都天魔王身上，向都天魔王的眼、耳、口、鼻中喷灌雷火。

那中年男子站在蛟龙的脑袋上，手中剑光闪动，刺向都天魔王的脑门。

秦牧等人如释重负，龙麒麟立刻腾空而起，向城外冲去。秦牧松了口气：“驭龙门的龙王到了！”

就在此时，只听一声哀鸣传来——那条蛟龙竟然被都天魔王生生弹开，都天魔王一拳打得那条蛟龙和驭龙门龙王一起吐血，倒跌出去。

嗷——

都天魔王四张面孔张开大口，奋力出声，滚滚声浪惊天动地，将城中不知多少人震得七窍流血。龙麒麟也被那吼声震得身体摇晃。突然，都天魔王的十二只眼睛大放光芒，雷电交织，朝四面八方扫去，将扑来的天波城高手拦腰横斩，龙麒麟也被扫中了屁股，吃痛咆哮，从空中跌落下去。

好在它皮粗肉厚，没有被斩杀。

龙麒麟落到城中，身体缩小，脚步踉跄，秦牧等人连忙从它的背上下来。只见都天魔王一面扫荡城主府中的高手，一面嘿嘿笑道：“调鬼遣神符字令是我传出去的，你们这些低等生灵想不到吧？我要用你们的尸骨，建一座大大的祭坛，让我的真身降临！我都天众生，将主宰这个世界！”

越青虹呆滞，喃喃道：“博士，你唤魔唤出来了一个什么东西？”

秦牧头脑也有些蒙：“我也不知道……咱们快走，龙娇男杀过来了！”

第188章
安能辨我是雄雌

众人连忙带着龙麒麟向外奔去。龙麒麟受了伤，腿脚不便，狐灵儿立刻跳到秦牧的包袱上，催动法术，唤来一阵旋风，将龙麒麟卷入旋风中，带着它一起向外闯去。

而在他们背后，这座建在江边的天波城正在坍塌，城中那个巨大的魔王在迎战诸多强者的同时，竟然还有闲暇用死者的骨骼搭建祭坛。

空中不断有骨骼飞来，落在他的脚下，很快便铺了一层。

他只有法力和意识降临了天波城，本体还在那个所谓的都天之中，但是他的实力已经远超教主级强者。

城中不仅仅有驭龙门龙王这一个教主级高手，还有其他达到生死境界，乃至神桥境界的强者。但是他们即便合力围攻，也奈何不得都天魔王，反而连连受伤。

至于在城中驻屯的军队和万千神通者，也在都天魔王的吼声中受了伤，又被都天魔王的十二道目光杀了不知多少。

城中一片大乱，无数将士溃散而逃，还有的直接跳入江中，被涌江的滔天大浪直接拍在山崖上。

城中的将士基本上是来自各门各派的弟子，本身便没有多少纪律性，遇到这种恐怖的事情更是一触即溃，没有半点士气，根本无法合力施展阵法围困都天魔王。

秦牧与霸山祭酒前往塞外历练时，八百名草原神通者合力便可以将霸山祭酒的绝壁天罡打得破破烂烂，逼得他一退再退。天波城中的神通者和武者多达数万名，倘若联手，按理可以与都天魔王抗衡一段时间。只可惜他们如同一盘散沙，聚不起来，都只顾着自己逃命。

秦牧回头看去，只见龙娇男还在穷追猛赶，不过好像不是在追杀他们。

“是了，龙娇男也在逃命。”秦牧醒悟过来。

轰隆!

强者交锋，一股恐怖的震荡波传来，一间间房屋崩塌，在半空瓦解。秦牧等人被那可怕的震荡波掀起，飞在半空，向四面八方跌去。

轰隆——轰隆——他们人在半空，还未落地，又有几股可怕的波动传来。秦牧被冲击得吐血不止，他急忙将狐灵儿从背上拿下，抱在怀中，免得狐灵儿被震死。

第四股波动冲击而来，秦牧闷哼，催动霸体三丹功，体魄立刻变得无比健壮，但还是被拍飞出去。

砰——

秦牧摔落在地，翻滚了十几周才停下。他摔入一片山林中，这片山林上方狂风呼啸，不知多少树梢被削掉。

那是天波城中强者交锋产生的神通余波。

秦牧嘴角流血，双目瞪圆，胸腔憋得喘不过气来。过了片刻，他突然大口大口地喘气，肺部传来破音，应该是肺被震伤了。

秦牧喘了几口粗气，将狐灵儿从怀里取出。狐灵儿也伤得不轻，昏迷过去了。秦牧急忙从饕餮袋中取出一个玉瓶，捏开它的嘴，往它口中倒了几滴龙涎。

过了片刻，狐灵儿才悠悠醒转，呆了片刻，带着哭腔说道：“我把龙大弄丢了！”

龙麒麟行走不便，狐灵儿用法术唤来旋风，将龙麒麟卷在旋风中，不料那几股波动摧毁了它的法术，龙麒麟也被拍飞出去，飞得又高又远。

秦牧安慰道：“没事，龙大自己会疗伤。只是它的伤在屁股上，我怕它舔不到。再说了，我也把沈万云他们弄丢了。”

“龙大很值钱的。”狐灵儿哭道，“沈万云他们又不值钱……”

秦牧起身，运转元气，将胸腔中的淤血排出，然后把它抱起来，道：“我们去找他们。”

他刚刚说到这里，突然身体绷紧。树林深处传来树木倒塌的声响，一条大蛇从树林中缓缓游来，将树木挤得向两边倒伏——正是当初毁掉秦牧、卫墉他们乘坐的楼船的那条大蛇，龙娇男饲养的庞然大物！

喀喀，喀喀……蛇头上传来剧烈的咳嗽声。秦牧抬头，只见大蛇扁平的脑袋上坐着一个衣衫褴褛的妖艳男子，一边咳，一边吐血。

他身上的花袍千疮百孔，脸上的脂粉也花了，狼狈不堪。

“你毁了天波城，毁了我驭龙门！”

龙娇男从大蛇脑袋上摇摇晃晃地站了起来，似哭非哭，目光落在秦牧身上。秦牧心中一凛，一步步向后退去。

龙娇男是个高手，曾经在京城外对抗一众弓箭骑兵和剑卫，最终全身而退。

“你到底是谁？”巨蛇抬起头来，俯视秦牧，龙娇男尖声叫道，“是延康国国师派你来的吗？”

秦牧一言不发，退到一株大树旁边，突然一闪，藏身在树后。

龙娇男厉声尖叫，元气化作一只大手，向前抓去，咔嚓一声将那株大树捏得粉碎！

但是大树后并没有秦牧的踪影。龙娇男疯狂起来，双手向前抬起，大地不断震动，一根根锋利的岩石尖刺从地底刺出，比树木还要高。方圆几十丈内全是这种岩石尖刺，如同一片石林。

“逃了？你逃不掉的。”

那条巨蛇游动身躯，撞碎了一根根岩石尖刺，向前游去。而蛇头上的龙娇男似乎受了伤，身躯在蛇头上蠕动，像是一条人形蛇一般。他蠕动了片刻，头突然裂开了，接着脸也裂开了，裂开的头中又钻出一个脑袋来。

他继续像蛇一般扭动身躯，没过多久便蜕下了一张人皮。龙娇男赤条条地站起来，取来一套新衣裳。他慢慢地穿着衣裳，四下看去，咯咯笑道：“我知道你没有走远，你还潜伏在附近，我感觉到了你的目光。”

距离他百丈左右的密林中，秦牧蹲在一株大树的树冠中，目光落在蜕皮后的龙娇男身上：“驭龙门的功法果然诡异，竟然可以蜕去旧皮囊，换一张新皮。不过，不是说龙娇男是驭龙门龙王的公子吗？怎么是个女子？”

他刚才藏身树后的一瞬间，立刻掀起衣衫往身上一掩，把自己传送走了，躲开了龙娇男的必杀一击。只是他修为不高，传送不了多远，未能离开这片山林。

最让他惊讶的便是龙娇男所修炼的这门玄功。龙娇男身上本来有伤，蜕皮之后，身上竟然没有半点伤痕。

而且，从皮囊中爬出来的龙娇男赤条条的，不着一缕，秦牧这才注意到他的身体与自己不同，像是个身姿妖娆的女子。

秦牧心道：这家伙到底是男是女？还是说，龙娇男是女的，但是龙王希望生个儿子，所以给女儿取名娇男，娇柔的男孩的意思？龙王多半是将龙娇男当成男孩来养，结果把她养成这副古怪模样。

他依旧盯着龙娇男，没有眨眼。他若这个时候眨眼，眼睛一开一合，便会暴露自己的位置。

龙娇男的神通如此强大，他远远不是她的对手。而且他催动传送衣，只传送三四次，元气便会耗尽，很难逃脱龙娇男的追杀。

可他就这样一直注视着龙娇男也不是办法，像龙娇男这样的高手，感知力极强，多半能够顺着他的目光寻到他的位置。

龙娇男还在慢慢地穿着衣裳，背对着秦牧，脖子后的皮肤浮现出一些细密的鸡皮疙瘩。她咯咯笑道：“你在盯着我的脖子看。我的脖子好看吗？”

秦牧的瞳孔骤缩：龙娇男脖子后的鸡皮疙瘩在渐渐减少，她已经确定了他的准确位置！

秦牧掩衣，耳畔传来轰隆一声巨响，他的身影在爆炸中消失。

龙娇男衣衫半敞，收回手掌，巨蛇载着她呼啸而至。她没有发现秦牧的踪影，猛然间抬头看去，却见空中有一人正撒腿狂奔。

“你逃不掉！”

她脚下的巨蛇口喷妖气，腾空而起，向秦牧追去。

半空，两人看到天波城的景象，心中惊骇：那座建在群山之上的城市已经完全被摧毁，取而代之的是一座由血骨搭建而成的祭坛！都天魔王站在祭坛上，正在向两人痛下杀手：一人是驭龙门的龙王，带着那条蛟龙；另一人则是那个达到神桥境界的教主级人物。

这两人命悬一线，随时可能会被都天魔王击杀。都天魔王的口中传出了魔语，比秦牧召唤他时用到的魔语更加晦涩、高深！

天波城的上空，一片空间在旋转、扭曲。突然，电闪雷鸣，天空被撕裂了，隐隐出现一个黑色旋涡！

那黑色旋涡中似乎有什么东西在活动。突然，一个长着两颗头、头上各生一只眼睛的怪人从疯狂转动的旋涡中飞出。

那怪人停在空中，对着旋涡叫嚷了两句。

嗡——

无数黑点从那旋涡中喷出，黑压压一片，向天波城涌去。

那是都天的天魔！

数以万计的天魔正从都天涌来，这些天魔在自相残杀，尸体如雨般从半空坠落。他们的尸骨堆在祭坛上，让天波城的祭坛不断地变大变高。

半空开始下起血雨。

还有些天魔显然地位较高，手持权杖从天空中降落在天波城的祭坛上，围绕祭坛念诵起古老而晦涩的魔语，那祭坛上空顿时出现无数瑰丽的符文，明亮无比。

我可能闯出了比迷昏太学院士子更大的乱子……秦牧的眼角抖了抖，心道。

第189章
一个木头箱子

龙娇男也迟疑了一下。天波城上空的旋涡已经变成了连接另一个世界的通道，从旋涡中钻出来的天魔越来越强，黑压压一片的天魔潮水般从天上涌来。

“离开吧，我都天的子民，离开我们那个崩坏的黑暗世界，来新世界吧！”都天魔王站在祭坛之上，张开八臂迎向从空中降落的天魔，声音轰隆隆作响，惊天动地，“来吧，我的子民。这个新世界不像都天那么荒凉，这个世界有着无穷无尽的食物，守护这个世界的都是弱者，让我们践踏他们！”

龙娇男看到自己的父亲已经被这个魔王踩在脚下，那条蛟龙也伏在地上，动弹不得；另一个教主级强者也已经身亡。

“驭龙门真的要完了吗？”龙娇男心中有些凄凉。

天空中的天魔如雨般纷纷落下，向四周正在逃遁的那些将士袭去。秦牧也被几个天魔从空中轰落在地。咚咚几声，六七个天魔砸在他身边不远处，缓缓站起身来。

对于天魔，秦牧并不陌生。他与村长在游历大墟、寻找无忧乡时曾经会过天魔。

这些天魔身躯强大，长得千奇百怪，与人族不同，修炼的是魔气，擅长近战和法术，神通诡异，但又不如人族的精妙。

这些天魔刚刚落地，秦牧身子一闪便来到一个天魔身边，手起刀落，将这个天魔斩首，随即闪身避开另一个天魔扫来的蝎子尾巴，乌亮的倒钩险些将他挂住。

秦牧并指向前刺出，少保剑将那个还未来得及收回蝎子尾巴的天魔刺穿。他又反手轰出天魔自在天印，将身后正向自己靠近的一个天魔的魂魄拉出体外，直接震碎！

“尤娜啦（勇士）！”远处一个牛首天魔指着他，高声叫道，“尤娜啦，唛阿卟路几呶嘀嘀娜迦吽（我要挑战你）！”

“来啊，谁怕谁！”

秦牧暴喝，元气爆发，催动霸体三丹功。那牛首天魔咆哮着快步冲来，手中拖着一口三丈多长的大刀，刀刃触地，一路电光、火光四射。他猛然暴喝一声，向秦牧挥刀劈下！

就在此时，一条大蛇轰然落地，将那牛首天魔压入地底。龙娇男驾驭着大蛇落在地面上，蛇尾横扫，如同滚动的大铁柱子，一路击飞了数十个扑来的天魔。

秦牧闪身便走，龙娇男正欲杀去，空中突然落下黑压压一片天魔，饶是她的修为高出秦牧两三个境界，也难免陷入苦战之中。

秦牧也陷入了重围。狐灵儿立刻唤来旋风，使旋风围绕他们旋转，但还是有天魔杀入旋风中，向他们扑来。

从另一个世界涌来的天魔越来越多，远远看去，像是无数苍蝇一般，铺天盖地。

“祖师说，自己闯的祸，要自己摆平。这次我是摆不平了。”秦牧额头冒出冷汗。

突然，从南方传来明亮的光芒，那光芒在空中移动，将天地照耀得十分明亮。那光越来越明亮，飞速从南方移来，所过之处，从天空中坠落的无数天魔身首异处。

秦牧抬头看去，心头大震。

那亮光是剑群，无数把飞剑形成的剑群！

到底有多少把飞剑，根本无法数清。

在剑群之中还有数以千计的剑丸在不断飞速旋转。剑丸如同一轮轮明月，转动之时不断飞出飞剑，或刺或斩，或削或切，或云或挑，将空中一个个天魔斩杀。

那剑群实在太大了，每一把剑迸发出的光芒都十分耀眼。这些剑只怕有几百万把之多，光芒汇聚在一起，着实壮观。

从都天涌来的天魔虽然黑压压一片，铺天盖地，但是被那耀眼夺目的剑光扫过，很快就坠落而下，天空很快又干净了。

天波城中，都天魔王脸色大变，咆哮一声，加紧召唤自己的真身降临。祭坛四周，数以百计的天魔声音洪亮无比，以魔语和无数尸骨来唤都天魔王的真身。

天空剧烈震荡，一只巨大的脚从另一个世界踏了过来。这只脚四周有魔火熊熊燃烧，将那片天空烧得赤红。

而空中的剑群突然折返，呼啸着向天波城涌去，剑群几乎与天波城一样庞大。

城中，都天魔王怒吼，八臂高举。嗡的一声，一块巨大的黑幕出现在天波城上空，将天空遮住。

只一瞬间，无数嘈杂刺耳的声音传来，震得无数人耳膜流血。

那是飞剑与都天魔王的黑幕碰撞发出的声音，当当当的声音几乎同时爆发，让所有人的耳朵都承受不住。

秦牧暂时性失聪了，听不到任何声响，四周数不清的天魔捂住自己的耳朵蹲在地上，难受至极。

天波城对岸的武定郡，无数延康将士正在城前对抗入侵的天魔。这飞剑与黑幕碰撞发出的嘈杂声响也让这些将士难受至极，只是因为距离较远，他们勉强还可以承受得住。

江面上传来扑通扑通的声响，那是飞向对岸的天魔被震得从空中坠落，跌入江中发出来的。

武定郡的城楼上，一个白发苍苍的老将军露出惊讶之色，道："国师，对岸来了一位大高手呢！"

"卫国公，此人何止是大高手啊。"延康国国师站在前方，遥望江对岸的情形，说道，"他的实力与我相去不远，比当初围攻我的那三个老怪物还要强几分。”

卫国公露出疑惑之色，打量了一下正在对抗剑群的都天魔王，又抬头看天，只见都天魔王的真身的半条腿已经踏入了这片天地。他不解地问道：“谁召唤出的这个魔王？也太狠了吧！南疆的这些家伙为了获胜，难道已经不择手段了吗？”

延康国国师摇头道：“有我在，都天魔王不可能降临这个世界。召唤出这个魔神的，算是为我延康立了大功。天波城不就这样被破了吗？省得我们的战士流血。换作是我，为了我们战士的性命，也会选择这么做。”

卫国公叹道：“国师，这便是他们不理解你，说你是魔道的原因。”

延康国国师迈步走出城楼，向对面的天波城走去，微笑着说道：“他们如此说，只不过是因为我触动了他们的利益。我的功与过，不是当下的人所能评判的！何况，在我的眼中，他们已经是死人了。”

天波城中，都天魔王闷哼，八只手掌血肉模糊。那无数把利剑的攻势着实恐怖，他这具身躯承受不住了。

倘若都天魔王有真身，自然可以扛下，但是现在这具身躯不过是木胎所化，召唤他来的又是秦牧，秦牧的实力太弱，他能够传递过来的能量太弱，所以他远不足以与这个操控无数飞剑的强者抗衡。

就在此时，他看到了从江的那边走来的中年男子，心中一凛，正要使出点力量，突然看到扑面而来的剑光。

这是何等精妙绝伦的一剑！

这一剑蕴藏着剑道中最为深奥的妙理，将剑道的变化、剑道的杀机发挥到极致，展现出剑道最精美的画面。见到了这一幕，他死也值了。

下一秒，他的头颅被这一道剑光斩下。

延康国国师收剑，迈步走上天波城。城中的那些天魔正维持着祭坛，见到他，立刻蜂拥而上。

接着，都天魔王倒下，那黑幕也当空破裂。

正在攻击黑幕的无数把飞剑猛地一收，纷纷向剑丸中钻去。数千粒只有指头大小的剑丸当空飘浮着，在空中滴溜溜地转动。

这时，远处飞来一个木箱子，箱子的盖子自动打开，数不清的剑丸叮叮咚咚地往那个木头箱子里钻。

延康国国师看着那个木箱子，若有所思，没有动弹。在他身后，延康国的大军渡江而来，冲入天波城中，与那些天魔厮杀起来。

祭坛没有人主持，那场惊心动魄的召唤仪式戛然而止，天空中原本越来越大的旋涡立刻停止扩大，然后缓缓缩小。都天魔王的真身原本已经踏出来一条腿了，被逼得不得不抽回去。天空深处隐隐传来一声怒吼，充满不甘。

天波城外，秦牧也抬头看向半空的那个木头箱子，露出疑惑之色："这个箱子很眼熟，好像是村里铁匠铺里的那个。那个木头箱子里面也装着满满的银色丸子。司婆婆还对我说，那些不是剑丸，就是普通的银丸子，还说哑巴爷爷不可能那么有钱……"

秦牧见半空的剑丸已经悉数进入木头箱子之中，木头箱子则在缓缓下坠，他连忙撒腿狂奔，向那木头箱子坠落之地跑去。

那个木头箱子落下来，消失在一片林地中。秦牧呼啸着冲了过去，看到一个布衣老者，身后背着一个打铁用的炉子，手中提着一个木头箱子，满面风霜，是岁月留下的痕迹。

那布衣老者看到秦牧跑来，咧嘴笑了，嘴巴里没有舌头。

第190章 我家大人

“哑巴爷爷！”

秦牧连忙跑过去，张开双臂用力地抱住那个布衣老者，想要将他抱起来，但他像是世间最重的山，秦牧根本抱不动。

秦牧兴奋得哈哈大笑，使出全力想要将他抱起，还是抱不动。

哑巴啊啊两声，将木头箱子放下，秦牧终于将他抱了起来，转了两圈，然后将他放在地上。哑巴屁股坐地，爬起来拍了拍屁股上的灰，比画了两下，意思是“你太坏了”。

“哑巴爷爷，你怎么也出村了？你怎么会在这里？”秦牧心中又惊又喜，飞速地问道，“你刚才好厉害！木头箱子里都是你炼的剑丸吗？还有谁跟你一起出来了？”

“啊啊，啊啊啊！”

哑巴一边发出声音，一边比画着手势，先是两条眉毛皱起，做无聊状，接着合掌于脸颊边做睡觉状，然后伸出两根手指做走路状。

他两只手飞速地比画，面部表情也多变，看得秦牧眼花缭乱。秦牧连忙道：“哑巴爷爷，你慢点，我看不过来。聋爷爷呢？他怎么没有跟着你？”

哑巴露出得意之色，比画了一番，意思是他是自己偷偷溜出村子的，没有告诉任何人。

秦牧眨眨眼睛，笑道：“你不知道，我遇到了屠爷爷和瞎爷爷，还有司婆婆，他们都已经离开村子了。”

哑巴诧异，啊啊两声，提起木头箱子递向秦牧，示意他拎着。秦牧冷笑，没有搭手："哑巴爷爷，你休想再糊弄我了。你这个箱子沉得很，里面装了几千个剑丸吧？你的剑丸沉得很，箱子更沉，我若是帮你拎着，绝对会拎得双肩脱臼，趴在地上！我从前上过一次当，不会再上第二次。"

哑巴咧嘴无声地笑了一下，向秦牧竖起大拇指。

残老村爱捉弄秦牧的人中，除了瘸子之外，便是哑巴了。

突然，哑巴扬了扬眉毛，向秦牧背后看去。秦牧连忙回头，只见一个中年男子迈步走来，在距离他们还有十几丈远的地方停下了脚步。

"上个时代的人物？"延康国国师轻声道。

哑巴咧了咧嘴，手比画了两下。延康国国师皱眉，表示看不懂。

秦牧解释道："国师，哑巴爷爷的意思是，他不算是上个时代的人物，他还算年轻。"

延康国国师又皱了皱眉——他看不懂哑巴的比画，还要秦牧在一旁翻译，这让他有一种不太舒服的感觉。

"道兄的本事超凡，但是你修炼的不是剑法。"延康国国师感慨道，"我与几个上个时代的人交流过，感触良多，以为接触了各种道法神通，没想到今日又见到了另一种与众不同的神通。道兄可否让我再见识一番道兄的神通？"

秦牧惊讶万分。他刚才看到哑巴出手，无数剑丸腾空，化作无穷无尽的飞剑，不仅迫使都天魔王不得不防御，还使都天魔王受伤。秦牧还以为哑巴的一身本领都在剑上，延康国国师却说哑巴修炼的并非剑法。难道哑巴真正的本事还高于他所使的剑法？

在村子里时，哑巴传授给秦牧的是打铁锻造之道，秦牧之前经常带着一个大铁锤，他的锤法就是哑巴传授的。

"难道哑巴爷爷修炼的是锤法？"

哑巴咧嘴笑了笑，紧了紧背上的打铁炉子，放下了手中的木头箱子。他现在的模样就像是一个走街串巷的铁匠，随便走到一个村庄便会停下歇脚，为村子里的人打造铁器。

他的木头箱子像是装着打铁用的器具的箱子，从木头箱子里面掏出来的绝不应该是剑丸，而应该是打铁锤、铁砧、滤斗、铁勺等物件。

哑巴打开木头箱子，又啊啊地比画了两下。

延康国国师脸色一僵，看向秦牧。

秦牧道："哑巴爷爷是说，他的技业差不多已经失传了，国师想看的话可以，他想让国师帮他物色一个传人。"

延康国国师肃然起敬，道："道兄竟然舍得将毕生绝技传授他人，胸怀、肚量胜过那些名门大派的教主、门主不知多少。倘若有缘，我一定会帮道兄留意的。"

木头箱子被打开，里面放着数不清的剑丸，每一粒剑丸都只有指头大小。

延康国国师露出疑惑之色。哑巴微微一笑，伸出手掌。那些剑丸逐渐变了形态，不再是一粒粒银色的丸子，像水又像光，给人的感觉更像是光化成的水。

这一箱子剑丸变成了一箱子光液，光液从箱子中冉冉升起，爬上哑巴的身躯，遍布他的全身，如同一套银色的铠甲。

秦牧和延康国国师立刻发现光液表面浮现出各种古怪的纹理，那是奇异的符文、阵法，主防御。

接着光液从哑巴身上流下，在半空化作一口大钟，高达十多丈，钟壁很薄，似乎是透明的。大钟徐徐旋转，钟壁上浮现出古老的文字、各种异兽图案、周天星辰。

唰——

大钟化作光流动，一条银龙出现，围绕他们旋转、游动，龙纹遍布周身。忽而银龙升到半空，化作一把长剑。长剑冲天，施展出奥妙的剑招。突然，剑光一收，又有大盾从天而降。大盾尚未落地，又化作了一把银色雨伞，旋转着轻轻飘下。

哑巴这个木头箱子中的剑丸千变万化，可以化作各种功能各异的宝物！

秦牧是头一次见到如此出神入化的本领！

哑巴并没有将这一本领传授给他，他在村子里的时候甚至未曾见过哑巴施展这种本领。

延康国国师看得出神了。突然，那光液流来，化作一艘银舟。哑巴将木头箱子扔上银舟，纵身跃到舟中，向秦牧咧嘴一笑，挥了挥手。那艘银舟破空而去，瞬间消失无踪。

秦牧张了张嘴，正要唤住他，想了想还是没有出言。

过了片刻，延康国国师徐徐吐出一口气，赞道："好本事，好本事！这世间还有我不知道、不曾见过的本事。这位道兄了不得。太学博士，你认得他？"

秦牧道："他是我家大人。"

延康国国师怔然，不明白这句话的意思："难道是天魔教的高人？除了大祭酒之外，天魔教竟还有这等高人？实在了不起，不愧是魔道第一圣地。"

秦牧摇头道："国师猜错了。我出身大墟，我的家自然也在大墟。"

延康国国师心中一惊，深深地看了他一眼，意味深长地说道："太学博士竟是出身世家豪门，家学深厚。"

秦牧怔了怔，勉强点了点头。

延康国国师淡淡地问道："那么，这个魔神是谁唤出来的？"

"我也不知道。"秦牧正色道，"我刚来到此地，就逢此大乱，也是冤枉得很，差点便一命呜呼。"

延康国国师轻轻点头，道："顾离暖让你带队，率领几名士子前来历练。据我所知，你的目的地应该是丽州。这里是天波城，对岸是武定郡，距离丽州有两百里。太学博士为何会到这里？"

"这个……"

秦牧从背后的包袱里把狐灵儿揪出来，看着这只小白狐。狐灵儿抬起爪子，啃着指头，眼珠子转得飞快，突然眼睛一亮，脆生生地说道："我们是从江上漂过来的！我们在丽州遇到了危险，洪山派的余孽召唤出了魔神，于是我们便从江上逃了过来。这样说可以吧，公子？"

延康国国师面不改色，道："你们怎么说都可以。这次天波城大乱，延康军队死伤无数，召唤魔神的那人立了大功，我准备向皇帝保举他，升他的官。有这等功劳，少说也可以升到正四品。”

秦牧张了张嘴，狐灵儿连忙道：“是我们家公子做的！我们家公子唤来了这个都天什么的魔王！”

延康国国师不理会它，继续道：“虽有功劳，但是因为城中的百姓也死伤无数，所以罪孽也大。虽说战场上难免有死伤，但是灭了一城，死伤到底还是太多。我就算想为此人说话，朝中也会有人反对，说此人害人无数，会胁迫皇帝给此人定罪。将来战乱平息了，此人必遭秋后算账，会被清洗，满门抄斩不敢说，革职流放少不了。”

狐灵儿连忙闭上嘴巴，只觉自己说什么都是错的。

延康国国师露出一丝笑容，道：“所以，我准备将这事压下来，便说不知是谁做的。功也没有，过也没有。太学博士以为这样处置如何？”

秦牧舒了口气，道：“国师处置得很好。”

后方，延康国的大军已经将天波城中的天魔拿下了，几个大将走了过来。

延康国国师转过身，淡然说道：“朝中那些人杀人，用嘴不用刀。就算能从他们嘴下逃生，也会惹一身臊。”

秦牧道：“国师深有感触？”

延康国国师点头：“我为了变法，杀了不知多少这样的人，但是这种人杀了一批还有一批，杀不尽。他们没什么本事，不会做实事，却这也看不惯，那也看不惯，只会骂你。你知道倘若我变法失败，会是什么下场吗？”

秦牧摇头。

“必会遗臭万年。”延康国国师淡淡地说道，“即便我变法成功，也会被这些人骂上几百上千年。曾经有一位道友，可以抚慰我心……”

他脸色有些黯然：“但是他去了，我很想他。”

第191章 真有点兴奋

秦牧怔然，不知道延康国国师说的这位道友是谁。

不过延康国国师向他吐露心事，倒让他有些毛骨悚然，觉得自己随时可能会被灭口。

“你不用担心。”延康国国师仿佛看出了他的心思，悠悠地说道，“我只是心有所感，与你谈谈而已，你是一个很好的倾听者。倘若换作卫国公，我便不敢多说，否则但凡我说点什么，第二天肯定会朝野皆知。”

卫国公？卫墉好像就是卫国公家的。秦牧眨眨眼睛。

当朝一品大员卫国公也是个大嘴巴？卫墉的大嘴巴已经够让人头疼的了，原来这都是“家学渊源”。

延康国国师道：“而且，你虽然是六品的太学博士，有官职在身，但是不在朝堂之中，跟你说话很安全。”

他露出笑容，说道：“最为关键的是，天魔教的魔教主说出去的话谁都不会相信。”

秦牧脸色一黑。天魔教在黎民百姓那里名声很好，但是在朝廷和江湖上，可以说是声名狼藉。

那几个将军走近，其中一人躬身道：“国师，天波城已平。”

延康国国师点了点头。那几个将军看向秦牧，露出疑惑之色，秦牧向他们含笑点头。

“这位便是我朝第一位太学博士，”延康国国师道，“秦牧秦博士。”

这几个将军见秦牧面相老实憨厚，相貌堂堂，虽然年轻，却给人一种信得过的感觉，不由得赞道："秦博士真是少年老成，不愧是第一位太学博士。"

秦牧见礼，笑道："几位大人谬赞。"

延康国国师转过身来，看向南方，道："这一战，牛刀小试，之后的战斗才是关键，咯咯……"

几个将军心中一惊，连忙上前："国师，你的伤……"

延康国国师摆摆手，脸色有些苍白，随即又恢复如常，道："可能是刚才斩杀那个魔神时被震伤了，没有大碍。叛军乱党盘踞南方，我准备给他们两个选择。何柱国。"

一个国字脸的将军躬身道："国师吩咐！"

"你去南方，告诉那里的乱臣贼子，我给他们两条路。"延康国国师抬手指向南疆，神色冰冷，"第一条路，我率领千军万马杀过去，踏平一切，灭他们的教，灭他们满门。这是按朝廷的规矩来，乱臣贼子就是这个下场。"

柱国将军何霄鹏仔细聆听，延康国国师继续道："第二条路，便是按江湖规矩来，我带着朝廷官员过去，划一片地方，大家按照江湖规矩来挑战，他们有能耐便杀了我们，否则便是我们杀了他们。两条路，随他们选。"

何柱国迟疑地问道："国师，按照江湖规矩来，只怕有些不妥吧？"

延康国国师笑道："我在入朝为官之前也是江湖中人，有何不妥？柱国将军何尝不是如此？当年你也是从江湖走入朝廷的吧？"

何柱国称是，道："我这便去南疆！只是国师要仔细疗养，倘若他们选择按江湖规矩来，只恐国师会被他们的暗箭所伤。"

延康国国师摆了摆手，何柱国离去。

"魏柱国。"

"国师吩咐。"

"调动兵马渡江，铺成扇状，东起东海，西至大墟，一路横推，过湖填湖，过江填江，过城灭城，给我往南方推进。"延康国国师面无表情地说道，"要让这些乱党感觉到压力。"

“魏文举领国师令！”

“卫国公。”

“国师吩咐。”

“国公修为强，善于带兵，当领兵直扑南疆大襄。冠军大将军、怀化大将军，你们各统一路大军，从国公两翼出发，灭掉大襄左右两城。上柱国，你引领一路大军，杀向大豫。”

延康国国师调兵遣将，吩咐完毕，卫国公笑道：“国师，我们都去干活了，你呢？”

延康国国师露出笑容：“我在你们后面慢慢走，等乱党做出决定。而且我还有点伤在身，需要调养。”

“你的伤还没好？”卫国公大着嗓门道，“那你倒需要多休养一段时间。小神医不是在身边吗？让他给你治治。我家老婆子之前背着我跑去京城的花巷，我还以为她是去凑热闹呢，结果是去找小神医治病，可把我吓得够呛……”

延康国国师干咳了两声，有些尴尬，道：“国公该出发了，大襄乃南疆重地，是块硬骨头。”

卫国公点头，转身走去，又回头向秦牧道：“小神医，给他开点药，治治他的死板脸。这张臭脸都挤不出一点笑容。嘿嘿，别看了，我认得你，我家老婆子去你那里看病时，我偷偷跟过去了，老子担心她……”

秦牧表情僵硬，向他挥手。

延康国国师吐出一口气，道：“不用理会他。卫家的人都这样，嘴巴大得能吞下几头牛。”

秦牧哭笑不得。显然，延康国国师也吃过这样的苦头，卫国公在他面前应该没少胡言乱语。

“国师，咱们就此别过。”秦牧笑道。

延康国国师摇头道：“别过作甚？你还要跟着我去南疆。你不在我身边，怎么给我疗伤？”

秦牧尴尬地说道：“国师别闹。你身上的伤势，你比我清楚。而且，我出门是来带士子历练的，现在几个士子都被我弄丢了，我还要去寻他们，免得他们死于混乱之中。”

“你必须跟着。”延康国国师面色微沉，道，“你的那几个士子我帮你寻。他们叫什么名字？”

秦牧着实不想跟在他的身边。他此行摆明了是想让各路大军给南疆的乱党施以无比沉重的压力，逼迫这些造反的门派、世家大族，迫使他们不得不来杀他。

国师看似给了他们两条路，其实只给了他们一条路。

跟在延康国国师身边，秦牧肯定也会成为目标。

他只有五曜境界的修为，怎会是这等巨无霸般的存在的对手？

不过延康国国师发话了，他也无法拒绝，只得将沈万云等人的名字说了。

延康国国师抬手，一片火云腾空，只见半空火云变化，形成了沈万云、越青虹、云缺和司芸香等人的名字，然后又有火云化作一个笔直的箭头指向秦牧所在的位置。

过了不久，沈万云、司芸香等人匆忙赶来。他们身上都带着伤，显然也经历了一场恶战，死里逃生。龙麒麟也跟在他们身边，被狼奴举着向这边奔来。

“太学院士子见过国师！”沈万云等人见到延康国国师，吓了一跳，连忙见礼。

几人心中惴惴不安。秦牧召唤出都天魔王，惹出了一场泼天大祸，而他们也身陷其中，算是秦牧的同党。如果延康国国师问起罪来，他们肯定逃脱不了。

延康国国师瞥了众人一眼，目光落在龙麒麟身上，颔首笑了笑。

龙麒麟连忙挣扎起身，向他见礼，道：“国师。”

“龙大，你怎么还带着伤？”

狐灵儿跳到龙麒麟身上，看了看它屁股上的伤口，纳闷道：“你舔不到自己的屁股吗？”

龙麒麟闷哼一声，没有理会狐灵儿。

秦牧上前，取出几瓶龙涎，给这个大个子涂抹伤口。龙麒麟的伤势颇重，它被都天魔王的目光切伤了屁股的肌肉，身上的龙鳞也被撕裂了。好在这头龙麒麟的龙鳞极为坚固，挡下了都天魔王的目光，否则它肯定会被切成两半。

秦牧又取出几瓶龙涎，让沈万云等人治疗身上的伤。

“云缺、万云啊，一瓶一万大丰币。”狐灵儿善意地提醒道，“没有钱的话可以先打欠条。”

云缺和尚面如土色，讷讷地说道：“贫僧已经一贫如洗了，真的是‘如洗’了。自从博士来到太学院后，贫僧便‘如洗’了，欠下这么多钱，只怕下辈子才能还清。狐狸姐姐，可怜一下……”

秦牧哭笑不得，道：“灵儿，不要胡闹。我这次带他们出来历练，他们受伤了，我便有责任为他们医治。何况我还有神医之名，医者父母心，岂能收钱？等到这次历练结束，倘若他们再受伤，那时再收钱。现在收钱，坏我名声。”

越青虹本来还打算向他讨一瓶龙涎备用，闻言立刻打消了这个念头，心道：这不还是打算收钱治病？果然小气得很……

司芸香也受了伤，向秦牧讨了瓶龙涎。

秦牧将众人聚在一起，神色凝重地说道：“这次我们历练的任务改了，我要随国师一起前往南疆，深入敌土。国师重伤未愈，我需要陪在国师身边帮他疗伤。你们若是想回去的话，现在便可以走了。”

沈万云等人知道此行必然危险重重，因此都有些迟疑。

延康国国师道：“路上我可以指点一下你们的修行。上次是你们的大祭酒请我去的，我讲了不到两天，这次则是给太学博士个面子。”

第192章 最差的一届

众人眼睛顿时亮了。云缺和尚嘿嘿笑道："深入南疆，见识一下叛军中是否有高人，当然要去！不能让这些造反的刁民小觑了我们太学院。贫僧要让他们感悟佛法，皈依我佛，一心向善！"

秦牧暗暗摇头。

这些家伙还是小觑了此行的危险。

这趟路难走得很，是把脑袋拴在裤腰带上也未必能走完的路。

生死有命，现在就看延康国国师这位号称"神下第一人"的人，是否名副其实了！

延康国国师一身轻装，迈步向南方走去。秦牧率众跟上，一边听司芸香他们讲述这次在战场中的遭遇，不禁感慨连连。

司芸香、沈万云他们的命比秦牧好太多了。同样是被都天魔王震飞，司芸香他们并未遇到龙娇男这等变态的强者。

龙麒麟落在他们的不远处，因为这头龙麒麟个头大，目标显眼，所以他们直奔龙麒麟所在的地方。等到天魔降临时，他们便围绕在龙麒麟左右厮杀。而龙麒麟在面对气势汹汹地杀来的天魔时，战力惊人，司芸香等人靠着它的力量渡过了这次劫难。

秦牧有些惊讶，看了看龙麒麟。狐灵儿在他耳边低声道："公子，大个子吃我们的，喝我们的，路上却不出力，只保护其他人，不保护我们。我觉得除了可以从大个子那儿要龙涎之外，还可以要点其他的什么。"

“我也是这么认为的。”秦牧点头。

他回头看向越来越远的天波城，心道：现在延康的大军进入了城中，龙娇男应该会死在乱军之中吧？还有驭龙门的龙王，多半也死了。可惜了驭龙门独特的法术。洪山派这次只怕是彻彻底底地被灭门了，可惜退魔令这等法术我还没有来得及学……

都天魔王被他召唤出来时，洪山派众道人赶到，企图用退魔令将都天魔王赶回都天，只可惜都天魔王的实力太强，一招将他们灭了。

退魔令这种法术是专门用来对付召唤出来的鬼神的，极为精妙，倘若由实力更强的人来施展，的确可以将都天魔王赶回去。

可惜的是，这门法术已经随着洪山派教众之死而失传了。

天波城中一片狼藉，将士还在修整城墙，清扫房屋倒塌后的瓦砾，将杂物运出城去。江面上，千船万舰竞发，载着一支支大军渡江而去。军队没有在天波城停留，径直向南方而去。

天波城中有些将士则在搜捕叛军余党，围剿都天的天魔，发现还有些百姓幸存下来了。有一个士兵拿着匪首的画册，在幸存的百姓中走来走去，一一和画册上的画像对照。

“这女孩生得漂亮。”

那个士兵走到一个惊慌失措的女子身边，暗赞一声。这女孩身着墨绿色长裙，长裙垂到了脚面上，梳着宫髻，蛾眉螓首，脸上敷粉很浅，一点红唇像是一颗绛珠，一看便是天波城的大家闺秀。

那个士兵细看了两眼便走向他处。那女孩目如秋水，左耳垂挂着一只红澄澄的耳环。突然，耳环动了一下，舒展了一下身躯。那耳环竟是一条红色小蛇，穿过她的耳孔，挂在耳朵上面，如同红玛瑙打造而成的。

如果秦牧在此，他一定会喝令士兵将这女子拿下。

他见过龙娇男的真容。她刚刚从皮囊中爬出来时没有装扮，现在恢复了女儿身的装扮，与妖艳的驭龙门少门主完全是两个样！

几个将士正在搬运城中的尸体，将尸体扔到车上，推到城外掩埋。龙娇男跟在后面，哭道："军老爷，这里面是否有我父亲的尸体？"

那几个将士停步，道："小娘子，城中的尸体太多，也不知哪个是你父亲。你看车上有没有。"

龙娇男看了一遍，摇头道："不曾寻到。"

一个士兵道："多半是在城郊的乱葬岗上。于将军命我们在那里挖几个大坑，将尸体掩埋掉。死尸都运到那里去了，现在还没有填土。要不然小娘子随我们去那里看看？"

龙娇男谢过，跟随这几个将士来到了城郊的乱葬岗，只见这里被挖出一个大坑，十多丈深，坑里堆着成千上万具尸体。

龙娇男抬头，只见除了这个大坑之外，乱葬岗还有数十个这样的大坑，士兵们推车前来，将车上的死尸倒到坑中。

龙娇男四下望去，突然高声道："爹，爹！女儿来找你了，你若是听见了，便应一声！"

她连叫几遍，那几个将士有些哭笑不得："这女子只怕是得失心疯了。"

就在此时，一个大坑中传来微弱的声音："我在这里，正在蜕皮，但是伤得太重……"

大坑边的将士们都有些蒙。

突然，一个将领道："有些不太对劲！大家戒备！"

龙娇男听到那个声音，露出了笑容，低笑道："小红。"

她左耳悬挂的那条细小无比的红蛇舒展身躯，从她的耳垂上滑了下来，落地后，眨眼间便化作一条巨蛇，张口喷出毒气，将那些乱葬岗上的将士喷得东倒西歪。

巨蛇游走如风，将将士们一个个吞进了肚子里。龙娇男走入坑中，将一具具尸体推开，终于将被掩埋在群尸之中的龙王挖了出来。

"女儿还以为爹死掉了呢！"龙娇男咯咯笑道。

"女儿？"驭龙门龙王冷哼一声。

龙娇男脸色微变，低头道：“儿子还以为爹死掉了……”

龙王坐起身来：“我假死冬眠，骗过了那个魔神，被当成尸体丢到了这乱葬岗，只是不知道红蛟怎么样了。”

他撮嘴发出低沉的啸声，没过多久，一条长着爪子的似蛇非蛇、似龙非龙的小怪物从山林中爬了过来。

龙王松了口气，检查完红蛟的伤势，道：“我与红蛟都需要蜕皮休眠一段时间。好儿子，这段时间便交给你了。我们走！”

龙娇男唤来巨蛇，巨蛇妖气滚滚，腾空而起，载着两人一蛟呼啸而去。天波城中的将士这才反应过来，只是追之不及。

“这次到底是谁惹出来的乱子，以至于我们有此大败？”龙王问道，“我驭龙门还有多少人存活下来？”

“只剩下我们了。”龙娇男冷哼一声，“我听到太学院的士子称他为秦博士，就是他召唤了魔神，害我驭龙门被灭门的。只恨儿子无能，被他逃走了。”

“我们父子还活着，驭龙门便不算被灭门。”龙王冷冷地说道，“只要知道他是谁，那便好办了。此等大仇，不得不报，一定要将他碎尸万段！”

秦牧一行人随着国师向南方走去。没过多久，后方的大军拥来，越过他们，赶向前方。

他们走得不紧不慢，秦牧抓紧机会向延康国国师讨教，道：“国师学究天人，学生有一事不解，敢请国师赐教。”

延康国国师诧异地问道：“你跟谁学的拍马屁？很娴熟。”

秦牧纳闷：“这是拍马屁吗？”

越青虹、云缺和沈万云等人连连点头，连司芸香也点头不已。

秦牧讷讷地说道：“这是我家大人教的。我家大人是个瘸子，总是笑脸待人，说话很中听，但是下手很歹毒……不说这个，国师，我想请教，在灵胎境界，灵胎很有用处，总统自身元气，但是到了五曜境界，五曜神藏便有些……”

他想了想，道：“有些鸡肋了。五曜境界似乎藏着很多威力，却难以发挥出来。比如说五曜神藏中有五尊神，这五尊神各有所长，但是怎么才能让五曜神藏的威力发挥出来呢？”

沈万云等人心头一凛，秦牧询问的问题他们也曾想过，却没有想出结果。

五曜境界相比灵胎境界的确显得有些鸡肋，虽然修为增长了，但是也仅此而已，修为没有质的飞跃。

延康国国师惊讶地问道：“你们没有发现五曜的秘密？还是说，太学院没有教过你们？”

秦牧摇头，沈万云等人也连连摇头。

“这一代的监丞不行啊。”延康国国师感慨道，“连这个也不教，他们是我见过的最差的一届监丞。五曜神藏，是五行神藏，内藏五行，对应的是天上的五曜星君。这五尊神是君王级的神，不是一般的小神。你们催动各自的功法时，是否能感觉到异常？是否觉得天上有莫名的力量传来，传到你们体内，与你们产生共鸣？”

众人连连点头。

延康国国师道：“这便是五曜之力。金曜对应金，火曜对应火，水曜对应水，木曜对应木，土曜对应土。这五种力量被激发，可以让你们掌控五行之力。你们体内的五曜星君是否各自回到了星宫？”

众人再次点头。

延康国国师叹道：“太学院教得太浅了，太浅薄了，现在的监丞教的是什么？连深奥一点的东西都不教。五曜星君入主星宫，便代表着你们掌控了五曜之力，即五行之力。五行之力与你们的元气结合，便可以让你们的元气多出五种属性。”

他抬起手掌，道：“金。”面前浮现出一面金盾。

他又道：“木。”

金盾散去，四周山林的草木疯长。

延康国国师道：“水。”

大浪涌来，将他们统统托起，让他们浮在半空，踩在浪花上。

“火。”

又有火云浮空，将秦牧等人托起，让他们在空中踩着火云前进。

“土。”

大地翻腾，无数山石翻飞，飘浮在空中，形成一个巨大的土球。

延康国国师散去这五种力量，众人又轻飘飘地落地。延康国国师道：“五曜让你们掌控的力量不同于灵胎让你们掌控的力量，与青龙、朱雀、玄武、白虎四种元气又有不同。这四种元气不能用单纯的木、火、水、金来区分，因为每一种元气都内藏五行……你们怎么像是听天书一样？不懂？”

延康国国师纳闷，摇头道：“你们这一届士子太笨了，是我教过的最差的一届。”

第193章 现出原形

沈万云等人备受打击，司芸香也有些不服气。

秦牧倒觉得，不是他们太笨，而是延康国国师太聪明。

像这种五百年一遇的旷世奇才，任何道理一说就明，一点就通，甚至无须别人点拨，自然而然地就可以悟出许多道理来。

但是其他人便没有他这种逆天的悟性了。

天才与天才之间也有着极大的差距。沈万云他们尽管是士子中万里挑一的人才，或资质出众，或悟性出众，但是比起五百年一遇的奇才——资质和悟性都是天下第一的人，还是逊色多了。

延康国国师觉得很正常、很简单的东西，他们需要静下心来慢慢参悟。

他们与延康国国师在天分上，几乎是隔了一道天堑！

“以青龙元气来论，你们觉得青龙元气真的只有木属性吗？”延康国国师继续耐着性子点拨道，“你们见过真正的青龙吗？我见过。我所见的那条青龙驾驭风雷，操控水火，可不单单有木属性。何况什么是木属性？你抱一块木头啃两口，便是木属性了？”

众人又被打击了一次，秦牧也有一种挫败感。

即便是家学深厚的他，从小也理所当然地以为青龙元气便是木属性的，不过现在想来，马爷施展青龙元气时并没有木属性的影子，而是风雷交加的。

秦牧意识到，自己从前的认知的确有偏差，如果没有国师这样的人指点，只怕以后会一直错下去。

“其实有许多功法便是专门用来开辟五曜神藏的战力的。”延康国国师道，“五曜神藏的战力很惊人。当然，你们练不成也没关系，不影响你们开发其他神藏，就是将来会弱一点。这一点的差距会在将来逐渐放大，开发的神藏越多，差距便越大。”

他在空中画了两个三角形，一个顶角小，一个顶角大，然后分别在两个三角形内部画了六条平行直线，道：“这两个图形的七条直线的长度代表每个境界的实力，第二条线代表五曜境界。五曜境界练不好，就像是这样，第二条直线比别人短一点，第三条直线比别人短了更多。第七条直线，便代表神桥境界，到那时你便比别人短了一大截。对方想杀你，只需要一两招。”

他这个类比很直观，让人震撼。

两个人，明明在灵胎境界、五曜境界相差不多，但是修炼到神桥境界后差距却这么大，这一点很少有人想过为什么，他们只顾着提升自己的修为。

司芸香突然道：“国师的线是怎样的？你相比其他神桥境界的教主，角度有多大？”

延康国国师随手在空中画了一道直线，淡然说道：“我就是这个。其他人无论修炼得多强，角度都比我小。”

他敢这么说，是基于他逆天的资质和悟性。

他几乎没有任何短板。

“你们可以参考天录楼中关于五曜神藏的功法，如玄琴老人所著的《镇星纪要》、元空和尚所著的《五行参斗》，还有卫国公写的《岁星五法》、天策上将的《兵纪五要》。你们看过之后，便可以将五曜境界的根基打牢。”

他提到的这几人都是当朝的一品大员，玄琴老人是个女子，任太子太傅之职，元空和尚任太尉之职，卫国公自然不必说，天策上将则是鼎鼎有名的秦家之主。

这几人或出身世家，或是名宿，都是修为达到神桥境界的教主级存在。

众人连忙将这些书的名字记下。

沈万云则有些矛盾。

他本来打算在这次历练中直接进入六合境界，听完国师这番话后，他最后还是狠下心，打算继续压制境界，等回到太学院，打牢根基之后，再破六合壁。

秦牧怔然，突然想到《大育天魔经》中有些功法似乎是专门用于修炼五曜境界的。

《大育天魔经》中的功法种类繁多，其中有不少功法看起来并不精妙，算不上顶级的功法，这些功法也往往被天魔教传授给弟子。

《大育天魔经》中几乎所有的功法、神通都被传了出去，因为有些功法晦涩难懂，很容易练偏，所以这书背负着魔经之名。

秦牧对这些功法原本没有深入研究，现在经过延康国国师的点拨，顿时醒悟过来——《大育天魔经》中一些看似片面、独立的功法，可不正是修炼的诀窍所在吗?

这些看似散乱、并不精妙的功法，不仅包括五曜境界的修炼之法，只怕还包括六合境界、七星境界，甚至天人、生死、神桥境界的修炼之法!

秦牧先前将这些功法当成鸡肋，并未将其融入大一统功法之中，现在延康国国师的话却给他指了条明路。

“霸体三丹功有功无法，有很大的不足之处，说不定可以和《大育天魔经》组成一个完美的组合。”

秦牧兴致勃勃，立刻开始参悟五曜境界的修炼法门，这五种法门分别是镇星君地侯真功、岁星君木侯真功、辰星君水侯真功、荧惑星君火侯真功、太白星君金侯真功。

过了不久，他开始尝试着将这五门真功融入霸体三丹功的五曜境界的功法之中。

越青虹向国师请教剑法，延康国国师边走边谈，知无不言。只是，往往她还未来得及领悟，延康国国师便已经讲过去了，让她大为苦恼。

延康国国师讲得倒也不算快，只是当下她领悟不过来，需要时间去慢慢参悟，但是她又不敢明说，生怕又被扣上一顶“最差的一届士子”的帽子。

越青虹讨教完剑法之后，云缺和尚又询问起佛法。延康国国师在佛法上也颇有造诣，曾经向大雷音寺的住持讨教过。

云缺和尚问过之后，沈万云又向他讨教剑法和战技的结合。沈万云跟随霸山祭酒修行过一段时间，霸山祭酒传授给他的是霸道七式，同时又指点过他的剑法，因此他走的是刀剑齐修的路子。

司芸香也向延康国国师请教了一些修行上的问题，延康国国师对她颇为照顾，讲得很细致，也比其他人要多一些。司芸香追随少年祖师修行时，曾经见过国师几次，从前便得到过他的指点。

狼奴迟疑了一下，大着胆子向延康国国师请教刀法。

延康国国师看了他一眼，道："狼居胥国的战士？"

狼奴点头，心中惴惴不安。

延康国国师不以为意，道："我有教无类，不在乎你是什么种族。"说罢，延康国国师指点了他的刀法，也是知无不言，言无不尽。

不久，众人都沉默下来，各自揣摩国师的话，没有人出声。

虽然延康国国师讲的东西不多，但足够他们领悟一段时间了。

"国师，你研究过妖修吗？"狐灵儿打破沉默，坐在龙麒麟的脑门上问道。

延康国国师摇头："不曾研究过。"

狐灵儿眼睛一亮，声音清脆："我教你啊！"神态很认真。

延康国国师也认认真真地说道："敢请教。"

狐灵儿于是将自己的修炼心得说给他听，把自己从涌江龙宫的藏书中学到的东西讲了，还讲了造化灵功，其中还夹杂着一些自己的领悟。

延康国国师静静地听着，待到狐灵儿讲完，突然道："妖族是没有神藏的吧？我听你刚才说的这些心得，并没有涉及神藏的修行。"

狐灵儿摇头道："没有。所以我们要努力修炼成人形，修成人形就是妖王啦，很厉害的！"

"妖王我也见过几个，确实有些奇特的本事。"延康国国师道，"你刚才说的灵功化形很有意思，这门功法似乎可以千变万化。"

延康国国师细细讲解造化灵功，狐灵儿越听越入神，待到他讲完才醒悟过来，惊叫道：“我刚才还说要教你呢，怎么又换作你教我了？”

延康国国师道：“互为老师吧。”

“嗯！”狐灵儿重重地点头。

它屁股底下的龙麒麟哼了一声，向上翻着白眼。

就在此时，天空中突然出现点点光芒，向他们飞来。延康国国师看了一眼，目光落在秦牧身上。

那点点光芒汇聚，从秦牧的顶门进入他的体内。光芒越来越多，渐渐地化作一道火红色的细流。

狐灵儿摸了一把，爪子上的毛被烧掉了一小撮，它连忙缩回爪子。

没过多久，秦牧突然气息爆发，周身炎火翻飞，如同一朵朵火云，缭绕在他的身体周围。

狐灵儿正惊讶，却听得噗噗两声，只见秦牧头顶长出一对牛角来，鼻孔渐渐隆起，向外翻着，喷出两股白烟，带着火光。

狐灵儿惊叫，又听得咔嚓咔嚓两声，只见秦牧的身体发生奇异的变化：两条大腿越来越粗，身躯也越来越高，一身肌肉嘭嘭嘭地向外膨胀，身上布满了火纹，眉心噗的一声长出了一只牛眼。

然后狐灵儿看到秦牧的屁股后面垂下来一条牛尾巴，屁股也变大了许多，像是肥硕的牛屁股！尾巴啪啪甩了两下，抽在肥硕的屁股上，看着就很疼！

“国师……”狐灵儿怔了怔，扭头向延康国国师道，“我家公子现形了！现出原形了！不是狐狸精，是牛精！”

更多精彩，敬请关注《牧神记》第4册！